LODERNDE FLAMMEN

HEINZ BRAST

ROMAN

Über den Autor

Heinz Brast, geb. 1940 in Deutschland, wanderte 1977 mit Familie nach Kanada aus. Hier war er über 20 Jahre im deutsch-kanadischen Investitionsgeschäft tätig. 1983 schrieb er sein erstes Buch "Kanada, Ihre neue Heimat", welches vom ZDF als dreiteilige Serie "Kanadische Träume" unter der Redaktion von Dr. Claus Beling erfolgreich verfilmt wurde.

Danach folgte das Drehbuch "Die Rückkehr" mit Gerhard Lippert u. Christine Neubauer als Hauptdarsteller, ebenfalls erfolgreich ausgestrahlt vom ZDF.

In den darauffolgenden Jahren betätigte sich Heinz Brast als freiberuflicher Journalist und schrieb über 120 Artikel über Land und Leute in Kanada, vorzugsweise aber über Indianer und Mennoniten, veröffentlicht in den Zeitschriften und Magazinen "Deutsche Presse", "Kanada Journal", "Kanada Kurier" und anderen einschlägigen Publikationen.

An der renommierten "New York Institute of Photography" erwarb der Leica-Fotograf im Jahre 2008 das begehrte Zertifikat als "Professsional Photographer".

1. Auflage
3. Taschenbuchausgabe November 2015

Gestaltung & Publishing: Jochen Böning
Coverphoto: Brent W. J. Mackie
Galeriephotos: Heinz Brast

Copyright ©2015 by Heinz Brast
Alle Rechte vorbehalten

ISBN: 978-1506163390

Vorwort

Nachdem ich mit den Recherchen zum Manuskript „Lodernde Flammen" begonnen hatte, traten für mich unerwartet einige Ereignisse ein, die nicht nur die Gestaltung des Buches sondern auch mein weiteres Leben vollkommen verändern sollten. Seit meinem über fünfunddreißigjährigen Kanada-Aufenthalt, hatte ich mehr als genug Gelegenheiten mit den in der Waterloo-Region ansässigen Mennoniten Verbindungen anzuknüpfen. So bildeten sich im Laufe der Jahre, ja Jahrzehnte, einige Freundschaften, die ich sehr hoch einschätze.

Als ich dann von einem deutschen Freund gebeten wurde, über diese in Kanada als auch in den U.S.A. ehrbaren Menschen ein Buch zu schreiben, stimmte ich natürlich ohne langes Überlegen zu. Doch in diesem, zwar fiktiven Buch, möchte ich mit vielen der sich zugetragenen Ereignisse so nahe wie möglich an der Grenze zur Wahrheit bleiben.

Während eines Blitzbesuches zu einem befreundeten Arzt in der Schweiz, der in „Lodernde Flammen" eine der Hauptfiguren verkörpert und auch einige Jahre in Kanada als Chirurg verbracht hat, hatte ich mir anscheinend gesundheitlich zu viel zugemutet. Während es mir gerade so gelang, einigermaßen heil nach Kanada zurückzukehren, wurde ich kurze Zeit nach meiner Ankunft mit Herzinsuffizienz („Systolic Heart Failure") in das „St. Mary's" Hospital in Kitchener eingeliefert.

Man kann es als Ironie des Schicksals betrachten, denn gerade in diesem Krankenhaus spielt sich ein Großteil der

Geschichte meines Buches ab. Mir wurde damit die Gelegenheit geboten, zwar ungewollt dafür aber hautnah, mitzuerleben, wie sich die einzelnen Episoden, wie ich sie darzustellen versuchte, in der Wirklichkeit präsentierten.

Die Volks- und Religionsgruppe der Mennoniten, die nach der Reformation der katholischen Kirche von dem holländischen katholischen Priester Menno Simon gegründet wurde, verstärkte bzw. gestaltete die christliche Glaubenslehre viel strenger als diese bisher ausgeübt wurde. So wurden die Anhänger Menno Simons, also die Mennoniten, wegen ihres Glaubens in vielen Staaten Europas, besonders in der Schweiz, verfolgt und die meisten wanderten nach manchen Umwegen, die sie sogar bis tief nach Russland führten, im 17. Jahrhundert nach Amerika aus. Hier ließen sie sich hauptsachlich im Staate Pennsylvanien nieder.

Von dort kamen die ersten Mennoniten zwischen 1798 und 1802 in die heutige Region Waterloo, um für sich und ihre Kinder neuen Lebensraum zu finden, bzw. zu schaffen. Zu ihrer Religion gehört die Philosophie der Ablehnung von jeder Gewalttätigkeit. Zusätzlich stehen sie allen modernen Zeiterscheinungen wie elektrischem Licht, fließendem Wasser, Telefon, Fernsehen etc. sehr skeptisch gegenüber. Sie kleiden sich hauptsächlich dunkel, bestellen ihre Felder wie vor hunderten von Jahren und passen sich nur schwerlich oder teilweise gar nicht den Errungenschaften der heutigen modernen Zeit an. Die Mennoniten ernähren sich hauptsächlich von der eigenen Farmwirtschaft und genießen wegen ihrer Ehrlichkeit, ihres Fleißes und ihrer Hilfsbereitschaft in Kanada und den U.S.A. ein hohes Ansehen.

Untereinander verständigen sie sich in ihrem eigenen Dialekt, einer Mischung aus englischen und plattdeutschen Worten, dem sogenannten ‚Pennsylvania-Dutch'.

In der Kitchener-Waterloo Gegend leben heute rund dreißigtausend getaufte Mennoniten. Sie bestellen einige hundert Farmen in der durchschnittlichen Größenordnung zwischen hundert und dreihundert Äckern (ca. 40 – 120 ha) Land.

Heinz Brast

Kapitel 1: Im Land der Mennoniten

Mit langsamen, fast müde wirkenden Bewegungen, erhebt sich Benjamin Martin aus dem selbstgebastelten, gepolsterten Sitz, den er in der Mitte hinter der Egge an diese angeschraubt hat. Mit nur einem perfekten Sprung gelingt es ihm, auf dem Boden des gerade teilweise fertig gepflügten und geackerten Feldes mit beiden Füßen gleichzeitig, aber dennoch weich aufzusetzen.

Bevor er sich zum Ausspannen der fünf Ackergäule nach vorne bewegt, dreht er sich nochmals um, damit er sich beim Stand der untergehenden Sonne davon überzeugen kann, dass auch wirklich die wohl verdiente Feierabendzeit angebrochen ist.

Die letzten Sonnenstrahlen und der sich in ein leuchtendes Orange - Rot verfärbende Ball der Sonne tauchen die Landschaft um ihn herum in ein warmes und fast unwirklich erscheinendes Licht.

Obwohl er von der anstrengenden Arbeit redlich müde ist, drückt das pausbäckige Gesicht des Mennoniten einen Hauch von Zufriedenheit aus. Als er vor wenigen Minuten die Zügel zum letzten Mal für heute mit einem leicht abrupten „Hüh" anzog, um sie dann schlagartig fallen zu lassen, blieben die schweren Ackergäule auf Kommando auch sofort stehen.

Jetzt, nachdem er einen nach dem anderen von ihren hölzernen mit Leder überzogenen Jochen befreit hat und dabei einen leichten Klapps versetzt, marschieren sie zielstrebig ihrem etwa dreihundert Meter entfernt liegenden Stall zu.

Der Farmer wirft zum letzten Mal einen prüfenden Blick über das teilweise gepflügte Feld und mit einem fachmännischen Ausdruck in seinen Augen schätzt er auf einen weiteren achtstündigen Arbeitstag, der nötig sein wird, um das Ackern dieses Feldes für die diesjährige Saison endgültig abschließen zu können.

Den Pferden folgend, betritt auch er jetzt den Stall, wo inzwischen jeder der fünf Gäule in seine ihm zugeordnete Box getrabt ist. Obgleich sich die letzte Stunde der Feldarbeit nicht mehr in der brütenden Tageshitze abgespielt hat, beginnt Benjamin mit einer Wolldecke die Tiere gründlich abzureiben. Erst als er nach dieser Arbeit seinen Job begutachtet und damit zufrieden ist, versorgt er die Pferde mit Futter und Wasser.

Mit langen aber ziemlich müden Schritten steuert er, die Stalltüre zieht er mit einem quietschendem Geräusch hinter sich zu, auf das hellgrün gestrichene Farm Haus (Bauernhaus) zu. Ein schneeweiß angestrichener Holzzaun, umgrenzt mit einem etwa sechs Meter breiten Blumenbeet, ziert die Vorderseite des zweigeschossigen Gebäudes.

Ein zufriedenes Lächeln strahlt über sein Gesicht, als er die buntschillernde Blumenpracht überschaut, um danach mit einigen mächtigen Schritten durch die geöffnete

Haustüre in die direkt dahinterliegende, nur durch die einen kurzen Flur getrennte, äußerst geräumige Küche einzutreten.

Leah, seine Lebensgefährtin und Mutter ihrer gemeinsamen je fünf Buben und fünf Mädchen zählenden Kinderschar, sitzt bereits mit dem Nachwuchs um den blankgescheuerten, überdimensionalen und aus solidem Eichenholz gefertigten Küchentisch.

Das Abendessen ist inzwischen aufgetragen und nach alter Mennoniten-Tradition wartet man nur noch auf das Familienoberhaupt, bevor man mit dem Mahl beginnen kann. Mit einer lässigen Bewegung nimmt Benjamin seinen Strohhut vom Kopf und wirft ihn mit einem gezielten Schwung auf einen der an der Eingangswand im Flur angebrachten Haken. Nachdem er am Kopfende des Tisches seinen gewohnten Platz einnimmt, ist das „Geschnatter" der Kinder schlagartig verstummt, ja es ist mucks Mäuschen still geworden. Der Mennoniten-Farmer neigt sein Haupt und mit ihm auch Leah, seine Frau sowie der Rest der Familie. Nach der Glaubenslehre der Mennoniten wird nun im Tischgebet in aller Stille der liebe Gott um seinen Segen gebetet. Erst als der Farmer seinen Kopf wieder aufrichtet, beginnt die Familie mit dem Abendessen. Aus großen Töpfen und Schüsseln nimmt sich jeder der Herumsitzenden, die älteren Kinder helfen hierbei ihren jüngeren Geschwistern, so viel wie er möchte um seinen Hunger zu stillen. Obwohl Kartoffeln, Gemüse und auch Fleisch reichlich vorhanden sind, ist das Essen einfach aber doch vor allen Dingen sättigend.

Nach dem Abendessen bleibt den Kindern nur noch eine kurze Weile bevor für sie die Schlafenszeit anbricht. Während zwei der älteren Mädchen, Sarah und Anni, ihrer Mutter beim Geschirrabwaschen behilflich sind, liest ihre älteste Schwester Edna den restlichen Kindern, nämlich Emma, Rebecca, Nelson und Jacob einige Geschichten aus der Bibel vor, um sie danach in ihre Schlafgemächer zu begleiten.

Aber auch die älteren Buben Amos, Norman und Benjamin Junior werden für Hausarbeiten in Beschlag genommen. Während das Tageslicht mehr und mehr von der Dunkelheit der hereinbrechenden Nacht abgelöst wird, streuen die inzwischen in der Küche angezündeten Propangaslaternen gespenstige Schatten an Wänden und Fluren im Haus.

Innerhalb der nächsten Stunde wird es im Haus immer ruhiger, denn auch Benjamin und seine Frau Leah begeben sich in ihr Schlafzimmer, um wenige Minuten später nach ihrem gemeinsamen Nachtgebet in einen erquickenden und wohlverdienten Schlaf zu fallen.

Morgen Früh beginnt ein neuer Tag, geschenkt vom lieben Gott, der ihnen zwar sicherlich die gleichen Sorgen, Freuden und Beschwerden wie der alte beschert, aber gleichzeitig die Kraft und Ausdauer für einen neuen kleinen Teil ihres Lebens schenkt.

Gerade als die aufgehende Sonne beginnt, ihr gleißendes Licht über Felder und Äcker zu streuen, und auch in die gardinenlosen Schlafräume in der Martin-Farm eindringt, öffnet Benjamin Martin oder wie seine Frau und seine Freunde ihn kennen, nämlich als Ben, seine noch etwas verschlafen dreinblickenden Augen. Seinen Kopf nach links drehend, blickt er mit gewisser Genugtuung in seinem Ausdruck in die fast faltenlosen Gesichtszüge seiner ruhig und gleichmäßig atmenden Frau.

Nur einen kurzen Moment denkt er an jenen Tag zurück, als er sie vor rund fünfundzwanzig Jahren während eines ‚Barnraisings' (Scheunenaufbau) auf einer nicht weit von hier entfernt liegenden Farm zum ersten Mal sah. Wie von einer unbeschreiblichen, geheimnisvollen Anziehungskraft angezogen, hatte er sich praktisch innerhalb weniger Stunden in das reizende Mädchen mit den Grübchen in ihren rosa schimmernden Wangen unsterblich verliebt. Beide hatten sich mit dem Einverständnis ihrer Eltern in relativ kurzer Zeit das ‚Ja Wort' gegeben. Trotz der oft mühseligen Farmarbeit war es die tiefgreifende Liebe, die die Beiden mit unbändiger Kraft hinweg über alle Lasten und Sorgen miteinander verschweißte. Zehn gesunde Kinder, inzwischen im Alter von vier bis einundzwanzig Jahren, hat ihnen der liebe Gott geschenkt, fünf Buben und fünf Mädels. Während sich die im schulpflichtigen Alter befindlichen Buben, eigentlich sind einige bereits junge Männer, gerne nach der Schule mit diversen Ballspielen beschäftigen, helfen sie dennoch kräftig bei der anfallenden Farmarbeit mit, wohingegen die sich im Teenageralter oft herumtollenden Mädchen ihrer Mutter ohne jegliches Murren mit kräftiger Hilfe bei der Hausarbeit zur Seite stehen.

Behutsam und ohne unnötige Geräusche zu verursachen, erhebt sich der stämmige, mittelgroße Farmer aus seinem Bett, um fast geräuschlos das Schlafzimmer zu verlassen. Nach einer kurzen Dusche im Wasser des vorbeifließenden Baches, schlüpft er in seine traditionelle Arbeitskleidung, einer schwarzen Hose, einem dunkelblauen Hemd, und begibt sich zur Viehfütterung in die nahegelegenen Stallungen.

Einem ungeschriebenen Gesetz folgend, tauchen nur wenige Minuten später die beiden ältesten Söhne Amos und Norman auf, um ihrem Vater kräftig nicht nur bei der Fütterung, sondern auch der nun einmal notwendigen täglichen Stallreinigung zur Hand zu gehen.

Innerhalb der nächsten halben Stunde werden alle Pferdeboxen gereinigt und mit frischem, kurzgehackten Stroh ausgelegt. Der Bestand an Pferden auf der Martin-Farm kann sich sehen lassen. Immerhin stehen in den zehn Boxen sechs Ackergäule, drei Kutschpferde und ein Pony. Aber es müssen mit diesem Bestand ja auch rund hundertfünfzig Äcker Land bearbeitet werden, da Benjamin in der glücklichen Lage ist, mit seiner ererbten Farm in der Größenordnung der hiesigen Farmen an der Spitze zu stehen. Außerdem stehen noch etwa achtzig Kühe und Kälber auf der das Farmgelände umschließenden Weide. Die meisten der Farmen um ihn herum müssen sich mit weit weniger Land begnügen. Ein Problem ist es nun einmal, dass die Farmen, um in Familienhänden zu bleiben, immer weiter vererbt werden und dadurch naturgemäß, besonders wenn mehrere Kinder vorhanden sind, durch die Erbaufteilung kleiner und kleiner werden. Für Benjamin bedeutet daher die Größe der Farm eine gewisse Erleichterung, denn so kann er seinem ältesten Sohn Amos und zwei weiteren Söhnen gerade noch genug Land zum Überleben vererben.

Während er sich noch mit den beiden jungen Männern über den anstehenden Tagesverlauf unterhält, taucht seine Frau Leah plötzlich im Rahmen der offenstehenden Stalltüre auf:

„Hey ihr drei, habt ihr vergessen, dass es inzwischen bereits nach sieben Uhr ist und wenn ihr noch einen heißen Kaffee trinken möchtet, dann beeilt euch bitte. Und Norman, heute bist du dran, die Kinder zum Schulhaus zu bringen. Also bitte macht schon!"

Ben lässt die Mistgabel, die er zur Strohverteilung benutzt hat, auf den weichen mit Stroh und Heu bedeckten Boden fallen und gemeinsam bewegen sich alle drei in Richtung Küche.

Der große Küchentisch ist bereits mit den eigenen auf der Farm erzeugten Produkten gedeckt, wie die von den Mennoniten vor vielen Jahren erstmals hergestellte „Summersausage", eine besonders lang haltbare, geräucherte Salami, sowie einiger Käse- und Marmeladensorten. Selbstverständlich darf auch nicht die selber geschlagene Butter und das wohlriechende natürlich selbstgebackene Bauernbrot fehlen, dessen Geruch den Eintretenden schon im Hausflur entgegenduftet.

In der Kürze der noch verbleibenden Zeit beginnen die drei Männer mit ihrem wohlverdienten Frühstück, als ein plötzlicher Schrei sie auf Kommando gleichzeitig aufspringen lässt. Edna, das älteste der Mädchen, steht auf der rechten Seite des Küchentisches und hält vor Aufregung zitternd ihre linke Hand vor den weitgeöffneten Mund.

Auf der gegenüberliegenden Seite des Tisches, da wo die vierjährige Rebecca auf dem von ihrem Vater gebastelten Kinderstuhl ihren gewohnten Platz eingenommen hat, scheint sich nämlich gerade ein größeres Unheil anzubahnen. In einem unbeobachteten Moment hat sich das kleine Mädchen aus einer auf dem Tisch stehenden Schüssel ein Maiskorn in jedes Nasenloch gesteckt. Als es diese mit seinen kleinen Fingern wieder herauszuholen versucht, drückte es die Körner nur noch höher und fester in die Nase. Das Endresultat wird gerade sichtbar als das Kind heftig atmet, dabei offensichtlich nach Luft schnappt und ihr Gesicht bereits eine sichtbare Blaufärbung annimmt. Dabei hatte seine Mutter Leah die Küche nur für einige Minuten verlassen. Sie war gerade damit beschäftigt, im Nebenzimmer die Schultaschen für die zum Verlassen des Hauses bereits wartenden Kinder noch einmal zu überprüfen. Durch die Schreie ihrer ältesten Tochter aufmerksam geworden, rennt sie unverzüglich in die Küche. In Sekundenschnelle hat sie die gefährliche Situation erkannt, um darauf genauso schnell zu reagieren. Mit flinken Händen zieht sie die kleine Rebecca vom Stuhl, versucht durch das Zusammendrücken der Nasenflügel des Kleinkindes die gefährliche Situation zu entschärfen, doch erfolglos. Die Körner stecken zu tief und zu fest. Obwohl der Verzweiflung nahe, ist es jedoch sie, die jetzt schnell und präzise Anordnungen erteilt:

„Norman, schnell, wie weit bist du mit dem Anspannen der Kutsche? Wir müssen Rebecca auf schnellstem Weg zu Dr. Ritter in Elmira bringen. Ben, helfe bitte Norman die Kutsche zum Gartentor zu bringen. Edna, kümmere dich um die Kinder während wir unterwegs sind."

In Windeseile sind inzwischen Benjamin und sein Sohn zu dem auf der anderen Seite des Farmhauses liegenden Kutschenunterstand gerannt. Amos, der Älteste, kommt bereits mit einem Kutschpferd aus dem direkt neben dem Unterstand befindlichen Stall und spannt mit wenigen gekonnten Handgriffen das Pferd vor das viersitzige Gefährt.

Das leblose Kind in ihren Armen, stürmt die Bäuerin aus der Haustüre. Mit wenigen Schritten rennt sie hastig zum Buggy (Kutsche), klettert hinein, um sich auf dem Vordersitz neben Norman niederzulassen, während auf dem Rücksitz Benjamin bereits seinen Platz eingenommen hat.

Jetzt beginnt eine Kutschfahrt, wie man sie sicherlich nie vorher und vielleicht auch nachher wieder in diesem Teil des Mennoniten-Landes erleben wird. Dem Pferd immer wieder ansporne Worte zurufend und dabei mit den Zügeln die Richtung und Geschwindigkeit dirigierend, jagt Norman mit seiner wertvollen Fracht über den staubigen, nicht geteerten Feldweg in die Richtung des Ortes Elmira. Dort, wo sich die einzige Arztpraxis im näheren Umkreis befindet.

Kaum hat die Kutsche die Einfahrt zur Farm hinter sich gelassen, beugt sich Benjamin nach vorne, um seinem Sohn mit lauter Stimme zuzurufen:

„Fahre nun querfeldein geradewegs über die vor uns liegenden Felder. Dann sparen wir uns einige Kilometer. Glücklicherweise hast du die Kutsche mit der Gummibereifung genommen und die wird die Holprigkeiten der Felder leicht bewältigen."

Gesagt, getan und nach rund einer halben Stunde endet die ‚Höllenfahrt' vor der Praxis Dr. Ritters in dem Kleinstädtchen Elmira.

Benjamin nimmt in Sekundenschnelle das inzwischen bereits bewusstlose Kleinkind aus den Armen seiner Mutter. So schnell ihn seine Füße tragen können, rennt er damit in das Arztgebäude. In kürzester Zeit, aber dennoch im buchstäblich allerletzten Moment, kann Dr. Ritter die Maiskörner mit einer speziellen Pinzette aus Rebeccas Nasenlöchern entfernen. Nach einigen Wiederbelebungsversuchen setzt auch die normale Atmung wieder ein. Zwei Stunden später, diesen Zeitraum hat sich Dr. Ritter zur Beobachtung des Kindes ausbedungen, entlässt der Arzt seine Patienten. Zwar innerlich immer noch total aufgewühlt, aber dennoch zufrieden, dass alles noch mal glimpflich verlaufen ist, dürfen sie getrost nach Hause fahren.

Es ist inzwischen früher Nachmittag geworden als sie zurück auf der Farm eintreffen. Edna, die älteste Tochter der Farmleute, hat wie ihr aufgetragen, alle angefallenen Arbeiten im Hause zufriedenstellend erledigt. So beschließt der Rest der Familie, sich nach den Aufregungen des vergangenen Morgens erst einmal eine Kaffeepause zu gönnen, wobei man natürlich nochmals die Geschehnisse der letzten Stunden ausgiebig diskutiert.

Doch die vorgesehene Feldarbeit verlegt Ben nun auf den morgigen Tag, denn jetzt muss er sich erst einmal um seine am nahen Waldrand aufgestellten Bienenstöcke kümmern. Schließlich hat er ja bereits einen kleinen Verkaufsstand auf dem riesigen Farmersmarkt in St. Jacobs vor nicht allzu langer Zeit zwecks Verkaufs seines delikaten, unpasteurisierten Bienenhonigs, sowie anderer Farmprodukte angemietet.

Dort wird dann jeden Donnerstag und Samstag die bald sechszehnjährige Anni oder einer ihrer Geschwister den auf der Martin-Farm produzierten Honig sowie die aus den Früchten ihres Gartens hergestellte Marmeladesorten hauptsächlich den aus Touristen bestehenden Marktbesuchern zum Kauf anbieten.

Mehr oder weniger verläuft der Rest des Tages wie jeder andere. Als Benjamin und Leah sich am Abend rechtschaffen müde zur Ruhe betten, hegen beide den gleichen Gedanken: ‚Was wird uns der morgige Tag bescheren?'

Eigentlich beginnt dann der neue Tag wie jeder andere, also ohne besondere Vorkommnisse. Jedenfalls sieht es so aus. Heute ist bereits Samstag und Benjamin begibt sich gleich nach dem Frühstück an die Feldarbeit.

Das Umackern des letzten Feldes möchte er schnellstmöglich abschließen. Denn sein Interesse ist auf seinen neuen Verkaufsstand im „St. Jacobs" Farmers-Market ausgerichtet.

Außerdem möchte er heute noch, soweit es seine Zeit erlaubt, einen schlachtreifen Ochsen zu einem in der Nähe liegenden Schlachthaus transportieren.

Aus Erfahrung weiß er, dass dies keine leichte Arbeit werden wird. Als er um die Mittagszeit das Umackern des Feldes für den heutigen Tag einstellt und die Ackergäule zurück in ihre Stallungen gebracht hat, warten schon Amos und Norman vor dem Eingangstor zu den Stallungen auf ihn. Gemeinsam zerren sie jetzt mit all ihren Kräften den vor Kraft strotzenden schlachtreifen Ochsen zu einem kleinen Corral rechts neben der Scheune.

„Dad, du kannst mir sagen was du willst, aber ich werde das Gefühl nicht los, dass wir dieses monströse Vieh nicht ohne Schwierigkeiten in „Brubachers Schlachthaus" bringen werden. Die blutunterlaufenen Augen des Tieres machen mir Sorgen. Das Viech ist so unruhig, als ob es vorausahnen könnte, was ihm bevorsteht." Dabei wirft Amos seinem Vater einen sorgenvollen Blick zu.

Von einer bisher auch für ihn nur sehr selten auftretenden, ja eigentlich unbekannten Unruhe erfasst, begibt sich auch Ben jetzt zu der Umzäunung. Hinter dem stabilen Zedernholzzaun hat er mit seinen Söhnen den Ochsen nach Meinung aller Beteiligten sicher für den Abtransport untergebracht.

Das äußerst erregte Tier stampft abwechselnd mit Vorder-und Hinterbeinen auf dem weichen Erdboden und schleudert handgroße Dreckballen um sich herum. Doch dann dreht es seinen Kopf in Richtung des Mennoniten-Farmers und als ob es darin seinen Feind erkennen würde, stürzt es ohne jegliche Vorwarnung auf ihn zu. Mit einem Riesensprung zur Seite, der jedem durchtrainierten Sportler alle Ehre gemacht hätte, rettet sich Benjamin aus der Gefahrenzone. Aber die Tragödie ist damit nicht zu Ende, sondern beginnt gerade in eine neue gefährliche Phase zu treten, als das wütende Tier mit aller Kraft den Holzzaun, der den Corral rundherum umgibt, mit einem lauten Krachen durchbricht und in Richtung der vor ihm liegenden Felder davon rennt.

„Amos, Norman holt so schnell ihr könnt, die an der linken Stallwandseite hängenden Stricke. Wir müssen versuchen, das Tier damit einzufangen, bevor es die Brücke über den „Conestogo River" erreicht.

Wenn es nämlich die Brücke überquert, ist es nur noch einen Steinwurf vom Dorf entfernt und das Drama, was es dann entfachen wird, wage ich mir nicht einmal vorzustellen."

Mit dicken Stricken bewaffnet jagen die beiden stämmigen Burschen dem in Raserei geratenen Tier nach. Zumindest versuchen sie es einzukreisen, bis ihr Vater sie erreicht hat. Er hat sich anscheinend bei seinem Sprung in Sicherheit verletzt, wenn auch glücklicherweise nur leicht. Jedenfalls humpelt er mehr als er laufen kann, seinen Söhnen hinterher. Doch das Glück scheint ihnen trotz Missgeschick zur Seite zu stehen. Als hätte es das Vorhaben der Burschen verstanden, bleibt das Tier urplötzlich mit aufgeblähten Nüstern und laut schnaufend stehen. Eine nicht wiederkehrende Gelegenheit, die sich Amos, Norman und der inzwischen herbeigeeilte Benjamin Jr. nicht nehmen lassen.

Wie Indianer auf dem Kriegspfad versuchen alle drei sich so vorsichtig wie nur möglich an das aufgebrachte Rindvieh heranzuschleichen.

In Windeseile hat Amos inzwischen den Strick in seinen Händen in große Schlaufen um Schulter und linkes Armgelenk geschlungen. Jetzt hängt alles nur noch von seiner Geschicklichkeit ab, das Seil mit einem gekonnten Wurf um den Hals des Ochsen zu bugsieren. Der gezielte Wurf sitzt. Die Schlinge legt sich um den Hals des Tieres. Bevor es sein Einfangen erfassen kann, ziehen Amos und Norman das Seil so straff an, dass der Ochse mit den Vorderbeinen in die Höhe steigt. Benjamin Jr. nutzt blitzschnell die sich ihm gebotene Chance, um mit einem Präzisionswurf eine weitere Schlaufe zu legen, diesmal um die Vorderbeine des sich nun mächtig sträubenden Tieres.

Inzwischen ist neben dem humpelnden Farmer auch die Farmersfrau mit dem Rest der Kinder im Schlepptau, herbeigeeilt. Mit vereinten Kräften ziehen alle an beiden Stricken, bis man das nicht gerade leichtgewichtige Rindvieh langsam aber sicher wieder in einer der Stallungen untergebracht hat. Ein anderer hektischer Tag auf einer der typischen Mennoniten Farmen in der Waterloo Region neigt sich langsam dem Ende entgegen. Am morgigen Sonntag, dem Tag des Herrn, wird zwar die Arbeit nicht ruhen, aber sich nur auf das Notwendigste beschränken.

Benjamin und seine Familie werden im nahegelegenen Dörfchen Floradale im dortigen ‚Meetinghause' (Gotteshaus) wie an jedem Sonntag dem Gottesdienst beiwohnen. Kirchliche Würdenträger und Diakone werden dort aus der Bibel einzelne Evangelien vorlesen und ihre gut vorbereiteten Predigten halten. Lieder in deutscher Sprache werden den im Prinzip äußerst spartanisch gehaltenen Gottesdienst bereichern.

Wie so üblich wird die Martin-Familie nach dem Gottesdienst eine der in der Nähe liegenden Farmen aufsuchen, um dort das Sonntagsmahl einzunehmen. Diesmal ist es Benjamins Vater, dessen Farm immer noch von ihm selbst bewirtschaftet wird und praktisch nur einen Steinwurf von der Original-Martin Farm entfernt ist. Letztes Jahr hat er im engsten Familienkreis seinen achtzigsten Geburtstag in guter geistiger und körperlicher Verfassung gefeiert. Doch jetzt hat man ihm Betsy, die Tochter seines Nachbarn Johan Baumann, als Haushaltshilfe zur Seite gestellt. Von ihr werden nicht nur die täglich anfallenden üblichen Hausarbeiten, sondern auch alle Küchendienste erledigt, wobei sie ihre Kochkünste voll entfalten kann und zwar ganz zur Zufriedenheit des Patriarchen Abram der Martin-Familie.

Nach alter Mennoniten Sitte ist eine vorherige Anmeldung oder gar Einladung zum Besuch untereinander nicht notwendig. Man kommt einfach, egal mit wie vielen Familienmitgliedern und wird gerne beköstigt. Die Gastgeberin, also die Farmersfrau, wird in kürzester Zeit immer genug köstliche Speisen auftragen, bis alle Anwesenden gesättigt sind. So geschah es vor hundert Jahren und so geschieht es auch noch heute.

Nach dem Mittagstisch sitzt man mehr oder weniger noch einige Stunden gemütlich im Haus oder wenn das Wetter es zulässt, auch draußen zusammen, um Geschichten zu erzählen oder bereits bekannte auszutauschen. Danach lässt man mit Kaffee und dem natürlich selbstgebackenem Kuchen den Sonntagnachmittag gemütlich ausklingen. In der Regel sitzen während ihrer angeregten Unterhaltung Männer und Frauen voneinander getrennt, während sich das Jungvolk mit Spielen und Vorlesungen aus der Bibel oder anderen, meist in deutscher Sprache geschriebenen Büchern, die Zeit vertreibt.

Wenn die Zeit des Aufbruchs gekommen ist, verabschieden sich Gäste und Gastgeber herzlich voneinander und diese Verabschiedung wird meistens durch einen Bruderkuss besiegelt.

Die alte Woche ist zu Ende gegangen. Was die neue bringen wird, weiß noch keiner der Beteiligten, das wird halt der ‚da oben' entscheiden.

Kapitel 2: Dr. Christian Bernhard Moser

„Doktor Chris Moser wird unverzüglich zum OP Nummer 6 gebeten". Fast blechern, in jedem Fall aber nicht gerade einladend, hört sich die Lautsprecheransage für den an, dessen Ohren sie gerade erreicht.

Dr. Christian Bernhard Moser unterhält sich momentan im Flur des dritten Stockes mit einem Patienten über eine weitere wichtige Behandlungsmethode. Entweder hat er die ihn betreffende Nachricht überhört oder er ignoriert sie. Erst als ihn sein Patient, ein kleiner, schmächtiger und glatzköpfiger Mann in den Endfünfziger Jahren, bei der zweiten Durchsage am Ärmel seines Kittels zieht, reagiert er fast unwirsch:

„Ja, ich weiß, dass Dr. Reitzel ohne mich nicht anfangen kann, aber immerhin ist die Operation erst für 11 Uhr angesetzt und jetzt ist es nicht mal ein viertel vor Elf. Allmählich sollte er aber gemerkt haben, dass ich so leicht nicht aus der Ruhe zu bringen bin. Mich jedoch vor einer schwierigen Operation zu drängeln, ist etwas, was ich absolut nicht ausstehen kann."

Den letzten Satz hat er so leise vor sich hingesprochen, ja mehr genuschelt, dass glücklicherweise der vor ihm stehende Patient kein Wort verstehen kann. Seit rund einem halben Jahr ist er der leitende Stationsarzt des neu in Toronto eingerichteten Krebs-Zentrums, welches sich im dritten Stockwerk des zweihundertsechsundfünfzig Betten zählenden ‚Western General Hospitals' befindet und mit den modernsten Behandlungsgeräten ausgestattet ist.

Der Stationsarzt Dr. Moser hat sich in relativ kurzer Zeit nicht nur aufgrund seines außerordentlichen Fachwissens, sondern auch durch seine große Hilfsbereitschaft und seines sprichwörtlichen Fleißes einen kaum zu überbietenden Respekt erworben. Da er nach einer bitterbösen Ehescheidung in Deutschland seine Emigration nach Kanada beantragte und innerhalb kürzester Zeit die Arbeitserlaubnis für eine offenstehende Stelle im ‚Western General Hospital' angeboten bekam, gab es für ihn kein Halten mehr. Schließlich hatte der ein Meter sechsundachtzig Zentimeter große, stattliche Mann vor achtzehn Jahren hier in diesem Hospital bereits ein Praktikum mit Erfolg absolviert und danach Toronto zu seiner absoluten Lieblingsstadt erkoren. Inzwischen hat er hier auch seinen fünfundvierzigsten Geburtstag gefeiert, obwohl ihm weder Arztkollegen noch Krankenschwestern sein Alter glaubhaft abnehmen wollen. Seine jugendliche Erscheinung verleiht ihm ein äußerst sportliches Aussehen. Das immerwährend freundliche Gesicht sowie die stahlblauen Augen und der schwarzhaarige, bereits mit einigen grauen Haaren durchzogene, dichte Schopf auf seinem Kopf lassen den Betrachter mehr oder weniger zu dem Entschluss kommen, dass sie es eher mit einem attraktiven ‚Star' aus der Filmbranche zu tun haben.

So leicht würde keiner annehmen, dass man vor einem der sicherlich tüchtigsten Ärzte steht, die das ‚Western General' Hospital momentan aufweisen kann. Dabei war es eigentlich nicht die Absicht des jungen Chris Moser, den Arztberuf einzuschlagen. Von einer kaum zu überbietenden Abenteuerlust besessen, hatte er schon im Teenageralter mit nur wenigen Habseligkeiten und einer Gitarre auf dem Rücken verschiedene Teile der Welt bereist.

Am Ende des Tages blieb ihm aber keine andere Wahl. Welche große Chancen hatte er einen anderen Beruf zu wählen, war doch sein Vater U-Bootoffizier im zweiten Weltkrieg und seine Mutter eine in ihrem kleinen Städtchen im Hessenland äußerst respektierte Ärztin.

Naturgemäß studierte also der einzige Sohn seiner Eltern Medizin. Aber nicht, weil er hierzu angehalten wurde, denn bereits kurz nach Studienbeginn faszinierte ihn Medizin sowie Heilkunde und alles was damit zusammen hing. Obwohl er sich nun dem Arztstudium mit Leib und Seele verschrieben hatte, bedeutet das für ihn noch lange nicht, dass damit für ihn eine einseitige Interessenfestlegung begonnen hätte.

Das Gegenteil trat ein, denn sobald er sein praktisches Jahr als Assistenzarzt an der Universitätsklinik in Marburg absolviert hatte, bewarb er sich bei der ‚Deutschen Bundesmarine' in Kiel. Nach relativ kurzer Zeit kletterte der gewitzte und hochintelligente Marinearzt die ihm dargebotene Beförderungsleiter mit unglaublicher Schnelligkeit nach oben. Dem Rang des Korvettenkapitäns folgte bald der Aufstieg zum Fregattenkapitän und nach einigen weiteren Karrierejahren die Beförderung zum Kapitän zur See.

Alle diese zum Teil hart erarbeiteten Erfolge in der unwahrscheinlich kurzen Zeitspanne von weniger als zehn

Jahren stiegen dem jungen Arzt nicht zu Kopfe. Niemals vergaß er auch nur für einen Augenblick, dass sein Hauptberuf Arzt war, auch dass es sein größtes Ziel war, anderen Menschen zu helfen und neue Heilmethoden zu finden. Deshalb wuchs er des Öfteren über die sich selbst gesetzten Grenzen hinaus. Von Beruf war er Arzt, aber in der rauen Wirklichkeit des Lebens war es für ihn längst zu einer Berufung geworden, der er selbst wenn er es gewollt hätte, nicht mehr entkommen konnte.

Bald bekam er eine Professur an einer der angesehensten Universitäten in Deutschland angeboten, die er dankend ablehnte. Feste Bindungen hasste er, deshalb konnte es einfach nicht sein Ziel sein, an einen Lehrstuhl gebunden zu werden. Vielleicht war dieses Verhalten auch der Grund für sein bisheriges Alleinsein. Obwohl ihm die Frauenwelt zu Füßen lag, schien es ihm undenkbar, sich zu diesem Zeitpunkt seines Lebens auch nur kurzfristig mit Frauen in irgendeiner Form zu liieren.

Doch wie nun einmal das Leben die Entscheidung jedes einzelnen Menschen beeinflusst, hat Dr. Christian Bernhard Moser seinen Traum verwirklicht, indem er das einfach zu verführerische, äußerst großzügige Angebot des ‚Western General Hospitals' in Toronto/Ontario annahm und damit einen neuen Lebensabschnitt in Kanada begann. Hier in diesem Krankenhaus der Superlative im Zentrum von Toronto, welches auf dem neuesten Stand der Technik mit den zur Zeit besten medizinischen Geräten ausgerüstet ist, schloss er ja vor etlichen Jahren einen Teil seines Praktikums ab. Hier hatte er bereits ein Jahr als

Assistenzarzt unter der Aufsicht des geachteten Professors Dr. Smithson gearbeitet. Nicht zuletzt weil er noch etliche Freunde aus seiner Studienzeit kennt, fühlt er sich hier pudelwohl.

Alle diese Gedanken eilen geradezu mit Überschallgeschwindigkeit durch sein Gehirn, während er mit mächtigen Schritten die Treppenstufen zum fünften Stockwerk hinauf stürmt, immer zwei Stufen auf einmal nehmend. Den Fahrstuhl, der ihn in Sekunden nach oben befördert hätte, hasst er wegen schlechter Erfahrungen. Außerdem möchte er, falls irgendwie möglich, seine körperliche Sportlichkeit so lange es geht, erhalten.

Obwohl noch genügend Zeit bis zur angesetzten Operation vorhanden ist, kann Dr. Chris, unter diesem Namen kennt ihn hier jeder, ein gewisses Schuldgefühl nur schlecht verbergen, als er in den Operationssaal Nr. 6 eintritt wo man bereits ungeduldig auf ihn wartet. Der Narkosearzt, sowie der ihn assistierende Chirurg und sein persönlicher Freund Dr. Peter Reitzel als auch alle für diese Operation benötigten Kräfte werfen ihm bei seinem Eintritt vorwurfsvolle Blick zu, als er den Raum betritt.

„Ja, ja, ich weiß, dass ihr auf mich gewartet habt, aber bitte behaltet eure Kommentare für euch. Wie ich sehen kann, scheint ihr euch ja schon seit geraumer Zeit zu langweilen." Obwohl er bei diesen Worten keine Miene verzieht, strahlen seine Augen so etwas wie…..' nehmt es mir bitte nicht übel'…..aus.

„Na, dann wollen wir mal."

Nach ein paar präzisen Anweisungen beginnt nur wenige Minuten später Dr. Chris Moser mit der inzwischen zur Standard-Prozedur gewordenen „Kausch-Wipple" Operation, die, wenn sie im frühen Stadium einer bösartigen Krebserkrankung eines Pankreas-Karzinoms (bösartiger Tumor) durchgeführt wird, die einzige Möglichkeit der Lebensrettung des Patienten sein kann.

Wie bei früheren von Dr. Chris Moser durchgeführten Operationen an einem mit Bauchspeicheldrüsenkrebs erkrankten Patienten gelingt dem Arzt mit den goldenen Händen, wie ihn das Krankenhauspersonal liebevoll bezeichnet, auch die heutige rund zweieinhalb Stunden dauernde Operation ohne größere Komplikationen.

Obwohl Dr. Chris zusätzlich zweiunddreißig Lymphknoten entfernt hat und alle im Operationssaal sich des Erfolges sicher sind, kann er eine gewisse Unruhe nur schwerlich verbergen. Irgendetwas nagt an ihm, er weiß nicht mal was.

Während sein Mitstreiter Dr. Peter Reitzel und er sich im Umkleideraum neben dem OP die Operationskittel buchstäblich vom Leibe reißen und sich in den nebeneinandergelegenen Waschbecken einer gründlichen Waschung ihrer Hände und Arme unterziehen, schaut Dr. Chris mit einer etwas verlegen dreinschauenden Miene zu seinem Freund:

„Peter, obwohl alles wie geplant verlaufen ist, werde ich den Gedanken nicht los, dass wir zwar heute alles zu 100%

durchgeführt haben, uns aber trotzdem noch einiger Ärger mit der Patientin bevorsteht. Als ich die Frau das erste Mal gesehen habe, so ganz in Schwarz gekleidet, hat sie mich an etwas erinnert, was ich nicht mal beschreiben kann.

Als ich dich dann gefragt habe, was du über sie weißt, hast du mir nur eine knappe, wie es schien für dich belanglose Antwort gegeben, nämlich dass sie eine Mennonitin aus der Waterloo Region sei. Eigentlich hatte ich mir fest vorgenommen, nach ihrem ersten Besuch hier etwas mehr über diese Menschen und ihre Lebensweise, ihre Religion und auch ihre Lebensphilosophie in Erfahrung zu bringen. Aber wie du ja selber weißt, ist es oft die Zeitknappheit, die uns immer wieder einen Strich durch die Rechnung macht. Seit mir jedoch unsere OP- Schwester Dorothe Coleman so quasi im Vorbeigehen erzählt hat, dass es hier im Krankenhaus bestimmt keinen zweiten gibt, der mehr über die Geschichte der Mennoniten weiß als du, liegt es ja eigentlich auf der Hand, wen ich danach fragen und um Aufklärung bitten kann."

„Ja mein lieber Christian, das kann ich sehr wohl, denn ob du es glaubst oder nicht, habe ich als Kind mit meinen Eltern mehr als acht Jahre in der Nähe von Elmira, das ist ein kleines Städtchen inmitten der Mennoniten Gegend, gelebt und bin zum Großteil mit deren Kindern aufgewachsen. Aber ich mache dir einen guten Vorschlag. Anstatt hier beim Händewaschen über dieses Thema zu diskutieren, könntest auch du vielbeschäftigter Stationsarzt und Liebling aller Krankenschwestern im dritten Stock, (dabei verzieht er sein Gesicht zu einem breiten Grinsen) dir mal die Zeit nehmen mit deinem lieben Kollegen, Dr. Peter Reitzel, ein gepflegtes Glas Bier in der ‚Bierklause' auf der anderen Straßenseite zu trinken. Ohne dir dabei zu viel zu versprechen, werde ich dich dann mal richtig aufklären, denn die Geschichte der Mennoniten zieht sich inzwischen schon über etliche Jahrhunderte hin."

„Peter, gute Idee und weil du gerade neben dem Wäschekorb stehst, halte bitte mal den Deckel auf."

Mit einem gezielten Wurf befördert er seinen blutverschmierten Kittel in den neben dem Waschbecken stehenden Wäschekorb, bevor er sich wieder seinem Arztkollegen zuwendet:

„Und wann hat mein Freund sich entschieden, mir das schon so lange versprochene Bier zu spendieren und mir gleichzeitig die Ehre einer Geschichtsvorlesung über die Mennoniten zu geben?"

„Wenn es dir recht ist, dann heute Abend, sagen wir mal siebenuhrdreißig, würde das dem vielbeschäftigten Stationsarzt passen?"

„Ja, du hast vollkommen Recht, eigentlich haben wir beide uns in den letzten zwei Wochen eine Auszeit, wenn auch nur eine kurze, ehrlich verdient. Also, wir sehen uns heute Abend in der ‚Bierklause' und bevor du die Station verlässt, hinterlasse bitte an der Rezeption eine Nachricht, wo wir im Notfall zu finden sind, o.k.!" „Typisch Chris, aber dagegen kann man bei dir wohl nichts mehr unternehmen. O.K. wird erledigt, see you later."

Nach dieser kurzen, jedoch für die beiden Ärzte und gleichzeitig besten Freunde typischen Unterhaltung, verlassen sie ohne weiteres Zögern das Krankenhaus um nach Hause zu eilen. Noch wissen sie nicht, dass der vor ihnen liegende Abend in keiner Weise so verläuft, wie sie sich ihn vorgestellt hatten.

Der Zeiger der über dem Tresen hängenden Uhr springt gerade auf siebenuhrvierzig als sich die Eingangstüre zur „Bierklause" öffnet und vier männliche Gestalten in Begleitung einer recht fülligen aber trotzdem attraktiven Frau das Lokal betreten.

Der letzte der Eintretenden bleibt einen Moment stehen, um auch dem ihm nachfolgenden Gast die Türe offenzuhalten. Ja, es ist Christian, denn fast hätte sein Freund Peter, schon die letzten zehn Minuten immer wieder erwartungsvoll zur Wanduhr schauend, geglaubt, er sei versetzt worden.

„Hat doch etwas länger gedauert, als ich gedacht habe. Aber erst zu Hause nach dem Ablegen meiner Kleidung habe ich festgestellt, dass ich wirklich nicht mehr wie der frische Morgen gerochen habe."

Mit einem breiten Lachen im Gesicht und gleichzeitig mit dem rechten Fuß einen freien Stuhl an Peters Tisch ziehend, nimmt sein Arztfreund ihm gegenüber Platz:

„So, und jetzt brauche ich erst einmal ein gepflegtes Bierchen, danach kannst du mit deiner Erzählkunst loslegen. Aber wundere dich nicht, denn ich habe mir bereits beim Herkommen einige Fragen zurechtgelegt."

An dem kleinen zweisitzigen Tisch etwas abseits der Theke, sitzen sich die Beiden jetzt gegenüber.

„Also Chris, die Geschichte der Mennoniten und ihre Verfolgung durch große Teile Europas bis tief nach Russland und dann über den Ozean bis nach Amerika im achtzehnten und neunzehnten Jahrhundert, kann man nicht in wenigen Sätzen erklären. Deshalb möchte ich dir einen Vorschlag machen."

In seiner ihm eigenen Erzählkunst versucht der jüngere Arzt seinem Kollegen die Geschichte der Mennoniten, einer Art Religionsgemeinschaft und Volksgruppe ausführlich darzustellen, wobei er etliche Beispiele aus seiner Jugendzeit hervorhebt und sich mit seinem Oberkörper über den kleinen Tisch lehnt, um damit mehr Spannung in seine Geschichte zu bringen.

Christian ist von den Anekdoten seines Freundes regelrecht fasziniert. Was er hier aus vertrauenswürdiger Quelle zu hören bekommt, ist für ihn, einem Historik-Liebhaber seit seinen Kindheitstagen, etwas nicht gerade Alltägliches.

‚Nichtmals eine Woche war vergangen als die etwa vierzigjährige ganz in schwarzgekleidete Frau zum ersten Mal in seinem Leben vor ihm gestanden hatte. Als er in ihr herbes Gesicht mit den großen braunen Augen und auf ihre abgearbeiteten Hände sah, kam so etwas wie Mitleid in ihm auf. Oder waren es gar Mysterien, welche in ihm erwacht waren? Eine Frage, die er sich selbst nicht beantworten konnte. Jedenfalls stand eins für ihn fest: Die

Schicksale anderer Menschen hatten ihn schon immer interessiert und genauso war es auch hier. Von einem befreundeten Arzt zu ihm gesandt, hatte er bereits beim bloßen Anschauen dieser Frau instinktiv die richtige Diagnose gestellt: ‚Pankreaskarzinom', also Bauchspeicheldrüsenkrebs, glücklicherweise noch im Anfangsstadium. Es war ihm sofort klar, dass Eile geboten war, um das Leben der Frau zu retten.

Obwohl er in der darauffolgenden Woche einen Kurzurlaub in der Schweiz vorgesehen hatte und um dabei gleichzeitig auch an einem für ihn äußerst wichtigen Ärzte- Kongress teilzunehmen, änderte er unverzüglich seine Pläne. Schließlich stand ein Menschenleben auf dem Spiel. Daher hatte er die Operation auf den heutigen Tag festgelegt und praktisch nur wenige Stunden zurückliegend mit Erfolg und ohne scheinbare Komplikationen durchgeführt.

Dennoch, wie er sich nun selber eingestand, waren das alles nur Scheingründe. Denn als er nach einigen Gesprächen in das Leben seiner neuen Patientin hineinschauen konnte und dabei gleichzeitig die Hintergründe ihrer Herkunft erfuhr, war es nicht nur pure Neugier, sondern auch die Entschlossenheit, die Lebensweise, sowie die Hintergründe und Kultur dieser für ihn neuentdeckten Volks- und Religionsgruppe der Mennoniten zu erforschen.

Alles was Peter ihm während der kurzen Unterhaltung in der Kneipe in einer Mischung aus eigenen Kindheitserlebnissen und den geschichtlichen Tatsachen erzählt hat, haben in ihm nun eine kaum mehr zu verbergende Spannung entfacht.

‚Aber hatte er vorhin nicht angedeutet, ihm einen Vorschlag zu unterbreiten?'

Chris nimmt einen kräftigen Schluck aus seinem Bierglas, bevor er seinem Freund direkt in die Augen blickt:

„Peter, hattest du mir nicht vor einer halben Stunde so etwas wie einen Vorschlag unterbreiten wollen? Was ist damit, wenn du mich schon so mit deinen Erlebnissen und Stories unter Hochspannung stellst?"

„Nur nicht unruhig werden, schließlich wollte ich dich doch erst mal testen, um festzustellen, ob dein Interesse wirklich so groß ist. Vielleicht hast du ja auch nur an der gerade operierten Frau eine, sagen wir mal, Arzt – Patient – Zuneigung' entwickelt."

„Du spinnst doch und das nicht zu wenig!"

Peter lacht und dabei zeigt der noch jugendlich aussehende Arzt mit dem attraktiven Schnurrbärtchen ein so schelmisches Gesicht, als wenn er seinem Vorgesetzten und Freund gerade etwas nicht besonders Seriöses beibringen wollte:

„Mein lieber Kollege Doktor Christian Bernhard Moser, inzwischen ist mir so klar geworden, dass du nicht nur mit Leib und Seele Arzt bist, sondern dass auch deine Leidenschaft für ‚Geschichte' etwas ist, was du nicht verleugnen kannst. Aber auch dabei stehen interessanterweise immer wieder Menschen im Vordergrund, wie hier zum Beispiel die Volks- und Religionsgruppe der Mennoniten. Um dir ein eigenständiges Bild über das Leben dieser Menschen vor Augen zu führen, ist meiner Meinung nach ein persönliches Kennenlernen einfach unvermeidbar. Wie, das werde ich dir jetzt mal genauer erläutern.

Etwa hundert Kilometer südwestlich von hier in der Waterloo Region leben rund dreißig tausend Mennoniten, die sich hauptsächlich aus der Bewirtschaftung ihrer Farmen ernähren. Nahe dem Dörfchen St. Jacobs, direkt an der Stadtgrenze der rund Fünfhunderttausend Einwohner zählenden Zwillingsstädte Kitchener-Waterloo, betreiben sie einen der größten Farmersmärkte in Nordamerika, mit weit über einhundert Verkaufsständen.

Hier in diesen donnerstags und samstags geöffneten Marktgebäuden und Freiständen bieten die Mennoniten den größtenteils aus Touristen bestehenden Käufern ihre fast ausschließlich in Eigenproduktion hergestellten Produkte zum Kauf an."

Chris hebt sein Bierglas in die Höhe, prostet seinem Gegenüber zu: „Ich denke, bevor wir nun zum spannenden Moment deiner Geschichte übergehen, lass uns doch erst mal zwei Bier bestellen. Aber nicht nur wegen deiner Geschichte. Nach einem so stressigen Arbeitstag haben wir uns das einfach verdient." Es dauert tatsächlich weniger als fünf Minuten, bevor zwei voll gezapfte Biere vor den beiden Freunden stehen. Nachdem beide einen kräftigen Schluck nehmen, fährt Peter mit seiner Erzählung fort:

„Doch nun zu dir Chris. Wenn dir dein Ansinnen immer noch ernst ist und du einen tieferen Einblick in das Gemeinschaftsleben der Mennoniten bekommen möchtest, brauchst du zwar nicht wie ich acht Jahre mit ihnen zusammengelebt zu haben, aber ein wenig unter sie mischen solltest du dich schon."

„Kannst du mir bitte erklären, wie das vor sich gehen soll?"

„Mein lieber Chris, du musst jetzt nicht alles übers Knie brechen. Das ganze Unterfangen wird zwar ein wenig deiner kostbaren Zeit in Anspruch nehmen, dir aber andererseits zu einer Verschnaufpause verhelfen, die du, glaube mir, wirklich nötig brauchst. Du bist einer der besten Ärzte, mit denen ich bisher zusammen gearbeitet habe. Trotzdem wird es auch dir nicht gelingen, allen deinen Patienten ihre Gesundheit zurückzugeben oder gar ihr Leben zu erhalten, wenn du im gleichhohen Tempo wie bisher weiterarbeitest. Als mein Freund beobachte ich dich schon eine gewisse Zeit. Irgendwann werden dein Arbeitsvolumen sowie deine sonstigen Interessen alle deine Kräfte aufgezehrt haben. Um das zu vermeiden, habe ich dir folgenden Vorschlag zu unterbreiten: Für die nächsten vier bis fünf Wochen lässt du dir einfach mal deinen Bart wachsen. Du beschaffst dir eine schwarze Hose, ein dunkelblaues Hemd, eine schwarze Jacke und natürlich auch einen alten breitkrempigen schwarzen Hut. Alles bitte gebraucht, am besten von einem „Good Will Store" hier in der Stadt.

Dann, in etwa fünf bis sechs Wochen an einem Samstag, begibst du dich zum ‚Farmers Market' in St. Jacobs, aber nicht als Tourist, sondern als wenn du einer von ihnen wärest. Wenn sie dich fragen, sage ihnen einfach, dass du aus dem mittelamerikanischen Kleinstaat Belize hier kurzzeitlich als Gast bist und gerne vor Ort Bekanntschaften knüpfen möchtest. Sie wissen sicher, dass dort auch viele Mennoniten leben. Deshalb kann ich mir nicht vorstellen, dass du große Probleme haben wirst, selbst wenn du auf dich selber angewiesen bist. Bitte gib ihnen nur zu verstehen, dass du wenigstens für den Moment mehr oder weniger auf ihre Gastfreundschaft angewiesen bist. Der Rest wird sich dann schon ergeben. So, das wäre eigentlich alles, was ich dir zu sagen hätte. Meinen Segen hast du nun."

„Na, ja Peter, danke dir, ich denke dass ich den Rest allein schaffen werde. Ich bin aber fest davon überzeugt, dass einige kurzweilige Tage und Ereignisse in der nahen Zukunft auf mich zukommen werden.

Auf jeden Fall wird es mich, wie du schon vorhin sagtest, ein wenig vom Stress ablenken, dessen bin ich mir fast sicher."

Die beiden Ärzte bestellen sich noch je ein weiteres Bier und schweifen langsam vom Thema „Mennoniten" ab um über andere Probleme ihres ohne Frage anstrengenden Berufes zu diskutieren.

Gerade in dem Moment, als Peter sich anschickt seinem Arztkollegen, der halt die größere medizinische Erfahrung hat, einige für ihn wissenswerte Fragen onkologischer Art zu stellen, kommt der rothaarige Barkeeper, ein Handy in der rechten Hand haltend, auf den Tisch der Beiden zugestürmt:

„Entschuldigen sie bitte, ist einer von ihnen Dr. Moser?"

„Ja, das bin ich", instinktiv hebt Chris seine Hand, in die ihm der Rothaarige ohne weiteres Fragen das Handy legt.

Nur mit Mühe kann er den Wortschwall stoppen, der ihm aus dem Hörer entgegen kommt, indem er zwar nicht schreiend aber doch mit unüberhörbarer Lautstärke seinem Gegenüber am anderen Ende antwortet:

„Mit wem spreche ich? Und nun bitte ich sie mir mit normaler Lautstärke mitzuteilen, was passiert ist.

„Hier spricht Schwester Theodora von der ‚Onkologischen Abteilung' im dritten Stock. Doktor Moser kommen sie bitte so schnell wie möglich. Bei der heute Nachmittag an der Bauchspeicheldrüse operierten Frau ist eine Naht geplatzt und wir sind nicht in der Lage, den austretenden Fluss zu stoppen. Bitte kommen sie sofort, auch der Blutverlust ist enorm." „Schwester Theodora, bitte treffen sie alle notwendigen Vorbereitungen für eine sofortige Operation. Dr. Reitzel und ich werden in wenigen Minuten bei ihnen sein."

Nur einen kurzen Augenblick schaut er in das Gesicht seines Kollegen, der ihm augenblicklich einen verständnislosen, ja fast entsetzten Blick zurückwirft.

Mit Riesenschritten überqueren die beiden Ärzte die Straße und rennen durch die ihnen offengehaltene Eingangstür in den bereits auf sie wartenden Aufzug in der Eingangshalle, um so schnell wie möglich zu der sich in akuter Lebensgefahr befindlichen Patientin zu gelangen.

Sie nehmen den Fahrstuhl zum fünften Stockwerk und betreten nur Sekunden später den Operationssaal, in den man bereits die nur Stunden zuvor operierte Frau gebracht hat. Zwei der in diesem Stockwerk stationierten Assistenzärzte erwarten ungeduldig die erfahrenen Fachärzte. Was sich nun in der nächsten Stunde im Operationsaal Nr. 6 abspielt, ist ein Zusammenspiel aus ärztlichem Können, überdurchschnittlichem Geschick und unglaublicher Präzision. Dennoch reicht das alles nicht aus, um das Leben der Patientin zu retten. Trotz übermenschlicher Anstrengung aller beteiligten Ärzte und besonders des Krebs-Spezialisten und Chirurgen Dr. Christian Bernhard Moser, kommt am frühen Morgen des nächsten Tages, genauer gesagt um 04.18 örtlicher Zeit, das Herz der Patientin zum Stillstand.

Alle fast verzweifelt anmutenden Wiederbelebungsversuche bleiben erfolglos.

Mit einem starren Blick, in dem sich die Anstrengung und Aufregung der verflossenen Stunden geradezu ablesen lässt, schaut Peter seinem Freund in die Augen:

„Ja Chris, nach dem zuerst erfolgreichen Verlauf des gestrigen Nachmittags bleibt uns keine andere Wahl diesen Schlag ohne Vorwürfe einzustecken, auch wenn es enorm schmerzt. Ich bin mir aber dennoch sicher, dass wir uns aus ärztlicher Sicht nicht den geringsten Fehler vorzuwerfen haben. Das Schicksal hat leider mal wieder so zugeschlagen, wie es wollte und nicht wie wir."

„Okay Peter, wir haben alles Menschenmögliche getan. Lass uns nach Hause gehen, um wenigstens ein paar Stunden Schlaf zu ergattern. Falls es dir recht ist, können wir uns dann um 10 Uhr in meinen Büro für eine halbe Stunde zusammensetzen, um noch einmal alles Vorgefallene zu rekonstruieren. Ich möchte nach Möglichkeit bei diesem Gespräch auch die beiden Assistenzärzte dabei haben, damit nicht das geringste Detail übersehen wird."

Sichtlich angeschlagen, verlassen die beiden Ärzte die Stätte ihrer, nach eigener Beurteilung, verlorenen Schlacht, um nach Hause zu eilen.

Es sind noch fast fünf Stunden bis zu dem von ihm einberufenen Gespräch, dennoch zieht Chris es vor, sich voll angezogen auf der im Wohnzimmer stehenden Couch auszustrecken anstatt sich in sein Bett zu legen. Aber seine Gedanken lassen es nicht zu, seinem Körper den dringend benötigten Schlaf zu gewähren. Immer wieder recherchiert er, ob nicht doch bei der Operationsvorbereitung etwas ausgelassen oder gar falsch ausgelegt worden sei, was das Leben der Patientin hätte gefährden können. Was immer passiert ist, kann nicht mehr ungeschehen gemacht werden, hatte Chris sich doch gerade erst mit der Idee angefreundet, mehr über das Leben der Mennoniten zu erfahren. Nur nicht auf diese Weise.

Es sind inzwischen seit dem unpässlichen Tod der Mennonitin etliche Tage ins Land gezogen. Im Verlauf dieser Zeitspanne hatte er zweimal die Gelegenheit, Angehörige der Verstorbenen zu treffen, um mit ihnen ausführliche Gespräche zu führen. Aber unglücklicherweise handelte es sich bei diesen um sogenannte moderne Mennoniten, die selbst nach einigen vorsichtig von ihm formulierten Fragen nicht in der Lage waren, ihm die erhofften Antworten zu geben.

Nach dem Vorgefallenen der letzten Tage ist Chris immer mehr dem Gedanken verfallen, ja es ist fast zu einer Besessenheit ausgeartet, dass er zum gegenwärtigen Zeitpunkt von einer Faszination über Glaubensweise und Lebensstil der Mennoniten erfasst ist. Die ihn noch vorher übermannende Traurigkeit über den so unvorhergesehenen Tod der Mennonitin hat er zwar nicht komplett, doch zum Großteil aus seinem Gedächtnis verdrängt. Neue und für ihn und seinen Wissensdurst fast abenteuerliche Gedanken helfen ihm bei der Planung des Bevorstehenden, was immer es auch sein mag.

Kapitel 3: Der erste Kontakt

Tief in Gedanken versunken sitzt Dr. Christian Bernhard Moser an diesem schönen Sommernachmittag in seinem Büro. Nach einer äußerst anstrengenden Woche hat er sich fest in sein eigenes Gewissen geredet. Ja, darüber ist er sich im Klaren, er ist nun mal Arzt mit Leib und Seele. Doch mit der Geschwindigkeit seiner Arbeitsweise und dem selbst ihn überwältigenden Arbeitsvolumen kann es so nicht weitergehen. Er merkt, dass ein Ausbrennen seiner geistigen und körperlichen Kräfte nur noch eine Frage der Zeit ist, bevor der Zusammenbruch vor der Tür steht.

Als wäre er von einer Tarantel gestochen worden, springt er plötzlich aus seinem Bürostuhl und rennt mit wenigen Schritten zum offenstehenden Fenster. Als ob er sich vom Blick auf die tief unter ihm liegende Straße eine Antwort erhoffte, erhellt sich sein Gesicht. Ja, er hat eine tragbare Lösung gefunden. Er wird sich innerhalb der nächsten Wochen, den Vorschlägen seines Freundes Peter folgend, einen Bart wachsen lassen. Auch wird er sich die von seinem Freund vorgeschlagene Kleidung besorgen und dann wird er dem ihm so warm empfohlenen ‚Farmers-Market' in St. Jacobs an einem der darauffolgenden Samstage einen Besuch abstatten. Es sollte doch mit dem Teufel zugehen, wenn es ihm, dem früheren „First Class Globetrotter" nicht gelingen würde, dort einen Anschluss mit den Menschen herzustellen, beziehungsweise aufzubauen, deren Existenz ihm vor nicht allzu langer Zeit mehr oder weniger vollkommen unbekannt war.

Jede freie Minute seiner knapp bemessenen Zeit nutzt er, um an Informationen zu gelangen, die seinen Wissensdurst zwar nicht stillen, ihn aber in seinem Vorwärtsdrang beflügeln. Sein jüngerer Kollege Dr. Reitzel, den er immer wieder mit neuen, ja manchmal grotesken Fragen bombardiert, beobachtet ihn mit einer gewissen Bewunderung bezüglich seines Vorhabens, manchmal jedoch auch mit einem schelmischen Grinsen. Schließlich hat er das Vorhaben seines Freundes anfangs als ein wenig skurril angesehen, um ihm danach Ratschläge zu erteilen, die selbst ihm zu abenteuerlich erschienen. Wie zum Beispiel das Wachsen Lassen eines Bartes und die dazugehörige Maskerade der Verkleidung. Ihm war sicher, dass jeder normale Mennoniten-Farmer bereits aus einiger Entfernung und in Windeseile erkennen würde, dass das keiner der ihren war.

Doch Dr. Christian B. Moser ist inzwischen von seiner Idee und dem dazugehörigen Plan so besessen, dass er diese kleinen ‚Verschaukelungen' seines Freundes nicht wahrnimmt, selbst wenn dieser sie noch dicker auftragen würde.

Mit dem Verfärben der Blätter zeigt die Natur ihren kommenden Wechsel vom Sommer zum Herbst an und ohne Verzug hält dieser auch bald seinen Einzug. Die Temperaturen beginnen zu sinken und besonders die Nächte können manchmal schon recht kühl werden, schließlich befindet man sich in Kanada und nicht in der Karibik.

Für Dr. Chris Moser ist nun endlich auch die Zeit gekommen, am kommenden Samstag der Umgebung des Landkreises Waterloo, rund hundert Kilometer südwestlich der Metropoliten Toronto, den schon einige Zeit vor sich hergeschobenen Besuch abzustatten.

Der vom ihm sehnlichst erwartete Tag ist endlich da. Außerdem, da es sich um ein verlängertes Wochenende handelt, hat er es irgendwie bewerkstelligt, seine Arbeitslast so aufzuteilen, dass ihm zum ersten Mal, er weiß nicht einmal wie lange, einige Tage zu seiner freien Verfügung stehen.

Obwohl er inzwischen erfahren hat, dass längst nicht alle Mennoniten, selbst nicht die der ‚Old Order' zugehörenden, noch Bärte tragen, schmückt sein Gesicht ein mit grau-melierten Haaren durchwachsener Vollbart. Eigentlich recht gut zu seinem markanten Gesicht passend, verleiht er ihm doch ein um einige Jahre älteres Aussehen. Aber leider ist da noch ein anderes Haar in der Suppe, wie man im Volksmund so schön sagt. Die Zeiger seiner Armbanduhr zeigen auf acht Uhr morgens als er seine Wohnung verlässt, um kurz seinem Freund Peter auf Wiedersehen zu sagen. Der Hauptgrund ist aber eigentlich ein ganz anderer. Schließlich möchte er von seinem ‚Freund mit dem fundierten Mennoniten Wissen' eine gründliche Beurteilung seines Aussehens haben. Zum Gespött seiner Mitmenschen möchte er nämlich nicht werden und im Krankenhaus hat man ihn eigentlich wegen seines Bartes genug gehänselt, besonders die um ihn herumarbeitenden Krankenschwestern konnten sich recht anzügliche Bemerkungen oftmals nicht verkneifen.

Als er mit seinem ‚race-green' und auf Hochglanz polierten Jaguar XJ Sport Coupé vor der Eingangstür zum Gebäudekomplex seines Freundes vorfährt, steht dieser bereits vor der Haustüre. Gerade zu der passenden Zeit von seinem morgendlichen Trainingslauf zurückkommend, hatte er den Sportwagen seines Freundes bereits von weitem kommen sehen, bevor er vor der Türe stehend, von seinem Kollegen geortet wurde.

Beim Anblick seines Freundes kneift Peter erst einmal seine Augenlider zu schmalen Schlitzen zusammen, schaut seinen Freund aus einer Mischung von Bewunderung und leichter Bestürzung an, bevor er in ein schallendes Lachen ausbricht:

„Ach, du lieber Gott, hast du vielleicht vor in einer Manege aufzutreten? Ich habe fest gedacht, dass du heute den ‚St. Jacobs Farmers-Market' besuchen möchtest, damit du endlich deine so in dein Herz geschlossenen Mennoniten persönlich kennen lernst."

„Und, kannst du mir sagen, was falsch an mir ist?"

„Chris, nimm es mir nicht übel, aber wenn du statt des breitkrempigen Hutes einen Zylinderhut tragen würdest, käme es mir eher so vor, als wenn du eine unübersehbare Ähnlichkeit mit einem Zirkusdirektor vortäuschen wolltest. Ich glaube, bevor ich dich so losfahren lasse, möchte ich dir einige Verhaltensmaßnahmen eintrichtern.

Diese werden dir bei deinen Einführungsgesprächen sehr hilfreich und bestimmt von großem Nutzen sein. Aber komm erst mal rein bevor du dir selber mehr Schaden anrichtest als dir gut tut, müssen wir wohl oder übel noch einige kleine Veränderungen vornehmen."

Nachdem beide sich in der Küche in Peters Wohnung gemütlich niedergelassen haben und der Geruch des frisch aufgebrühten Kaffees durch die Wohnräume zieht, schaut Peter seinen langjährigen und treuen Freund geradewegs in die Augen:

„Chris, zuerst muss ich ein Geständnis ablegen. Als du mit deinem Anliegen, mehr oder eigentlich muss ich sagen, viel mehr über die Mennoniten und ihre Lebensgewohnheiten wissen wolltest, habe ich deine Seriosität bezüglich dieses Themas nicht allzu ernst genommen. Nachdem du mir in der Vergangenheit schon etliche Male einige praktische Streiche gespielt hast, insbesondere im Beisein einiger recht ansehnlicher Krankenschwestern, hatte ich mir vorgenommen, nach deiner ‚naiven' Fragerei mit der Rückzahlung zu beginnen und das war der perfekte Start.

Doch nun beginne ich erst zu begreifen, was du im Sinne hast und wie ernst dein Vorhaben eigentlich ist.

Aber bevor du gleich losfährst, müssen wir sicherstellen, dass dein Benehmen, dein Auftreten und auch dein Aussehen dem der Menschen, deren Verbindung du suchst, wenigstens in etwa angeglichen ist. Nichts ist schlimmer als das Benehmen der meisten Touristen, die nicht schnell genug ihre Kameras zücken können, um diese Menschen nicht nur mit ihrem schonungslosen Anstarren, sondern auch mit massenhaftem Bilderknipsen, mehr ist es ja nicht, zu brüskieren. Aber leider ist Taktgefühl ja etwas, was in unserer modernen Gesellschaft zum Großteil abhandengekommen ist."

In wenigen Minuten hat nun Peter seinen Freund in eine den Mennoniten ähnlich aussehende Person verwandelt, ihm den Bart zerzaust, Hutkrempe zurechtgebogen und Anzugjacke sowie auch Hose total zerknautscht.

„So mein Freund, jetzt mach dich auf die Socken, parke deinen Sportwagen so unauffällig wie möglich, errege kein unnötiges Aufsehen und antworte lieber mal öfters durch schlichte Kopfbewegungen mit ‚Ja' oder ‚Nein' als mit der falschen Wortwahl, denn alles wirst du sehr wahrscheinlich nicht verstehen, was du zu hören bekommst."

Mit einem dankbaren Kopfnicken verlässt Chris die Wohnung seines Freundes, um sich in etwas zu stürzen, das ohne sein besonderes Zutun seine gesamte Zukunft verändern wird. Aber davon hat er momentan nicht Mal die geringste Ahnung. Auf den Stadtstraßen der Millionenstadt Toronto bewegt er sich zuerst in Richtung Westen bis er endlich eine Auffahrtsrampe zur Autostraße 401 West erreicht. Auf dieser für die nächste Stunde verbleibend, wird sie ihn auf direktem Weg in die Zwillingsstädte Kitchener-Waterloo führen und von da aus über die Stadtautobahn auf schnellstem Weg seinem Ziel entgegen, dem St. Jacobs Farmers-Market.

Nachdem er die Weltstadt Toronto mit ihren Wolkenkratzern rund dreißig Kilometer hinter sich gelassen hat, verändert sich die Landschaft fast dramatisch. Weg vom Ontario-See und weiter ins Land der Provinz von Ontario nach Südwesten eindringend, haben rollende Hügel das Flachland abgelöst und strahlen mit ihrer grünen Schönheit und ruhig dahinträumenden Farmen ein fast ruhig und beschaulich wirkendes Bild auf den vorbeifahrenden Betrachter aus.

Nach einer rund eineinhalbstündigen Fahrzeit ist Chris dann nur noch Minuten von seinem Ziel entfernt. Einmal nach rechts, dann wieder links und nochmals eine Rechtskurve und schon steht er vor dem Riesenparkplatz des wohl schönsten und größten Farmers-Market in Nord-Amerika, dem ‚Mennoniten-Farmers-Market' in St. Jacobs, Ontario.

Da das Parkgelände bis auf den wirklich allerletzten Platz gefüllt zu sein scheint, umfährt Chris das Gelände erst einmal, um sich damit auch gleichzeitig einen Überblick zu verschaffen. Nur schrittweise gelingt ihm sein Unterfangen und so dauert es etwa eine halbe Stunde bis er das großzügig angelegte Areal einmal umfahren hat. Inzwischen ist schon fast die Mittagszeit angebrochen und als er gerade zu einer weiteren Umrundung ansetzt, erspäht er einen frei gewordenen Parkplatz, den er ohne langes Zögern sofort für sich beansprucht.

Die Atmosphäre, die ihn beim Eintritt des eigentlichen Marktgeschehens umgibt, zieht ihn sofort in seinen Bann. Er schätzt, dass hier draußen etwa einhundert Stände in fünf oder sechs Reihen aufgestellt sind, die an Farmprodukten aber so ziemlich alles anbieten, was man sich an

Gemüsen, Salaten und Früchten nur so vorstellen kann. Allerdings macht er auch eine für ihn etwas enttäuschende Feststellung. Etliche der Stände haben zwar junge Mennoniten-Mädchen als Verkäuferinnen hinter den Theken. Aber schnell erkennt er, dass es sich wirklich nur um Verkäuferinnen handelt, während es sich bei den Inhabern, deren Hautfarben nach zu urteilen, um irgendwelche aus südlichen Ländern stammende Menschen handelt.

Erst nachdem er alles hier draußen Sehenswerte mehr als genügend bestaunt hat, erinnert er sich daran, dass der eigentliche Grund seines Hierseins ein ganz anderer ist. Schließlich hat er ja alle Vorbereitungen getroffen, um die Menschen kennenzulernen, die in ihrer Lebensart und ihrer Glaubenslehre einer jahrhundertealten Tradition gefolgt und treu geblieben sind.

Dennoch möchte er, bevor er sich in irgendein Gespräch mit irgendwelchen Leuten, seien es Mennoniten oder Touristen, verwickeln lässt, erst das rund hundert Meter lange aus Holz errichtete Marktgebäude von innen besichtigen.

Mit übergroßen Schritten steuert er auf den nördlich am Kopfende des Gebäudes gelegenen Eingang zu.

Genau wie draußen unter freiem Himmel, stehen auch hier im Gebäudeinnern die Verkaufsstände in mehreren Reihen von einem bis zum anderen Ende. Im krassen Gegensatz zu draußen, werden hier jedoch mehr Lebensmittel, delikate Fleisch-und Wurstwaren, sowie herrlich duftende Backwaren und viele andere, zum Teil leicht verderbliche Waren zum Verkauf angeboten.

Auch viele Handarbeitssachen, wie Quilts (Bettdecken mit handgestickten Motiven), Taschen, Kleider, Bettwäsche, Handstickereien und dergleichen stoßen hier auf interessierte Käufer. Meist handelt es sich ja um Gegenstände, die oftmals von den Mennoniten-Frauen an langen Wintertagen und -abenden hergestellt wurden. Hier finden die oftmals nicht gerade billigen Artikel unter den Touristen aus aller Welt fachmännische und wertschätzende Käufer.

Mehr oder weniger ziellos wandert Christian durch die Reihen, schaut sich hier oder dort an dem einen oder anderen Stand die für ihn interessanten Gegenstände an, bevor er endlich das Gebäude durch den südlichen Ausgang verlässt. Als er durch die Schwingtüre ins Freie tritt, bemerkt er, dass er sich in einem mit einem Holzzaun umgebenen Gelände befindet. Das rund dreißigmaldreißig Meter große Areal ist mit Tischen, Stühlen und Holzbänken ausgestattet. Einige Dutzend der Marktbesucher haben sich hier niedergelassen, da gerade nebenan einige Schnellimbisse mit einem ‚Bratwürstchen mit Sauerkraut', einem ‚Fischbrötchen' oder auch nur einer einfachen ‚Wurstsemmel' die zum Teil hungrig gewordenen Marktbesucher anzulocken versuchen.

Ein älteres Mennoniten-Pärchen sitzt an der Außenperipherie des Zaunes und beobachtet mit scheinbarem Gefallen und aufmerksamen Blicken das Geschehen um sie herum. Mit einem unauffälligen Blick schaut Chris zu den Beiden herüber. Dann endlich macht es Klick bei ihm. Eine bessere Ansprechgelegenheit ist wirklich nicht zu finden. Also nichts wie hin. Fast gelangweilt dreinschauend steht er vor dem dritten noch leeren Stuhl an ihrem Tisch.

„Entschuldigen Sie, ist der Stuhl noch frei?"

Während das Mennoniten-Paar ihm mit einem freundlichen Kopfnicken ein zustimmendes ‚Ja' andeutet, hat er den Stuhl bereits in Beschlag genommen. Die Frau, Chris schätzt ihr Alter auf etwas über siebzig Jahre, zupft verlegen dreinschauend am rechten Ärmel ihres schwarzen Kleides, bevor sie sich entschließt, den Fremden anzusprechen. Doch erst versichert sie sich mit einem kurzen Kopfnicken der Zustimmung ihres Mannes. Eine fast freundliche Atmosphäre ausstrahlend und mit einem offenen Blick aus ihren aufmerksam dreinschauenden dunklen Augen hat sie sofort die Sympathien des jungen Arztes auf sich gezogen, bevor die ersten Worte ihrem Mund entweichen:

„Junger Mann, mein Mann Amos und ich möchten zwar nicht aufdringlich sein, aber dürfen wir sie fragen ob sie hier auf diesem Markt irgendeine Funktion ausüben."

Mit einem erstaunten Blick schaut Chris erst in das Gesicht des Mennoniten, wendet sich dann der Frau zu, sich sichtlich bemühend, eine hoffentlich passende Antwort auf diese nicht erwartete Frage zu finden:

„Nein, nein, ich bin eigentlich nur ein Besucher hier, ich bin nämlich mehr oder weniger auf der Durchreise und da habe ich gedacht, ein Abstecher zu diesem in ganz Nordamerika so bekannten Market wäre wohl eine willkommene Abwechslung meiner, ich möchte fast sagen, nicht gerade aufregenden Reise."

Kaum sind die letzten Wörter seinem Mund entschlüpft, wird er sich schlagartig bewusst, dass er sich seinen Tischnachbarn für neue, ja vielleicht sogar unangenehme Fragen geöffnet hat. Und wie recht er damit hatte. Mit kritischen Blicken schaut das Mennoniten-Paar nun gleichzeitig dem ihnen vom ersten Anblick unglaubwürdig erscheinenden ‚angeblichen' Mennoniten ohne Hemmungen ins Gesicht. Während die Frau ihren Blick über die sich mehr und mehr lichtende Menschenmenge schweifen lässt, scheint ihr Ehegatte nun die Rolle des Wortführers übernommen zu haben.

Der alte Mann mit dem biblischen Namen ‚Amos' scheint zwar altersmäßig einige Jahre seiner Frau voraus zu sein, dennoch klingt seine Stimme bestimmt und kraftvoll:

„Junger Mann, wir, meine Frau Sarah und ich, sowie die meisten unserer Glaubensbrüder sind im Lauf unseres Lebens oft von anderen Menschen bestaunt, verspottet aber glücklicherweise auch respektiert und geachtet worden und das alles wegen unserer einfachen und gottesfürchtigen Lebensweise während unseres kurzes Aufenthaltes auf dieser Erde. Es ist uns aber nicht verborgen geblieben, wie der Rest der Menschheit oftmals in ‚Saus und Braus' lebt, aber des Öfteren auch in Leid und Elend. Wir sind uns gewiss, dass wir am Leben dieser Mitmenschen, ihren guten Taten wie auch ihren Sünden, nichts oder kaum etwas verändern können, weder auf der einen noch auf der anderen Seite. Aus diesem Grunde halten wir an unseren alten Doktrinen fest und leben glücklich und zufrieden damit.

Doch nun zu ihnen. Als sich zu uns an diesen Tisch setzten, fiel der erste Blick auf ihre Hände. Das sind wahrlich keine Mennoniten-Hände, so gepflegt und manikürt. Nehmen Sie es mir bitte nicht übel. Wer sind Sie und was suchen Sie hier? Und warum diese Maskerade?"

Unverblümt stellt der Mann nun die Frage mit der Feststellung, die Chris befürchtet hatte, lange bevor er hier an diesem kleinen Tisch in seiner ersten Begegnung mit den für ihn fremden Menschen zusammensitzt. Dabei wollte er doch derjenige sein, der alles über die Geschichte der Mennoniten und ihre Lebensweise von ihnen erfragen wollte.

Im Unterbewusstsein spürt er, wie ihm das Blut in den Kopf schießt und die Hautfarbe in seinem Gesicht blutrot anlaufen lässt. Instinktiv fühlt er jedoch, dass er seinem Gegenüber und dessen Ehefrau vertrauen kann. Er entscheidet sich daher, mit der vollen Wahrheit seines Ansinnens herauszurücken.

Nachdem er sich den älteren Leuten zuerst einmal mit Namen und Herkunft vorgestellt hat, erklärt er ihnen nun den Zweck seines Hierseins inklusive der Maskerade. Beide hören ihm fast andächtig zu, doch als er den Zweck seiner Verkleidung erzählt, bricht Amos in ein schallendes

Gelächter aus, während seine Gattin sich mit einem breiten Schmunzeln im Gesicht begnügt.

Bedächtig, aber immer noch ein ansteckendes Lachen im Gesicht, dreht der alte Mann seinen Stuhl so, dass er Chris geradewegs ins Gesicht sehen kann:

„Ihr Akademiker, ob Doktor oder nicht, seid schon ein besonderer Menschenschlag, aber mir scheint es auch heute noch immer, als wenn ihr euch sehr oft noch in Kinderschuhen bewegt, jedenfalls ist das der Eindruck den ich von euch habe. Wirst du Morgen noch hier in der Umgebung sein? Irgendwie berührt meine Frau und mich schon dein Interesse an unserem Glauben und unserer Lebensweise. Ich denke Sarah und ich können dir in deiner, bezeichnen wir es mal ‚Ahnenforschung', ein wenig weiterhelfen. Wenn du morgen Nachmittag etwas Zeit hast, laden wir dich zu einem Stück Kuchen und einer Tasse Kaffee zu uns ein. Unsere Farm findest du ganz leicht.

Dann erklärt er Chris mit flinken Handbewegungen den schnellsten Weg zur ‚Brubacher-Farm, die in unmittelbarer Nähe der einige hundert Einwohner zählenden, schmucken Mennoniten-Niederlassung mit dem deutschen Namen ‚Heidelberg' liegt.

Die Zeiger der am Marktgebäude hängenden überdimensionalen Uhr sind inzwischen auf fast halb drei vorgerückt. Amos Brubacher und seine Frau Sarah haben sich zwischenzeitlich von Chris freundlich verabschiedet. Eigentlich ist er von der Tatsache total überrascht, dass das Farmers-Paar ihn ohne überhaupt vorher gekannt zu haben, so schnell zu sich nach Hause eingeladen hat. Wie er sich jetzt selber eingesteht, war seine Maskerade nicht gerade vertrauenerweckend und irgendwie wird er das Gefühl nicht los, sich ein wenig lächerlich gemacht zu haben.

Inzwischen ist es um ihn herum ruhig geworden. Die meisten Touristen haben in der letzten halben Stunde nach der Erledigung ihrer Einkäufe das Marktgelände verlassen. Auch etliche Aussteller beschäftigen sich bereits mit dem Zusammenpacken ihrer Ware und dem Abbau ihrer Stände. Vorne, vor dem Marktgebäude, wo die geteerte Straße vorbeiführt, wird Chris nun von einem für ihn faszinierenden Schauspiel überrascht. ‚Buggies' mit vorgespannten Pferden stehen am Straßenrand, um mit den übriggebliebenen Waren beladen zu werden, bevor sie sich auf den Weg zurück zu ihren Farmen begeben. Auf dem Areal, wo vor einer halben Stunde noch reges Leben herrschte, ist es ruhiger geworden. Nur eine ältere Frau sitzt noch wenige Tische von ihm entfernt mit ihrem etwa zehnjährigen Enkelsohn, der gerade noch vorm Marktende mit Heißhunger eine Bratwurst verschlingt.

Als die alte Dame Chris einen freundlichen Blick zuwirft und mit lachendem Gesicht mit einer Hand auf ihren Enkelsohn deutet als wollte sie sagen 'sieh mal wie der Bursche reinhaut' nickt Chris ihr mit grinsendem Gesicht zurück. ‚Ach, warum eigentlich nicht', immer noch grinsend erhebt er sich und wandert zu dem Tisch der Frau, höflich fragend, ob es in Ordnung sei, wenn er sich hier niederließe. Eines hat er dabei nicht bedacht. Ältere Damen können sehr neugierig sein und die vor ihm sitzende, Chris schätzt sie altersmäßig auf rund fünfundsiebzig Jahre, macht einen geradezu leutseligen Eindruck auf ihn. Irgendwie erinnert er sie an seine eigene Großmutter. Ihre großen braunen Augen leuchten ihn an und in ihrem Gesicht kann man ohne eine besondere Menschenkenntnis zu besitzen, einen Hauch von Gutmütigkeit erkennen, die sich fast automatisch mit der Aussprache ihrer Worte und Sätze verbindet.

Ohne sich dessen bewusst zu sein, strahlt die alte Dame eine Welle von Sympathie auf ihn aus, die ihm fast das Gefühl verleiht, sie schon ewig lange zu kennen.

Doch bevor es ihm gelingt, auch nur ein Wort, geschweige denn einen Satz über seine Lippen zu bringen, bombardiert sie ihn mit einem aufmunternden und freundlichen Lächeln im Gesicht gleich mit drei Fragen:

„Sagen Sie mal, haben sie auch einen Verkaufsstand hier, von welcher Farm kommen sie, wie heißen sie?"

Nur mit Mühe kann sich Chris ein Lachen verbeißen. Die alte Dame mit ihren grau-weißen Haaren und den vielen kleinen Fältchen im Gesicht, schaut ihn erwartungsvoll an.

Schließlich möchte sie eine Antwort und der augenblicklich in Respekt übergewechselte Blick ihrer Augen bezeugt, dass sie nicht ewig darauf warten möchte.

Mit der fast gleichen Schnelligkeit ihrer Fragestellung, erhält sie von Chris auch die gewünschte Antwort:

„Nein, ich habe keinen Verkaufsstand hier, eigentlich bin ich genau wie sie nur ein Besucher. Wenn sie wollen dürfen sie mich ruhig ‚Chris' nennen."

„Ich bin Eva-Maria Hofmann und der Bub ist mein Enkelsohn Alexander. Sein Vater ist vor fünf Jahren bei einem grässlichen Unfall ums Leben gekommen. Da seine Mutter, meine älteste Tochter, arbeiten muss, um sich und den Jungen zu versorgen, ist sie vor zwei Jahren zu mir gezogen und seitdem kümmere ich mich meistens um das Kind. Doch nun zurück zu ihnen:

Vorhin haben sie erwähnt, dass sie nur als Besucher hier sind. Das ist etwas, was ich wirklich nicht verstehen kann. Schließlich ist es doch schon Anfang September und ich könnte mir ohne weiteres vorstellen, dass auch auf ihrer Farm eine Menge Arbeit wartet oder denke ich da falsch?"

„Oh nein, ganz gewiss nicht, aber wenn ich die Arbeitsstunden der letzten Wochen zusammenzähle. habe ich mir, so glaube ich wenigstens, mal eine kleine Pause redlich verdient."

„Na ja, wenn sie das so sagen, da werden sie wohl recht haben. Aber das kann ich ja nicht wissen."

Bevor die alte Dame ihn mit weiteren Fragen überhäufen kann, sucht er krampfhaft an einer Entschuldigung, um so quasi das Weite zu suchen, denn seine für ihn kostbare Zeit hier so ‚mir nichts dir nichts' zu vergeuden, steht eigentlich nicht in seinem Plan. Aber wieder hat er, wie man sprichwörtlich so schön sagt, ‚die Rechnung ohne den Wirt gemacht.'

Ein kurzer Blick auf ihre Armbanduhr lässt die alte Dame erschreckt aufblicken:

„Oh mein Gott, es ist ja schon fünfzehn Minuten vor drei. Alexander, kannst du dich noch daran erinnern, wo wir bei unserem letzten Besuch den Honig gekauft haben?"

„Ja Oma, ganz genau, es war bei dem Mädchen mit den langen Zöpfen. Ganz hinten im letzten Gang und ich bin mir ganz sicher, dass ich es sofort wieder finden werde."

Mit hastigen Gebärden durchwühlt ‚Oma' Eva-Maria ihre Einkaufstasche, zieht ihr Portemonnaie heraus, entnimmt einige Geldscheine, die sie dem Jungen in die Hände drückt:

„Beeile dich und kaufe zwei Gläser Bienenhonig, bevor das Mädchen seinen Stand schließt. Sonst war nämlich, dabei schaut sie Chris an, unser Besuch hier umsonst."

Ihr Enkelsohn Alexander greift mit beiden Händen gleichzeitig nach den Geldscheinen, bevor er mit Windeseile durch die Hintertüre im Inneren des Markgebäudes verschwindet. So schnell ihn seine Füße tragen, rennt er durch die nun fast menschenleeren Gänge und in weniger als zwei Minuten steht er vor der Theke des Honigstandes.

Hier hat Anni, die Honigverkäuferin und Tochter Benjamin Martins, gerade damit begonnen, die nicht verkauften Honiggläser in die bereitgestellten Kartons zu verstauen.

Als der Junge, fast atemlos und laut schnaufend vom schnellen Laufen vor ihr steht und noch um zwei Gläser ihres besten Honigs bittet, erhellt sich ihr Gesicht. Denn gerade diese zwei Gläser haben ihr zur Erfüllung ihrer selbst gesetzten Quote gefehlt. ‚Hurra', wie auch am letzten Samstag, hat sie wieder ihr Ziel erreicht und glücklich darüber nimmt sie sich jetzt die Zeit für ein kurzes Gespräch mit ihrem letzten Kunden für heute.

Kapitel 4: Der Markt brennt!

Anni erzählt ihrem neuen Freund mit strahlender Miene, dass sie durch seinen Kauf, genau wie am letzten Markttag, ihren Verkaufserfolg wiederholen konnte. Mit fast träumerischer Miene in ihrem hübschen Gesicht, schildert sie dem ihr mit Spannung zuhörenden 10jährigen Alexander, dass ihr Vater etliche Bienenstöcke am Waldrand in direkter Nähe zu ihrer Farm aufgestellt hat. Er hat sie dazu auserkoren, so berichtet sie mit Stolz in ihrer Stimme, den Honig-Verkaufsstand hier im Marktgebäude weiter auszubauen um den besten Honig zu verkaufen, den man in der Waterloo-Region erwerben kann.

Fast andächtig hört ihr der zehnjährige Junge zu. Irgendwie hat sich zwischen den beiden in kürzester Zeit so etwas wie eine Art Freundschaft gebildet.

Gerade in dem Moment, als er seiner neuen Freundin die traurige Geschichte vom Tod seines Vaters erzählen möchte, stoppt er abrupt in der Mitte des ersten Satzes:

„Es riecht hier plötzlich nach Rauch, riechst du das auch?" „Oh ja, übrigens.... ich heiße Anni und wie heißt du?" „Ich bin der Alexander Brandt und meine Oma sitzt draußen auf einer Bank und wartet auf mich."

Der Junge ist im Begriff, seinen rechten Arm zu heben um mit der Hand in die Richtung zu zeigen, wo seine Oma Eva-Maria auf ihn wartet, als die beiden Kinder durch einen lauten Knall aufgeschreckt werden. Fast gleichzeitig spüren sie eine heiße Druckwelle und dahinter sehen sie die lodernden Flammen, die mit rasender Schnelligkeit durch den nächsten, rund zehn Meter von ihnen entfernten Gang vorwärts in Richtung Ausgang treiben.

In höchster Not schreit Anni dem Jungen zu: „Schnell, schnell, komm schnell hier hinter die Theke bevor die Flammen dich erreichen. Vielleicht haben wir hier etwas Schutz, schnell, schnell." Dabei hält sie die Schwingtüre für den Jungen offen, der ohne Zögern die Gelegenheit nutzt, um sich hinter dem Tresen wenigstens etwas in Sicherheit zu bringen.

Beide schauen sich angstvoll an. Instinktiv ist ihnen klar, dass es für sie unmöglich ist, dem auf sie zukommenden Inferno zu entgehen. Die hintere Wand mit der einzigen noch erreichbaren Ausgangstür wird in Sekundenschnelle von den Flammen erreicht werden und damit ist ihr letzter Ausgang versperrt. Der den Flammen vorauseilende Rauch brennt beiden Kindern in den Augen und treibt ihnen dicke Tränen in ihre verängstigten Gesichter.

Es ist bewundernswert, wie gefasst sie sich trotz der auf sie zukommenden tödlichen Gefahr verhalten. Anni hat ihre Schürze abgenommen und taucht sie immer wieder in einen unter der Theke stehenden Eimer mit Wasser.

Abwechselnd drückt sie diese dem Jungen und sich aufs Gesicht. Beide sind jetzt gänzlich unter die Theke gekrochen. Ihre Hilferufe aber verhallen ungehört im lauten Prasseln der immer näherkommenden Flammen. In kürzester Zeit, es sind sicherlich nicht mal Minuten, fällt erst der zehnjährige Alexander und nur Sekunden danach die fünfzehnjährige Anni in eine für sie fast wohltuende Ohnmacht.

Unter den wenigen verbliebenen restlichen Marktbesuchern, sowie dem noch übriggebliebenen Verkaufspersonal der noch verkaufsoffenen Stände im Freien hat man zwar den Rauchgeruch wahrgenommen, aber die meisten der Anwesenden haben sich bei der Vielzahl der auf sie einströmenden Gerüche nichts dabei gedacht. Erst der explosionsartige laute Knall aus dem Gebäudeinneren lässt sie aufschrecken. Plötzlich fliegen die Türen der Markthalle auf und die letzten Besucher und Aussteller laufen laut schreiend ins Freie. Hinter ihnen kommen bereits die ersten Rauchschwaden gezogen. Inzwischen ist auch dem letzten der sich hier draußen aufhaltenden Menschen bewusst, dass irgendetwas außergewöhnlich Schlimmes in der Markthalle passiert sein muss.

In Sekundenschnelle breitet sich Panik unter den noch verbleibenden Menschen aus, die fluchtartig in alle Richtungen nach einem geeigneten Schutz Ausschau halten.

Auch Eva-Maria Hofmann, die rüstige alte Dame und der in seiner Mennoniten-Tracht sich lächerlich vorkommende Arzt Dr. Christian Moser können ihre Bestürzung nicht verbergen. Ungemein schnell hat Chris die ihn erfassenden Schrecksekunden überwunden. Mit einem kräftigen Fußtritt zersplittert er den Zaun hinter ihnen, nimmt die nun hoffnungslos weinende Frau beim Arm und zieht sie durch die entstandene Lücke ins Freie. Er weiß wie kostbar jede Sekunde von nun an ist. Er versucht, die alte

Dame zu beruhigen, die in ihrer Verzweiflung unaufhaltsam den Namen ihres Enkelsohnes Alexander ruft und übergibt sie erst einem jüngeren Paar, als sie in sicherer Entfernung vom brennenden Gebäude angelangt sind.

„Bitte kümmern sie sich um die Frau, ich muss ins Gebäude, ihr Enkelsohn befindet sich mit großer Wahrscheinlichkeit noch im Inneren."

„Oh, mein Gott, sie können doch nicht mehr in dieses Flammenmeer."

Die pure Verzweiflung steht der jungen Frau im Gesicht geschrieben als ihr Chris ‚Oma' Eva-Maria so quasi in die Arme drückt, während ihr Gatte mit äußert bekümmerten, ängstlichen Blicken zu Chris herüberschaut.

Mit mächtigen Schritten rennt der Arzt zu der linken Seitentür, die noch intakt zu sein scheint. Einem neben der Tür stehenden Mann, der hier seinen Stand aufgebaut hat und jetzt hastig alles zusammen zu räumen versucht, reißt er die weiße Bäckerschürze vom Leib. Etwa drei Meter vom Eingang entfernt hat er an der Wand einen Wasserhahn entdeckt.

Mit einem bisschen Glück im Unglück ist die Wasserleitung noch unbeschädigt und voll funktionsfähig. Mit beiden Händen die Bäckerschürze so lange haltend, bis sie sich mit dem kühlen Nass vollgesogen hat, drückt er sich diese voll aufs Gesicht, bevor er in das Marktgebäude eindringt. Beißender Rauch dringt ihm entgegen.

Es erscheint ihm fast wie ein Wunder, aber als er vor rund zwei Stunden den Markt durchlaufen hat, fiel ihm instinktiv das junge Mädchen mit ihrem lang geflochtenen Haarzopf und dem freundlichen Gesicht auf. Ein kleines Stück Erinnerung, welches ihm jetzt ungemein hilfreich ist, da es ihn vermuten lässt, wo sich der Honigstand befindet.

Auf der rechten Seite des Holzgebäudes schlagen bereits haushohe Flammen und haben inzwischen etliche der Verkaufsstände verkonsumiert. Im hintersten Drittel ist der Dachstuhl zum Teil bereits den Flammen zum Opfer gefallen.

Die nasse Schürze fest auf sein Gesicht gepresst, rennt Chris so schnell ihn seine Füße tragen und die Sicht es ihm erlaubt, auf den vermuteten Standplatz der Honigbude zu. Das Glück ist ihm hold als er direkt vor ihm ein grellgelbes Schild mit der Aufschrift „Honey for my Bunny" entdeckt.' Aber wo sind die Kinder? Haben sie das Feuer früh genug wahrgenommen und der Fluchtweg nach draußen ist ihnen noch geglückt?'

Doch ein kurzer Blick hinter die Theke bestätigt ihm seine schlimmste Vermutung. Das Mädchen sowie auch der Junge liegen eng umschlungen regungslos entweder bewusstlos oder gar schon tot am Boden. Chris hat keine Zeit zum Nachschecken der Situation. So schnell wie möglich, bindet er die Schürze vor seinem Gesicht zusammen, schnappt sich je ein Kind in seine Arme und zerrt die bewusstlosen Kinder, ihre Füße über den Boden schleifend, hinter sich her. Nur noch etwa drei Meter von der Seitentüre ins Freie, übermannt ihn ein Schwächeanfall. Er ist am Ende seiner Kräfte angelangt. Die Hitze sowie der beißende Rauch tun das ihre dazu. Er möchte um Hilfe schreien, aber nicht mal das gelingt ihm. Kein Ton kommt über seine Lippen.

Er ist sich darüber voll im Klaren, das ihm nur wenige Minuten verbleiben, um sich und die beiden Kinder in Sicherheit zu bringen. Mit allerletzter Kraft robbt er über den Steinboden auf die Türe zu. Die Bäckerschürze hat sich vom Mund gerissen und um die Hüften der Kinder geschlungen. Während er den rechten Arm zur Vorwärtsbewegung benutzt, zieht er mit aller ihm noch übriggebliebenen Kraft mit der linken Hand die bewegungslosen Kinder hinter sich her. Fast noch einen Meter von der Türe entfernt, geschieht für ihn das Unfassbare. Wie von einer Wunderhand betätigt, reißt jemand von draußen die Türe auf und mehrere kräftige Arme zerren ihn und seine Schützlinge fast blitzartig ins Freie.

Als die ersten Löschzüge der Feuerwehr und die Rettungsfahrzeuge fast gleichzeitig die Unglücksstelle erreichten, hatte der portugiesische Bäcker geistesgegenwärtig die Fahrzeuge gegenüber dem Türeingang gestoppt. Mit wenigen Worten erklärte er den Sanitätern und einem der begleitenden Notärzte das Eindringen eines einzelnen Mannes vor nur wenigen Minuten in das brennende Gebäude durch die noch unbeschädigte Eingangstür neben ihm. Sicherlich war dieser von der Hoffnung beflügelt, die sich noch im Gebäude befindenden Menschenleben herauszuholen und zu retten.

Den Drei gerade noch in letzter Sekunde dem brennenden Inferno entkommen, werden unverzüglich Sauerstoffmasken angelegt und in kürzester Zeit ist es Chris, der aufgrund seiner äußerst stabilen und robusten Kondition aus seiner Ohnmacht erwacht.

Im ersten Augenblick hat er nicht die geringste Ahnung, wo er sich befindet oder was geschehen ist. Doch dann kommt sein Orientierungssinn in Sekundenschnelle zurück. Er reißt sich die Sauerstoffmaske vom Gesicht, möchte aufspringen, doch alles geschieht nur in Zeitlupe. Dennoch hat er die beiden Kinder entdeckt. Als ihm der Notarzt auch noch freundlich zunickt, als wolle er sagen... 'alles in Ordnung', beschreibt er den Sanitätern, wo der Junge hingehört und wo sie seine Großmutter finden können. Auch Benjamin Martin, der mit Pferd und Buggy auf dem Weg war, seine Tochter Anni abzuholen, steht neben der Krankentrage seiner Tochter Anni, die gerade in diesem Moment ihre Augen aufschlägt. Chris hat sich auf eine Trittbrettstufe eines der Ambulanzfahrzeuge gesetzt und wegen der Aufmerksamkeit, die den beiden Kindern momentan entgegengebracht wird, kümmert sich eigentlich niemand um ihn. Ein beruhigender Umstand für ihn, der ihn mehr oder weniger unerkannt bleiben lässt.

Während die Löschzüge der Feuerwehren nicht nur aus den Städten Kitchener und Waterloo, sondern auch aus den umliegenden Gemeinden mit allen Mitteln und Kräften versuchen, das Feuer unter Kontrolle zu bringen, stellt sich das als ein hoffnungsloses Unterfangen heraus. Das hölzerne überdimensional große Gebäude brennt innerhalb kürzester Zeit bis auf die Grundmauern nieder. Dennoch scheint es allen Beteiligten fast einem Wunder gleich, das es nur einige Leichtverletzte gegeben hat, die nach ambulanter Behandlung nicht mal in die für den Notfall bereits vorbereiteten beiden Krankenhäuser eingeliefert werden mussten.

Einer der Notärzte, sichtlich erleichtert über dieses Resultat, erspäht Chris, der immer noch auf dem untersten Trittbrett eines Ambulanzfahrzeuges sitzt. Seinen Kopf hält er in beiden Händen als wäre er ihm viel zu schwer. Erst als Dr. Vollmer ihn anredet und dabei auch gleichzeitig die Gelegenheit nutzt, sich vorzustellen, schaut Chris ihn fragend an:

„Doktor, wie sieht die Lage aus, ich bin in Ordnung, also versäumen sie bitte keine Zeit mit mir. Helfen sie lieber den anderen!"

Fast hört es sich wie ein Kommando an. Doch als Dr. Vollmer leicht mit dem Kopf schüttelt und dabei ein fast grinsendes Gesicht nicht vermeiden kann, ahnt Chris die gute Nachricht. Außer einigen leichten Schürfwunden und Atemwegsbeschwerden hat es keine Verletzten gegeben.

Als er die gute Nachricht verdaut hat, fasst er den Entschluss, sich dem Notarzt nicht als Kollege vorzustellen, sondern als dieser ihn nach dem Namen fragt, antwortet er fast lakonisch:

„Nennen Sie mich einfach Chris".

„Nein Chris, so einfach können wir uns das leider nicht machen. Ich brauche schon ihre gesamten Personalien. Immerhin haben sie vor wenigen Minuten unter Einsatz ihres Lebens zwei Kindern das Leben gerettet. Ich checke nochmal gerade mit meinen Leuten, ob alles in Ordnung ist.

Dann möchte ich Sie bitten mit ihnen ein paar Worte zu reden. Den von ihnen gezeigten Heroismus kann man nicht so einfach wegschieben. Immerhin hat auch die Öffentlichkeit ein Anrecht zu erfahren, was sich hier abgespielt hat und was sie getan haben."

Chris schaut ihm nach, als er von Ambulanz zu Ambulanz schreitet und mit den ‚Parameds' redet um festzustellen, ob es nicht doch weitere Verletzte gegeben hat. Doch als er das Kopfschütteln der Sanitäter mit einer gewissen Befriedigung wahrnimmt, beschließt er, sich schleunigst aus dem Staub zu machen. Denn das letzte, was er jetzt noch brauchen kann, ist in den Mittelpunkt des Geschehens gestellt zu werden. Und das in seiner ihm nun selber vorkommenden lächerlichen und unglaubwürdig aussehenden imitierten Mennoniten-Maskerade. Unbeobachtet von den um ihn herumstehenden Helfern und Feuerwehrleuten, begibt er sich mit gemächlich ausschauenden Schritten in Richtung Parkplatz, wo er seinen Jaguar abgestellt hat. Das Verlassen des Parkgeländes bereitet ihm jedoch einige Schwierigkeiten, da momentan mehr Fahrzeuge hinein als herausfahren.

Endlich, nach einigen nicht gerade leichten Geschicklichkeitsmanövern auf dem Parkplatz, hat er die Hauptstraße erreicht, die ihn auf schnellstem Wege zur Stadtautobahn und von da zur Autostraße 401 direkt nach Toronto zurückbringt. In weniger als eineinhalb Stunden parkt er sein Fahrzeug vor der Haustüre seines Freundes Dr. Peter Reitzel.

Obwohl es inzwischen später Samstagnachmittag geworden ist, trifft er seinen Freund noch in seiner Wohnung an. Dieser schaut ihn fast ungläubig an, als er die zerrissene Kleidung, seine zerschundenen Unterarme und sogar getrocknetes Blut im Gesicht seines Freundes entdeckt.

„Oh mein Gott, was ist denn mit dir passiert? Warst du in einen Unfall verwickelt? Komm her, lass dich genauer anschauen, damit ich sehen kann, wie ich dir am besten helfen kann?"

„Okay, Peter, lass mal gut sein. Es sieht schlimmer aus, als es ist. Aber was ich dir jetzt erzählen muss, hört sich so unglaubwürdig an, dass ich selbst daran zu zweifeln beginne."

All das in den letzten Stunden so unfreiwillig Erlebte hat ihn auch körperlich sehr ausgelaugt. Dennoch erzählt er seinem Freund die ihm widerfahrene Geschichte mit einer solchen Vehemenz, dass Peter einige Male der Mund regelrecht offen bleibt. Nur einige Male wirft er hier und da eine Zwischenfrage ein, denn sein bester Freund erzählt das gesamte Geschehen so theatralisch, dass eine bildliche Darstellung der Geschehnisse nichts in Peters geistiger Vorstellung offen lässt.

Auch Peter schließt sich der Ansicht seines Freundes an, vorerst unerkannt zu bleiben, denn er kennt ja seine Meinung zur Genüge. Er ist sich bewusst, dass sein Freund beruflich mehr als genug Probleme zu bewältigen hat, ohne sich noch irgendwelche neue einzuhandeln.

Irgendwie fühlt sich Chris erleichtert, als er die Wohnung seines Freundes verlässt, nach Hause fährt und nach einer heißen Dusche unverzüglich sein Bett aufsucht, um in einen zwar unruhigen aber glücklicherweise traumlosen Schlaf zu fallen.

Nur Sekunden nach seinem Erwachen am Sonntagmorgen kreisen seine Gedanken um das gestrige einfach unvorstellbare Geschehen. ‚War es wirklich so, wie er es jetzt im Nachhinein sieht? War er wirklich in dem Flammenmeer und hatte er wirklich zwei Kindern das Leben gerettet?'

Erst als er sein Fernsehgerät einschaltet, um sich die Nachrichten anzuschauen, kommt ihm das gestrige Geschehen zum vollen Bewusstsein. Der Kitchener Fernsehsender CTV zeigt in großer Aufmachung das in Flammen stehende Gebäude und eine Reporterin berichtet ausführlich über das Wunder, dass niemand ernstlich oder gar tödlich verletzt worden sei. Die danach folgende Reportage handelt fast ausschließlich von der Rettung der beiden Kinder, des zehnjährigen Alexander Brandt und der fünfzehnjährigen Honigverkäuferin Anni Martin. Die Kinder sind wohlauf, doch das Reporterteam steht vor einem Rätsel. Nachdem einer der anwesenden Notärzte sich nur für wenige Augenblicke während der Rettungsaktion von ihm abgewandt hatte, war der Retter, ein Mennonite im mittleren Alter, spurlos verschwunden und das, ohne auch nur seinen Namen noch irgend sonst einen Hinweis zu hinterlassen. Alle bisher vom Reporterteam durchgeführten Befragungen auf den umliegenden Farmen sind bisher erfolglos verlaufen.

‚Na, dann sucht mal recht schön lange weiter. Euren angeblichen Helden werdet ihr wohl nicht finden.' Chris entledigt sich seines Nachtgewandes, um ein heißes Bad zu nehmen, denn sein gesamter Körper schmerzt von der gestrigen übermäßigen Anstrengung.

‚Oh mein Gott, verdammt nochmal, nun habe ich doch die Rechnung ohne den Wirt gemacht.' Schlagartig wird ihm klar, dass er ja bei seinem gestrigen Treffen auf dem Marktgelände Amos Brubacher und seiner Frau Sarah für den heutigen Nachmittag einen Besuch auf ihrer Farm zugesagt hatte. Und den wollte er unter keinen Umständen absagen. Nun konnte er nur hoffen, dass das Ehepaar bei der Suche nach dem Retter bisher unbehelligt geblieben war. Sie selber konnten ja nichts aus Radio- oder Fernsehnachrichten erfahren haben, da diese Geräte auf ihrer Farm ganz bestimmt nicht zu finden waren.

Noch ein kurzer Anruf zu seinem Freund Peter und schon befindet er sich zum zweiten Mal auf dem Weg in die Waterloo Region, aber diesmal nicht zum Market, sondern zur ‚Amos Brubacher Farm' um deren Besitzer zu besuchen, die es ihm mit ihrer Freundlichkeit und ihrem ehrlichen Wesen bei ihrem gestrigen Treffen angetan hatten.

In der Mennoniten Gegend angekommen, hält er sich strikt an die ihm von Amos Brubacher angegebenen Straßennamen und hätte es auch beinahe geschafft, wäre da nicht die asphaltierte Straße in einem Feldweg geendet. Doch nach kurzer Überlegung erinnert er sich an die letzten Worte seines neuen Bekannten und wenige Minuten später ist er wieder auf dem richtigen Weg.

Die Sonne bricht gerade durch die Wolkendecke und lässt das weißgestrichene Farmhaus mit dem grünfarbigen Dach bei seiner Ankunft im strahlenden Licht erscheinen. Es erscheint ihm fast wie ein gutes Omen und als dann Amos in der geöffneten Haustüre steht und ihm freundlich zuwinkt, wirkt es auf den normalerweise gestressten Mediziner, als hätte sich für ihn eine kleine Türe zum Paradies geöffnet. Glücklicherweise hat er für die Frau des Hauses keine Blumen mitgebracht, sondern eine Bonboniere, die ihm eine Patientin geschenkt hatte.

Rund um das verhältnismäßig kleine Farmhaus wuchert nämlich im wahrsten Sinne des Wortes eine kaum zu überbietende Blumenpracht.

Der gerade angebrochene Nachmittag verläuft ganz im Sinne von Chris. Seine inzwischen aus Erzählungen und von ihm gelesenen Artikel vorgefertigte Meinung wird zu seiner vollsten Zufriedenheit bestätigt. Selbstverständlich ist der gestrige Brand eines der Hauptthemen. Mennoniten haben ihr eigenes Verständigungssystem untereinander und daher sind Amos und seine Sarah bereits bestens im Bilde. Dennoch trifft es Chris wie eine kalte Dusche, als

Amos plötzlich mitten in seiner Erzählung über das religiöse Geschehen in ihrem Leben stoppt, Chris mit äußerst ernstem Gesichtsausdruck in die Augen schaut:

„Der liebe Gott da oben wird dich auf allen deinen Lebenswegen beschützen, denn was du gestern getan hast, wird er dir sicherlich in deinem weiteren Leben nie vergessen. Du brauchst uns nicht zu antworten, wenn du nicht willst, aber Sarah und ich sind ohne jeglichen Zweifel absolut erhaben, dass nur du derjenige sein kannst, der sein Leben zur Rettung der Kinder aufs Spiel gesetzt hat. Heute, wo du hier vor uns sitzt, erfüllt es meine Frau und mich mit großem Stolz, ein Wort was normalerweise nicht in unserem Wortschatz existiert, dass wir dich hier zu uns eingeladen haben und du gekommen bist. Es ist uns eine Ehre, dass du hier mit uns bescheidenen Leuten zusammensitzt. Doch nun lass uns erst bei Kaffee und Kuchen zusammensitzen und du kannst uns alle Fragen stellen, die du über Religion und Lebensgewohnheiten wissen möchtest und die dir auf der Zunge brennen."

Stunde um Stunde vergeht und längst hat der Abend mit tiefer Dunkelheit seinen Einzug gehalten. Die im Haus aufgestellten Gaslaternen strahlen neben ihrem gespenstigen Schatten dennoch auch eine gewisse Wärme aus. Mit der ihm gegebenen Begeisterung hat Chris den beiden älteren Menschen seinen gesamten Lebenslauf erzählt, nichts hinzugefügt, aber auch nichts weggelassen. In ihm ist inzwischen irgendwie das Gefühl erwacht, neue Eltern, ja gewissermaßen Zieheltern gefunden zu haben. In Sarahs und Amos Gesichtern spielt sich ein zufriedenes Lächeln ab. Beide werden die Ahnung nicht los, das gefunden zu haben, was sie jahrelang vergeblich gesucht haben, nämlich den Sohn, den ihnen das Schicksal im Leben verwehrt hat.

Längst haben die älteren Leute ihre Bett Zeit überschritten als sich Chris von ihnen verabschiedet, nicht jedoch ohne einen großen Korb mit frischem Obst, Eiern und einigen Gemüsesorten mit nach Hause zu nehmen. Hoch und heilig muss er den Beiden das Versprechen abgeben, dass er bald wiederkommen wird.

Was er jedoch noch nicht weiß, ja nicht einmal ahnen kann, ist die Tatsache, dass von heute an für ihn ein neuer Lebensabschnitt begonnen hat. Ein Lebensabschnitt, der nicht nur Höhen bietet sondern ihn auch an die Grenzen des Menschenmöglichen treiben wird.

Kapitel 5: Die Suche nach dem Retter

Gänzlich in sich zusammengesunken sitzt Eva Maria Hofmann auf einem Stuhl, den das junge Paar für sie hier auf dem Marktgelände etwa einen Steinwurf vom Brandherd entfernt, aufgestellt hat. Das Denkvermögen ist ihr momentan vollkommen abhandengekommen. Nur dicke Tränen laufen hemmungslos über ihre faltigen Wangen. Immer wieder schüttelt sie ihren Kopf und schaut in das in einiger Entfernung von ihr tobende Flammenmeer als wolle sie fragen, 'Wie kann so etwas passieren?' Liebevoll streichelt die junge Frau immer wieder über die grauen Haare der alten Dame, während ihr Mann wieder und wieder ihre Hände ergreift und ihr in Anbetracht der hoffnungslosen Situation mit dem gleichen Satz zum wiederholten Male Hoffnung einzuflößen versucht, 'es wird schon alles gut werden.'

Fast zur gleichen Zeit erscheinen endlich Feuerwehr, Polizei und Ambulanzfahrzeuge und beginnen mit Hochdruck zu retten was zu retten ist. Aber es scheint vergeblich zu sein. Nur eines weiß man bereits nach wenigen Minuten, alle im Gebäude befindlichen Leute konnten rechtzeitig dem Feuer entkommen und die Zahl der glücklicherweise nur Leichtverletzten ist nach Angabe der Einsatzleitung äußerst gering.

Im tiefsten Unterbewusstsein und dem Abbau ihrer körperlichen als auch geistigen Kräfte ausgesetzt, hat die alte Frau dennoch mitbekommen, dass alle noch im Marktgebäude befindlichen Leute es geschafft haben, sich mit teilweise sogar nur leichten Verletzungen in Sicherheit zu bringen. Die auch sie nun erreichende gute Nachricht scheint ihren Lebensmut wiederbelebt zu haben. Ohne die geringste Atempause schallt der Ruf nach ihrem Enkelsohn über den Marktplatz:

„Alexander, Alexander, Alexander" wieder und wieder. Aber er verhallt ungehört im Geprassel der lodernden Flammen.

Dann, als hätte ‚er da oben' ihr Rufen erhört, passiert das Wunder, ein für sie, die gottesfürchtige Frau, kaum fassbares Wunder. Ein stämmiger Feuerwehrmann, begleitet von zwei Sanitätern, trägt ihren Enkelsohn in seinen Armen und legt ihn vorsichtig auf den vor ihrem Stuhl stehenden hölzernen Tisch. Durch den ihm eingeflößten Sauerstoff zwar wieder bei Bewusstsein, aber dennoch schwach, hebt Alexander seine rechte Hand als wolle er sagen: ‚Oma, du brauchst dir um mich keine Sorgen zu machen, ich bin okay.'

Die alte Frau hat sich mühsam von ihrem Stuhl erhoben und schreitet mit zwei, drei kleinen Schritten auf den Tisch zu. Doch noch bevor sie die ausgestreckte Hand ihres Enkelsohnes halten kann, wird auch sie von einem kräftigen Hustenanfall geschüttelt. Nur die blitzschnelle Reaktion eines der beiden ‚Parameds' verhindert ihren Fall zu Boden. Als sie dann endlich die Hand ihres ‚Alexander' in der ihren hält, schüttelt ein hemmungsloser Weinkrampf ihren Körper.

Erst als der Notarzt ihr behutsam und mit beruhigenden Worten beibringt, dass ihr Enkelsohn Alexander die leichte erlittene Rauchvergiftung mit Bravour überstanden hat, beruhigt sie sich langsam.

Jetzt hat sie nur noch eines im Sinn. Sie möchte so schnell wie nur eben möglich nach Hause. Dabei scheint sie aber total vergessen zu haben, dass ihre Tochter sie und Alexander spätestens kurz nach dreiuhrdreißig am vorderen Gebäudeeingang abholen wollte.

Als sie den immer noch neben ihr stehenden Sanitäter nach der Uhrzeit fragt, deutet er ihr an, dass der Zeiger seiner Armbanduhr bereits die vier Uhr Grenze überschritten hat. Dabei erklärt er ihr mit sanfter Stimme, dass ihre Tochter sicherlich nicht bis zum Markteingang vorgedrungen sein kann, da man alle Zufahrtsstraßen wegen des Feuers hermetisch abgeriegelt habe.

„Aber wie kommen mein Enkelsohn und ich denn jetzt nach Hause?" Mit einem leichten Schreck im Gesicht schaut sie den Sanitäter fragend an.

„Aber darüber machen sie sich doch bitte keine Sorgen, denn bevor es nach Hause geht, müssen wir ihren Enkelsohn zuerst ins ‚St. Mary's' Krankenhaus bringen. Erst nachdem er dort wegen der Rauchvergiftung gründlich untersucht worden ist und der zuständige Arzt sein ‚Okay' dazu gegeben hat, können sie per Bus oder Taxi nach Hause fahren. Ich bin mir aber sicher, dass wir bis dahin auch ihre Tochter ausfindig gemacht und benachrichtigt haben. Übrigens, vielleicht führt ihre Tochter auch ein ‚Handy' mit sich. Vielleicht haben sie oder ihr Enkelsohn ja die Nummer bei sich. Das würde unsere Suche erheblich erleichtern."

Der zehnjährige Alexander, sitzt inzwischen hellwach und aufrecht auf der Tischplatte und lässt die Beine herunterbaumeln. Er hat aufmerksam das Gespräch der beiden Erwachsenen mitverfolgt. Dann, wie aus der Pistole geschossen, ruft er die Handynummer seiner Mutter mit kratziger Stimme: „519-653-dann viermal die 2."

„Junge, du bist ja richtig gut!" Wie ein freundliches 'Danke' klingen die Worte des Sanitäters. Ohne zu Zögern, wählt er die Nummer. Noch vor dem zweiten Klingelton meldet sich eine verzweifelt klingende Frauenstimme:

„Hallo, hallo, sind sie von der Polizei, ich versuche sie schon die letzte halbe Stunde verzweifelt zu erreichen, aber es ist immer besetzt."

Mit einem autoritären Ton in der Stimme, gibt ihr der Sanitäter die Antwort:

„Sagen sie mir bitte zuerst ihren Namen, sind sie...?" Fragend schaut er in das Gesicht des vor ihm sitzenden Jungen, der nicht Mal die Zeit hat, den Namen seiner Mutter auszusprechen, denn aus dem Hörer schallt es einem Hilferuf gleich, mit überdimensional lautem Tonfall:

„Ich bin Isabella Brandt, was ist mit meinem Sohn, was ist mit meiner Mutter? Bitte, bitte, sagen sie mir dass die beiden leben und in Ordnung sind, bitte, bitte."

„Frau Brandt, egal wo sie sich im Moment befinden, bleiben sie ganz ruhig. Ihr Sohn Alexander und auch ihre Mutter sind heil und vollkommen unbeschadet dem Unglück entkommen.

Ich lasse sie jetzt mal kurz mit ihrem Sohn und ihrer Mutter sprechen, aber bitte nur ganz kurz. Danach sage ich Ihnen, wie und wo sie die beiden finden können."

Ohne ein weiteres Wort zu verlieren, drückt der Sanitäter mit dem Namen ‚Kevin', soviel hat ‚Oma' Eva-Maria trotz Angst, Schreck und Lebensgefahr, bereits herausgefunden, dem kleinen Alexander das Mobiltelefon in die Hand:

„Mama, Mama, die Oma und ich wir haben heute was ganz Tolles erlebt. Die Anni vom Honigstand und ich waren noch ganz allein in dem großen Gebäude als das Feuer kam."

Sicherlich hätte der kleine Bursche seiner Mutter noch gerne einen ganzen Roman erzählt, doch der Sanitäter bittet ihn um direkte Weitergabe des Telefons an seine Oma. Mit schluchzenden Worten und zittriger Stimme erzählte Eva-Maria ihrer Tochter, dass ihnen wirklich nichts passiert sei und sie, Isabella, bitte so bald wie möglich zum ‚St. Mary's' Krankenhaus kommen sollte um sie dort abzuholen.

Etwa zwei Stunden später ist aus dem imposanten ‚St. Jacobs' Farmersmarkt-Gebäude außer verbogenen Stahlträgern nur noch ein riesiger Schutthaufen aus Asche und teilweise nicht total verbrannten Gegenständen übrig geblieben. Die wenigen Leichtverletzten wurden inzwischen in die beiden naheliegenden Krankenhäuser zwecks ambulanter Behandlung eingeliefert und danach entlassen.

Auch der kleine Alexander und seine neue Freundin Anni wurden innerhalb der nächsten Minuten in das nur einige Kilometer entfernt liegende ‚St. Mary's' Hospital gefahren, zur Freude der beiden sogar noch im gleichen Ambulanzfahrzeug. Nach gründlicher ärztlicher Untersuchung durften auch sie kurze Zeit später das Krankenhaus in Begleitung ihrer anwesenden Elternteile verlassen.

Noch am gleichen Nachmittag erhält Isabella Brandt einen Anruf der Kitchener Polizeistation mit der Bitte eines Besuches in ihrem Haus am nächsten Morgen. Man möchte dem zehnjährigen Alexander einige Fragen stellen, die zur Aufklärung des Sachverhaltes erforderlich sind. Aufgeregt und gleichzeitig auch von einer gewissen Nervosität erfasst, stimmt sie dem Gespräch zu.

Pünktlich um zehn Uhr am anderen Morgen biegt ein schwarz-weiß gestreifter ‚Police-Cruiser' in die Garageneinfahrt zum kleinen aber schmucken Hauses am Ostende von Kitchener ein. Eine junge Polizeibeamtin bittet an der Haustüre die Hauseigentümerin Eva-Maria Hofmann höflich um Einlass und wird von der alten Dame unverzüglich ins Wohnzimmer gebeten, wo Isabella und ihr Sohn Alexander bereits an dem großen runden Tisch warten.

Eigentlich, so erläutert die Polizistin den Anwesenden, habe man ja jede Menge Augenzeugen, die das gestrige Dilemma direkt oder indirekt gesehen, mitverfolgt haben oder gar beteiligt waren. Auch die Ursache konnte man bereits identifizieren.

‚An einem Verkaufsstand fast am Ende der Südwand des Gebäudes war kurz vor Marktschluss und bereits beim Abbau des betreffenden Standes ein Propangasbehälter von einer Stellage zu Boden gefallen und das ausströmende Gas hatte sich durch Funkenflug entzündet und somit die Katastrophe ausgelöst.

Obwohl es den im Gebäude befindlichen Personen gelang, dem in wenigen Minuten entstehenden und sich äußerst schnell ausbreitenden Flammenmeer zu entkommen, haben die von ihrer übereifrigen Unterhaltung so angetanen beiden Kinder Anni Martin und ihr Honigkäufer Alexander Brandt nichts bemerkt. Als der Junge den schließlich nicht mehr zu ignorierenden Brandgeruch wahrnimmt, ist es für eine Flucht nach draußen für die beiden bereits zu spät. Durch die enorme Hitze und dem beißenden Rauch war ihnen der Fluchtweg abgeschnitten.' Diese Einzelheiten bis zu ihrer Bewusstlosigkeit, können die Kinder der Polizei berichten. Instinktiv hatten sie die richtige Entscheidung getroffen, sich hinter der ihnen doch einigen Schutz gewährenden Theke zu verstecken um vor der durchrollenden Hitzewelle wenigstens ein wenig geschützt zu sein.

Die Sachlage für die Polizei war, dass ein Unbekannter danach die Kinder aus dem Feuer gezogen hat und ehe er Gelegenheit hatte, Angaben zu seiner Person zu machen, verschwunden ist. Doch in einem der gravierendsten Untersuchungsdetails tappt man aber momentan noch vollkommen im Dunkeln. Deshalb und nur deshalb sitzt die Polizeibeamtin nun hier in diesem Wohnzimmer um mit

Geschick und Ausdauer heraus zu finden, warum die beiden Kinder sich noch ohne Wissen anderer Menschen in dem brennenden Holzbau befanden. Und um welche Person es sich handelt, die unter Einsatz des eigenen Lebens in das lichterloh brennende Gebäude eindrang, um die Kinder zu retten. In den letzten Stunden hat man bereits mehrere Male den portugiesischen Bäcker befragt, praktisch jede nur mögliche Frage gestellt, aber seine Antworten sind immer die gleichen:

‚Es war ein großer stattlicher Mennonite mit Vollbart, zwischen vierzig und fünfzig Jahre alt, der ihm die Bäckerschürze vom Leib gerissen hat, sie mit kalten Wasser tränkte, vor sein Gesicht hielt und sich dann in das flammende Inferno stürzte.'

Doch nun setzte man alle Hoffnungen auf Anni, die Honigverkäuferin und den zehnjährigen Alexander, ihren letzten Kunden. Aber keiner der Beiden war in der Lage, den Ermittlern auch nur den geringsten Aufschluss über das Geschehene zu vermitteln, befanden sie sich doch während der insgesamt nur einige Minuten dauernden Rettungsaktion in tiefer Bewusstlosigkeit.

Mit allen ihr zur Verfügung stehenden Mitteln und hochkonzentriert versucht die Polizeibeamtin aus dem Jungen herauszufinden, was er nicht weiß, ja einfach nicht wissen kann. Doch dann kommt für sie überraschend Hilfe. Die sonst so gesprächige und nie um Worte verlegene ‚Oma' Eva Maria Hofmann, der noch der Schock der letzten Stunden im Nacken sitzt, schneidet urplötzlich der sich immer noch auf Alexander fixierten Ermittlerin das Wort ab:

„Mein Gott, ich glaube den Mann, den sie so fieberhaft suchen, zu kennen. Ja, ich bin mir sicher, dass er es war. Er war so ein Mannsbild von dem ich als junge Frau nur zu träumen gewagt hätte."

Trotz der ernsten Situation, bricht die Polizistin bei diesem unerwarteten Ausspruch der älteren Dame in ein schallendes Gelächter aus:

„War der Mann denn wirklich so gutaussehend oder was hat sie zu dieser Aussage bewogen?"

„Ja, eigentlich war das so, es war schon halb drei vorbei. Die meisten Leute hatten den Markt bereits verlassen. Doch vom vielen Umherlaufen war ich so müde und hatte mich zum Ausruhen auf eine der hinter dem Gebäude stehenden Bänke niedergelassen. Alle Tische, Stühle und Bänke standen leer da. Nur etwa fünf Tische von meinem Platz entfernt, saßen noch ein älteres Mennoniten-Paar, zu dem sich der wie aus dem Nichts erschienene gutaussehende Mann gesellte. Vielleicht war es ja auch ihr Sohn. Ich weiß es nicht. Nach einigen Minuten, während das Paar mit dem Mann ein recht lebhaftes Gespräch geführt hatte, erhoben sich die älteren Leute und verließen mit gemächlichen Schritten das umzäunte Gelände.

Ja, das war dann der Zeitpunkt wo sich der gutaussehende Mann zu mir begab und fragte, ob er sich an meinen Tisch setzen dürfe. Er war sehr sauber und proper gekleidet und trotz seines Vollbartes hatte er etwas an sich, so eine Ausstrahlung, an die sich selbst eine alte Frau wie ich noch gerne erinnert und nicht so schnell vergisst. Nachdem Alexander seine heißgeliebte Bratwurst gegessen hatte, drückte ich ihm einen Zwanzig Dollarschein in die Hände und bat ihn, noch schnell zwei Gläser Honig im Markt zu kaufen. Dann, wirklich nur Minuten später brach das Feuer mit einer solchen Schnelligkeit aus, dass keiner der wenigen Leute wusste, was passiert war. Nur der Mennoniten-Mann sprang auf, trat mit einem kräftigen Tritt den Zaun ein und rannte, so schnell ihn seine Füße tragen konnten, um die Gebäudeecke auf einen der Eingänge zu. Später, als mir der Feuerwehrmann meinen lieben Alexander unversehrt vor mir auf den Tisch legte, war der Mennonite spurlos verschwunden. Keiner wusste wohin. Jetzt habe ich ihnen aber wirklich alles gesagt, was ich weiß und wo ich mich genau dran erinnern kann."

Ohne Eva-Maria Hofmann auch nur ein einziges Mal zu unterbrechen, hat die Detektivin den Worten der alten Dame mit Spannung gelauscht und sich dabei ab und zu Notizen in dem vor ihr liegenden Schreibblock gemacht.

„Frau Hofmann, vielen Dank für ihre ausführliche Schilderung. Wir werden innerhalb der nächsten Stunden ihre Ausführungen mit dem Bericht des portugiesischen Bäckers und dem eines der beteiligten Notärzte vergleichen. So wie ich die Sachlage derzeit einschätze, ergänzen sich ihre Erlebnisse mit denen der anderen Zeugen und werden bei der Auswertung des Sachverhaltes sicherlich einige Klarheiten zu Tage bringen. Auf jeden Fall möchte ich mich nochmals herzlich bei Ihnen bedanken."

Nach einigen mehr oder weniger belanglosen Sätzen, verlässt sie mit einem freundlichen Kopfnicken das Haus.

Isabella Brandt sitzt immer noch wie gelähmt in dem etwas zu wuchtigen Sessel vor dem Fernsehapparat. Obwohl das Gerät nicht einmal eingeschaltet ist, starrt sie mit ausdruckslosem Gesicht fasziniert auf den dunkelgrau schimmernden Bildschirm. Unablässig laufen Tränen wie kleine Rinnsale über ihre bleichen Wangen. ‚Fünf Jahre sind inzwischen vergangen als ihr Ehemann Markus ebenfalls im September das Haus am späten Nachmittag nur, wie er sagte, zum Auftanken seines PKW's bei der nahegelegenen Tankstelle, verließ und niemals zurückkehrte.

Normalerweise benutzte er gewohnheitsmäßig eine der Zapfsäulen für Selbstbedienung. Da diese aber alle schon besetzt waren, hielt er ausnahmsweise bei dem ‚Full-Service' an.

Nachdem der Tank gefüllt war, drückte er dem Tankwart eine Fünfzigdollar-Note in die Hand. Als dieser zurück ins Wartehäuschen ging, riss Markus beim Anfahren die Tanksäule um. Anscheinend hatte der Tankwart, aus welchem Grund auch immer, vergessen, den Füllstutzen aus dem Tank herauszunehmen.

Die genauen Umstände wurden niemals aufgeklärt. Fest stand nur, dass der auslaufende Treibstoff an diesem extrem heißen Spätsommertag die Tankstelle irgendwie zur Explosion brachte und die Kombination des entstandenen Flammenmeeres und der Druckwelle den sofortigen Tod ihres geliebten Ehemannes zur Folge hatte.

Nur wenige Stunden zurückblickend, hätte sich fast das Gleiche an allem was ihrem Leben noch einen Sinn gibt an ihrem geliebten Sohn Alexander wiederholt.

Abwechselnd mal heiß und dann wieder eiskalt laufen ihr die Schauer den Rücken herunter.

Während der gesamten Unterhaltung der Beamtin mit ihrer Mutter hat sie den Kopf ihres Sohnes fest in ihren Händen gehalten, bevor es diesem schließlich gelingt, sich aus der Umklammerung zu lösen.

Wie von einer schweren Last befreit, erhebt sie sich aus ihrem Sitz, ja sie springt fast auf. Gleichzeitig schauen Mutter und Enkelsohn sie fast entgeistert an, als Isabella plötzlich mit wachsamen Augen auf ihre Gegenüber schaut.

Mit ihrer stattlichen Größe von einem Meter und achtundsiebzig Zentimetern überragt sie ihre Mutter um fast einen Kopf. Mit neununddreißig Jahren im blühenden Alter, einem äußerst apartem Gesicht und einer Figur über die sie selbst von professionellen Mannequins beneidet wurde, strahlt sie auch jetzt nach dem Erlebten immer noch das gewisse Etwas aus, was die meisten Männer zu einem zweiten Blick verleiten würde.

„Mom, Alexander, würdet ihr den Mann wiedererkennen, der dir gestern das Leben gerettet hat?" Dabei schaut sie ihrem Sohn geradewegs in die von seiner Mutter ererbten grünen Augen.

„Mama, ich weiß es wirklich nicht, ich habe ihn nur ganz kurz gesehen, als er zu Omas Tisch kam. Er hatte einen langen, struppigen Bart.

Dann hat er so laut gelacht, weil ich meine Bratwurst so schnell gegessen habe. Aber ich hatte ja auch mächtigen Hunger, nachdem Oma und ich solange auf dem Marktplatz hin-und hergelaufen sind, weil sie sich jeden Stand angesehen hat."

„Mom, was ist mir dir, würdest du ihn wieder erkennen, wenn er dir über den Weg laufen würde?"

„Kind, mit oder ohne Bart, würde ich ihn aus einer Million sofort herauspicken. Eigentlich sah er gar nicht aus wie ein Mennonite, obwohl er so gekleidet war. Irgendwie strahlte er etwas Besonderes aus, ich kann nicht mal sagen was es war.

Ja, und da war noch etwas anderes, was mich so stutzig gemacht hat. Seine Hände waren für einen Farmer recht schmal und sehr gepflegt. Als ich ihn darauf aufmerksam machte, dass doch jetzt die Haupterntezeit sei und er doch eigentlich auf dem Felde sein müsste, hat er nur gelacht und gesagt, dass er ja nur hier wäre, weil er auf der Durchreise sei. Wenn ich jetzt so darüber nachdenke, kommt mir das alles ein bisschen komisch vor. Irgendetwas stimmt da nicht."

„Mom", wie Isabella liebevoll ihre Mutter nennt, „wenn er ein Mennonite ist, lebt er unter ihnen: Wir, nein ich meine ich selbst, muss ihn finden. Er hat meinem Sohn, dem liebsten und praktisch allem was ich neben dir besitze, unter dem Einsatz seines eigenen Lebens das Leben gerettet. Nach meinem Mann auch noch mein einziges Kind zu verlieren, hätte ich niemals verkraftet, lieber wäre ich dann auch gestorben."

„Isabella, mein Kind, ich verstehe dich vollkommen, aber was hast du vor? Denk mal drüber nach. Wenn ihn nicht mal die Behörden mit all ihren Möglichkeiten finden, welche Chancen bleiben dir dann noch übrig? Weißt du was, nach allem was ich erlebt habe, bin ich einfach nur furchtbar müde.

Lass mich mal heute Nacht drüber schlafen. Morgen beginnt ein neuer Tag und dann sehen wir weiter."

„Ja, Mom' du hast ja so Recht. Irgendwie spüre und weiß ich, dass ich ihn finden werde, selbst wenn ich allein zu Fuß um die Erde wandern muss." Wieder rollen dicke Tränen ihre Wangen herunter als sie sich zur ihrer Mutter hinunterbückt, um sich mit einem Gutenachtkuss von ihr zu verabschieden.

Selbst während ihres sonntäglichen Kirchgangs, kann sie ihre Gedanken nicht davon losreißen, dass sie diesen Mann finden muss, um ihm wenigstens das zu geben, was er sich durch den Einsatz seines Lebens so hart verdient hat, ein aus ihrem Herzen kommendes ‚Danke schön'.

Wie an jedem Sonntagmorgen, stehen die Kirchgänger auch heute vor dem Kirchenportal zusammen. Man hat sich ja schließlich allerhand zu erzählen. Nicht nur was sich in der vergangenen Woche so alles abgespielt hat, sondern auch alle Neuigkeiten, die sich in den nächsten Tagen, wie man ja von einigen der besonders gut informierten Gottesdienstbesucher bereits weiß, noch ereignen werden.

Heute aber ist das eigentlich alles zur Nebensache geworden, hat doch jeder der Kirchgänger inzwischen aus Fernseh- und Radionachrichten vom Jahrhundertfeuer, dem totalen Abbrennen des ‚St. Jacobs' Farmers-Market erfahren. Und Eva Maria Hofmann und ihr kleiner Enkelsohn Alexander, die in die unglücklichen Geschehnisse geradezu involviert waren, stehen nun mitten unter ihnen. Mein Gott, was muss jeder der beiden einen Schutzengel um sich herum gehabt haben!

Neugierig, erwartungsvoll und teilweise sogar mit einer ausdrucksvollen Bewunderung in ihren Gesichtern, schauen und bestaunen die Kirchenbesucher die Beiden.

Doch dabei bleibt es nicht. Nach all dem was man in den Nachrichten in den letzten zwanzig Stunden erfahren hat, ist nicht nur der Markt abgebrannt. Es muss sich auch eine dramatische Rettungsaktion abgespielt haben. In den Nachrichten wird nämlich immer wieder erwähnt, dass Eva Marias Enkelsohn Alexander und, wie man weiter berichtet, auch die Verkäuferin in der Honigbude, ein fünfzehnjähriges Mädchen mit dem Namen Anni von einem bisher noch nicht identifizierten rund vierzig Jahre alten Mennoniten unter lebensgefährlichen Umständen aus dem brennenden Gebäude gerettet wurden.

Von den Kirchenbesuchern umringt, bleibt der älteren Dame keine andere Wahl, als die inzwischen schon mehr als genügend bekannte Geschichte immer wieder zu erzählen. Mehrmals wird sie auch mit widersinnigen Fragen überschüttet. Doch die Menge gibt sich erst zufrieden und die ‚Ahs' und ‚Ohs' verstummen als die alte Dame, von der vielen Fragerei müde geworden, mit dem Kopf schüttelt. Mit einer Abwehrstellung ihrer Hände gibt sie schließlich den sie umringenden Leuten deutlich zu verstehen, dass sie alles, was sie weiß und notgedrungen miterleben musste, preisgegeben hat.

Einige Meter entfernt auf einer Treppenstufe stehend, die zur Eingangstüre der Kirche führt, bleibt Isabella Brandt keine andere Wahl als der fast widerlichen und sich wie eine Vernehmung anmutende Fragerei an ihre Mutter mitzuhören. Alles was sich ein paar Treppenstufen unter ihr abspielt, empfindet sie fast als eine Zumutung, obwohl sie dem gesamten Spektakel mehr oder weniger nur mit einem Ohr lauscht. Ihre Gedanken kreisen pausenlos um die Idee, den Mann zu finden um ihm für die Tatsache zu danken, ihrem Sohn das Leben gerettet zu haben.

Morgen, am Montag wird sie sich einige Tage Urlaub nehmen, um alle die Behörden, wie Ambulanz, Polizei, Feuerwehr und dergleichen, aufzusuchen. Dabei will sie herauszufinden, ob man bereits etwas über diesen mysteriösen Mann in Erfahrung bringen konnte. Als eine gottesfürchtige und gläubige Christin stellt sie sich immer wieder selbst die Frage: 'gibt es wirklich so etwas wie einen Schutzengel? War es nur ein ganz normaler Mensch, der meinen Sohn und das Mädchen gerettet hat oder hat der liebe Gott wirklich irgendwie seine Hände im Spiel gehabt? Oder hat er jemand damit beauftragt, die unschuldigen Kinder vor dem grässlichen Verbrennungstod zu retten?'

Alles das sind hypothetische Fragen, die sie an den Rand des Wahnsinnes treiben und im tiefsten Innern ist ihr klar, dass sie von keinem Menschen eine plausible Antwort erhoffen kann. Eins ist jedoch für sie zu einer unabwendbaren Gewissheit geworden. Sie wird ihre Suche nach dieser Person nicht aufgeben, nie und niemals ruhen, bis sie den Gesuchten gefunden hat, so wahr ihr Gott helfe.

Langsam beginnt sich die Menge auf dem Kirchplatz zu verlieren. Mit einem fast verzweifelten Blick schaut ‚Oma' Eva Maria Hofmann um sich herum bis sie endlich ihre Tochter auf einer der Treppenstufen zum Kircheneingang erspäht.

Mit Alexander fest an der linken Hand haltend, schreitet Isabella die wenigen Stufen zum Kirchplatz hinunter. Gemeinsam begeben sich die beiden Frauen mit dem Jungen auf den Nachhauseweg.

Der Sonntag, eigentlich als Ruhetag für Oma Hofmann sowie ihre Tochter Isabella und deren Sohn Alexander vorgeplant, entpuppt sich mehr und mehr als ein Spießrutenlaufen.

Es vergeht kaum eine Minute, in denen nicht die Ruhe durch das schrillende Läuten des Telefons unterbrochen wird. Aber auch einige Reporter mit ihren dazugehörigen

Fotografen scheuen sich nicht, solange vor der Hofmännischen Haustüre zu verweilen, um ein wenn auch nur kurzes Interview mit einem der Beteiligten zu ergattern, entweder mit Eva Maria Hofmann oder ihrem Enkelsohn.

Der Montagmorgen beginnt genau wie seit einigen Tagen vorhergesagt, mit strahlendem Sonnenschein. Nachdem Isabella ihren Sohn auf dem Schulgelände der nahegelegenen ‚St. Antony Daniels' Schule seinen Schulkameraden übergeben hat, begibt sie sich auf schnellstem Weg zu ihrem Arbeitgeber. Dort bekommt sie ihren Urlaub nach Schilderung der Umstände ohne größere Angabe von außergewöhnlichen Gründen, auch sofort bewilligt.

Was nun auf sie zukommt, ähnelt ohne Zweifel dem Sprichwort, die berühmte ‚Stecknadel' im Heuhaufen zu finden. In ihrer Logik beginnt sie ihre Frage nach dem großen Unbekannten bei der dem Markt naheliegenden Polizeistation. Ohne Erfolg, denn man steht hier selber vor dem gleichen Problem. Niemand kennt den vollbärtigen Mann in der Mennonitenkleidung, der die beiden bewusstlosen Kinder unter seinen Armen den bereitstehenden Sanitätern übergeben hatte. Das Einzige was bei dieser Übergabe ein gewisses Erstaunen hervorgerufen hatte, war die Tatsache, dass der ‚einfache' Mennonite den ‚Parameds' einige ärztliche Ratschläge erteilt hatte, die bei diesen ein beträchtliches Erstaunen über seine medizinischen Kenntnisse zurückließen, ehe er auf unerklärliche Weise verschwand.

Keiner der weiteren an der Rettungsaktion beteiligten Feuerwehrleute, Ambulanzhelfer oder sonstigen Rettungshelfer war in der Lage Isabella auch nur die geringsten ihr dienlichen Hinweise zu geben.

Die einzige Chance, die ihr jetzt noch bleibt, sind die in der Umgebung liegenden Mennoniten Farmen abzuklappern, um dort vielleicht den Gesuchten ausfindig zu machen. Sie ist sich inzwischen auch der Tatsache bewusst, dass ihr Unterfangen viel Zeit in Anspruch nehmen wird und es nicht nur Tage sondern Wochen, ja sogar Monate dauern kann.

Was auch immer sie so bewegt, den Retter ihres Sohnes ausfindig zu machen, ein einziges Wort findet sich nicht in ihrem Wortschatz, nämlich…"aufgeben".

Beim zuständigen Grundbuchamt, nachdem sie dort ihr Anliegen unter großer Anteilnahme der zuständigen Angestellten vorgetragen hat, händigt man ihr nach Prüfung der Rechtslage die Kopien etlicher Pläne aus, die nicht nur Namen sondern auch die Farmen, ihre Größe und Parzellennummern enthalten.

In den kommenden Wochen und Monaten opfert sie fast jede Stunde ihrer knappen Freizeit, besucht eine Farm nach der anderen, spricht mit diesem oder jenem, der ihr in irgendeiner Form behilflich sein könnte. Aber nichts, absolut nichts Brauchbares kommt zum Vorschein.

Zufälle spielen oft im Leben eine große Rolle und ein winziger Zufall bewirkt, dass sie die Farm, deren Inhaber ihr mit großer Wahrscheinlichkeit die Auflösung, ja sogar das

Finden des Gesuchten ermöglicht hätten, bei ihrer Suche geradezu übersieht.

Über sieben lange Monate sind seit dem Beginn ihrer Suche nach dem großen Unbekannten erfolglos ins Land gezogen. Manchmal ist die wahre Verzweiflung im hübschen Gesicht Isabellas geradezu abzulesen. Längst ist ihre Suche in eine Sucht ausgeartet und diese hat zweifellos eine Art Besessenheit in ihr ausgelöst.

Während der Frühling im Südwesten Ontarios inmitten der Mennoniten-Region seinen Einzug hält und auch die ersten Frühlingsblumen bereits verblüht sind, ist auch Isabella wieder auf der Suche. Wenn sie sich nicht so sicher wäre, dass die Fantasie nicht mit ihr ein grausames Spiel treibt, würde zu diesem jetzigen Zeitpunkt fest daran glauben, einem Phantom nachzujagen.

Wieder ist es Samstagnachmittag, wieder hat sie die Dörfchen Heidelberg und St. Clements hinter sich gelassen. Von den hundertvierundvierzig Farmen, deren Daten ihr zugänglich sind, hat sie bereits hundertzweiunddreißig besucht, ihre Inhaber bis ins kleinste Detail befragt, aber alles war bisher ergebnislos. Nichts, absolut nichts was von Bedeutung sein könnte, hat sie in Erfahrung bringen können.

Heute ist ein besonderer Tag, denn der kleine Alexander, eigentlich ist er gar nicht mehr so klein wie seine Mutter mit einem flüchtigen Seitenblick zum Beifahrersitz feststellt, hat es sich nicht nehmen lassen mit dabei zu sein.

Die von seiner ‚Mama' angebotene Mitfahrgelegenheit hat er mit einem strahlenden Lächeln in seinem pausbäckigen Gesicht dankbar angenommen.

Nun sitzt er mit einer von seiner Mutter handgezeichneten Karte auf seinem Schoss und verfolgt mit dem Zeigefinger auf der Karte jede Kurve, die ihm die Durchgangsstraße nach ‚Elmira' anzeigt, dem nächstgrößeren Ort in der Umgebung.

Auf der Höhe des kleinen Dorfes ‚Hawksville' angekommen, signalisiert Isabella ihre Absicht, nach links abzubiegen. Drei kleinere Farmen liegen nämlich nur durch die Einfahrten zu den Farmhäusern getrennt, direkt neben der Straße. Wie sie aus den Plänen ersehen hat, beträgt der Abstand von Farm zu Farm weniger als je einen Kilometer. Doch urplötzlich und vollkommen unvorhergesehen ist mit ungeahnter Schnelligkeit ein Gewitter am Firmament aufgezogen. Innerhalb weniger Sekunden verwandelt sich der vorhin noch helle Tag in ein dunkles Zwielicht.

Mit unglaublicher Intensität prasselt der Regen, vermischt mit Hagelkörnern, auf das Autodach hernieder und macht eine Unterhaltung mit ihrem Sohn fast unmöglich.

„Alexander, wir können so nicht weiterfahren, es wird zu gefährlich. Sobald der Regenschauer und das Gewitter etwas nachlassen, werde ich umdrehen und nach Hause fahren."

Der Junge, das Blatt mit den bereits angekreuzten Namen auf seinem Schoß liegend, nickt seiner Mutter verstehend zu.

Als der Regenschauer nach einigen Minuten nachlässt und sich die Sicht wesentlich verbessert hat, wendet Isabella ihr Fahrzeug, um in die entgegengesetzte Richtung zu steuern. So begeben sich Mutter und Sohn auf den Nachhauseweg, dabei nichtsahnend, dass sie damit die für sie alles bedeutende Chance versäumt haben. Diese hätte sie ganz sicher ein enormes Stück näher zu ihrem Ziel geführt.

Alexander hat in seinem Eifer auf seinem Stück Papier die drei Farmen zu früh als ‚erfolglos besucht' abgehakt. Als sich seine Mutter bei der nächsten Gelegenheit aufrafft, um den letzten noch unbesuchten Farmen einen Besuch abzustatten, befinden sich auf ihrer Liste nur noch neun nicht befragte Farmer. Unter den drei durch ein voreiliges Vorgehen ihres Sohnes bereits abgehakten befindet sich eine Farm, dessen Inhaber sich durch ein kleines, selbst gebasteltes und bemaltes Holzschild am Farmeingang als ‚Amos und Sarah Brubacher' ausweisen.

Kapitel 6: Freundschaft fürs Leben

Von der Hauptstraße aus Richtung Waterloo kommend, begibt sich Chris mit überhöhter Geschwindigkeit auf die Zufahrtsrampe zur Autostraße 401, die ihn auf direktem Weg nach Toronto zurückbringen wird. Vergeblich versucht der schwere Jaguar aus seiner Spur auszubrechen, Chris gibt dem schnellen Fahrzeug durch gekonntes Gegensteuern nicht mal die geringste Chance hierzu. Eines hat das unvorhergesehene Manöver allerdings bewirkt. Aus seinen Träumen über den angenehmen Besuch und die liebenswürdige Art der Behandlung bei den ihm doch unbekannten Farmersleuten aufgeschreckt, beschließt er, sich für den Rest der Fahrtstrecke an die vorgeschriebene Geschwindigkeitsbeschränkungen zu halten.

Nach seiner Ankunft in Toronto ist die Mitternacht längst überschritten, als er nur im Schlafanzug und mit seinem Bademantel bekleidet, ziellos durch seine geschmackvolle und dezent eingerichtete Wohnung auf und ab wandert. Alles was er in den letzten vierundzwanzig Stunden erlebt hat, passiert nochmal Revue vor seinem geistigen Auge.

‚Wieder und wieder sieht er die von der harten Arbeit gezeichneten Gesichter Amos und seiner Frau Sarah vor sich. Die meisten Mennoniten-Familien sind mit mehreren Kindern gesegnet, etwas was den Beiden nicht vergönnt war. Und heute ist es ihm nicht nur einmal, nein mehrere Male so vorgekommen, als sähen sie in ihm so etwas wie einen Sohn, den sie sich immer gewünscht hätten, aber durch die Unfruchtbarkeit Sarahs nie bekommen konnten.

Eigentlich war heute Nachmittag alles anders als Chris es sich vorgestellt hatte. Immerhin war es das erste Mal, dass er eine Mennoniten-Farm betrat. Das schmucke Farmhaus mit seiner kaum vorstellbaren Blumenpracht vermittelte ihm vom ersten Anblick an ein Gefühl von Wärme und Geborgenheit. Selbstverständlich tat die Begrüßung der Gastgeber Amos und Sarahs das ihre dazu. Kaum im Haus, ergriff Sarah die Hand ihres Gastes und mit einer ihr eigenen Herzlichkeit führte sie den Arzt durch das gesamte Haus. Freudig zeigte sie ihm mit ein wenig Stolz in ihrem fast faltenfreien Gesicht ihr ‚Arbeitszimmer.' Hier, wo sie mit anderen Bauersfrauen aus der Nachbarschaft mit viel Liebe zum Detail sowie talentiertem handwerklichem Können die weit über die Grenzen der von Mennoniten bewohnten Gegenden die in Handarbeit mit viel Stickereien verzierten ‚Quilts' herstellen. Diese zum Teil sehr wertvollen Bettdecken sind auch auf dem ‚St. Jacobs' Farmers-Market eine Attraktion und werden dort mit großem Erfolg verkauft. Von hier aus wandern die zum Großteil von Touristen erworbenen und oftmals nicht gerade billigen Prachtstücke in viele Länder rund um den Globus.

Dr. Moser, seines Ranges nach in der Krebsbekämpfung einer der erfolgreichsten Ärzte im Torontoer ‚Western General Hospital', konnte es fast selbst nicht glauben. An einem schönen milden Herbstsonntag saß er mit einem älteren Mennoniten-Ehepaar in deren Farmhaus in der Waterloo Region bei Kaffee und selbstgebackenem Streuselkuchen.

Nein, nicht um medizinische Fragen zu klären oder gar in irgendeiner Form ärztliche Hilfe zu leisten, sondern eigentlich nur, um seinen unersättlichen Wissensdurst über eine Religions- beziehungsweise Volksgruppe zu stillen. Die gleichen Leute, die er am Vortag erst auf dem bekannten ‚St. Jacobs Farmers Market' kennengelernt hatte und die ihm zu diesem Zeitpunkt mehr Skepsis als Vertrauen entgegengebracht hatten, behandelten ihn heute als wäre er ihr leiblicher Sohn.

Mit fraulichem Geschick und einer Mischung aus Intuition und Lebenserfahrung war es Sarah, die zweiundsiebzig Jahre alte Lebensgefährtin von Amos Brubacher, die momentan dem Mediziner alles was sie aus seinem bisherigen Privat- und Berufsleben in Erfahrung bringen möchte, mit großem Einfühlungsvermögen entlockte. Während Amos beim gestrigen kurzen Beieinandersitzen auf dem Marktgelände der Tonangebende war, schien sich heute das Blatt gewendet zu haben. Aus der gestern noch fast andächtig zuhörenden Sarah war heute die Fragestellerin geworden.

Chris schien es riesigen Spaß zu machen und auch ihr Ehegatte lauschte mit einer unverkennbaren Spannung den Worten der Gastgeberin. Gleich nach der Ankunft ihres Gastes und der unzeremoniellen Begrüßung durch das schlichte und sympathische Ehepaar, hatten sie sich alle drei auf die einfache Anrede mit ihren Vornamen und dem simplen ‚Du' geeinigt.

Für Chris fast unglaublich, stellte es sich schon nach einigen Sätzen heraus, dass Sarah eine Menge gezielte Fragen in ihrem Repertoire hatte, deren Antworten ihr schon am Herzen lagen. Doch seine Ausweichmöglichkeiten zu ihren Fragen schienen sehr begrenzt zu sein. Fieberhaft hatte er überlegt, was man in einer solchen Situation machen könnte, ohne die Gastgeberin zu brüskieren.

Wie ein Blitz aus heiterem Himmel fiel ihm die Lösung praktisch in den Schoß. Ohne weitere Umschweife hatte er damit begonnen, den beiden Zuhörern seinen manchmal recht abenteuerlichen und auch haarsträubenden Lebensweg bis ins kleinste Detail zu erzählen.

Über seine eigene Erzählkunst und der Formulierung seiner Ausdrucksweise ein wenig von sich selbst beeindruckt, hatte er mit der Kinderzeit begonnen und beendete das gesamte Spektrum seines bisherigen Lebens mit den gestrigen zur Genüge bekannten Ereignissen auf dem Farmersmarkt.

Eigentlich hatte er sich ja alles ganz anders vorgestellt. Wollte er nicht derjenige sein, der seinen Wissensdrang über die Lebensgeschichte des Mennoniten-Paares stillen wollte?

Dennoch sollte auch er auf seine Kosten kommen.

Während Sarah in der zweckmäßig aber gemütlich eingerichteten Küche den Kaffee und dazu selbstgebackenen Kuchen servierte, hatte Amos seinen Stuhl näher zu Chris gerückt.

Ohne Umschweife wollte er dann von Chris wissen, warum er so ein großes Interesse am so genügsamen und ja man kann es ohne weiteres als aufregungslos bezeichnenden Leben seiner Glaubensgemeinschaft zeigte. Doch die Antwort hatte er sich dann selbst gegeben.

‚Chris, meine Frau Sarah und ich leben wie viele Mennoniten, zum großen Teil noch nach den sogenannten ‚Old Order Bräuchen', nein eigentlich muss ich sagen den ‚Old Order Gesetzen und Regeln', wie sie uns unser Glaubensbruder Menno Simon vor Hunderten von Jahren nach der Reformation der Kirche durch Martin Luther gelehrt hat. Aber in den vergangenen Jahren ist das Leben der Menschen, egal ob Mennoniten oder nicht, so schnell geworden, dass sich selbst viele unter uns von den strikten Glaubensgrundsätzen abgewandt und dadurch teilweise auch der modernen Lebensweise eurer Welt angepasst haben. Heute gibt es allein hier in unserem ‚Waterloo County', ich weiß leider nicht wie viele Splittergruppen, die sich oft nur durch Kleinigkeiten voneinander unterscheiden.

Wie du siehst, ist in Sarahs und meinem Leben in den über fünfzig Jahren kaum eine Veränderung eingetreten. Wir haben beide hart gearbeitet, unser tägliches Brot immer ehrlich verdient und ich muss dir sagen, unsere Liebe und Achtung füreinander ist die gleiche wie am ersten Tag unseres Kennenlernens. Wenn du möchtest, zeige ich dir gerne die gesamte Farm. Es ist ein schöner Herbsttag und der Rundgang wird nicht länger als eine halbe Stunde dauern, denn so groß ist unsere Farm nicht. Eigentlich haben wir nur immer so viel Land beansprucht und bearbeitet, wie wir zum Leben benötigt haben.'

Während der nächsten Stunde hatte Amos dann, nur manchmal von seiner Frau durch eine zusätzliche Anekdote unterbrochen, Geschichten aus dem oftmals schwierigen Mennoniten-Leben der letzten fünf Jahrzehnte erzählt. Schweigend hatte er, Chris, der neue Freund, den Farmersleuten und ihren Erzählungen gelauscht. Einige Male hatte er selbst bemerkt, dass ihm der Mund offenstand, aber alles was er hier in diesem Moment von zwei einfachen Leuten erfahren hatte, war ein winziges Stück Geschichte und zwar nicht nur einer Glaubensgemeinschaft, sondern auch Teil der Kultur eines verhältnismäßig jungen Landes, Kanada.

Wie immer wenn's am schönsten ist, vergeht die Zeit am schnellsten. Und auch diesmal war es nicht anders. Die letzte halbe Stunde hatte Amos genutzt, um Chris das dem Farmhaus umschließende Land zu zeigen. Mit einem unübersehbaren Schmunzeln im Gesicht hatte er seinen Gast zu einem mächtigen Ahornbaum an der südlichen Grenze des Farmlandes geführt. Mit einem auf dem Weg dorthin aufgehobenen Holzstecken hatte er ihm die Stelle des Baumes gezeigt, wo er vor über fünfzig Jahren zwei Herzen in die Baumrinde geschnitzt hatte. Genau über der Stelle, wo er seine geliebte Sarah zum ersten Mal geküsst hatte. Mit einem strahlenden Lachen in seinem faltigen Gesicht, dazu ein schelmisches Blinzeln in den Augen, hatte er betont, dass dies überhaupt der erste Kuss gewesen sei, den er jemals einer Frau gegeben habe.'

Der Morgen ist bereits angebrochen als sich Chris aus seinen Träumereien des vergangenen Nachmittags loslöst, in die Wirklichkeit der Realität zurückversetzt und endlich vom Schlaf übermannt in sein Bett begibt. Vom fehlenden Schlaf in kürzester Zeit überrascht, erwacht er erst um die Mittagszeit, als die Müllabfuhr auf der Straße unter seinem Schlafzimmerfenster mit der Ausleerung der Container und dem damit verbundenen lautem Getöse ein Weiterschlafen unmöglich macht.

Hastig sein Bett verlassend, duschen, ankleiden, sein Frühstück im Stehen einnehmen, einige Sachen in aller Eile zusammenpacken und schon befindet er sich auf dem Weg zum Krankenhaus. Glücklicherweise oder besser gesagt vorsichtshalber, hatte er für heute, Montagmorgen, keine Termine vorgeplant, sodass man ihn weder in seiner Praxis noch im Krankenhaus vermisst hatte.

Innerhalb weniger Minuten hat er die für ihn bestimmte Eingangspost nach der Ankunft in seinem Büro inspiziert und nichts besonders Wichtiges entdeckt. Deshalb bittet er über die Sprechanlage seine Assistentin Dr. Peter Reitzel ausfindig zu machen und ihn umgehend in sein Büro zu bitten.

Tatsächlich steht innerhalb der nächsten zehn Minuten sein Freund im Türrahmen zum Büro seines Vorgesetzten:

„Ach, das ist ja kaum glaubhaft. Unser großer Held ist wieder da! Heute, mein Freund wirst du nicht umhinkommen, mir allerhand zu erzählen, besonders das, was sich in den letzten vierundzwanzig Stunden deines Lebens abgespielt hat."

„Nur nicht drängeln, komm rein, setz dich. Ob du es glaubst oder nicht, alles was ich dir jetzt berichte ist nichts als die reine Wahrheit, obwohl ich vollstes Verständnis dafür habe, wenn du nachher meinen Verstand anzweifelst."

Dann beginnt Chris mit seiner ausführlichen Schilderung der letzten achtundvierzig Stunden. Eine Episode nach der anderen erläutert er seinem Freund, der es einfach nicht glauben kann, was da auf ihn einströmt. Etwa zwei Stunden später, jedoch erst nachdem Peter alles, aber auch wirklich alles Wissenswerte aus dem Munde seines Freundes erfahren hat, erhebt er sich aus seinem Stuhl. Mit einem fast melancholischen Ausdruck in seinem Gesicht, beugt er sich über den Schreibtisch und mit beiden Händen auf der Tischplatte aufstützend, schaut er seinem Freund und Partner geradewegs in dessen seinem Blick standhaltenden Augen:

„Chris, vielleicht war es doch ein großer Fehler von mir, dir all mein Wissen über die Religion der Mennoniten als auch ihre Lebensweise und Gewohnheiten zu erzählen. Deinem Wissensdurst nach zu urteilen, hat es mir irgendwie Freude bereitet, aber es wäre mir nicht einmal im Traum eingefallen, dass du dich da so hinein steigern würdest. Schließlich sind es doch einfache und normale Menschen wie du und ich. Nun bin ich mir nicht Mal mehr sicher, ob sie das alles verstehen würden oder überhaupt eine Vorstellung deiner Denkweise verarbeiten könnten. Sicherlich ist es schön für dich, neue Freundschaften in diesem, für dich ja eigentlich noch fremden Land ‚Kanada' abzuschließen, aber denke bitte immer daran, dabei den Sinn für die Realität nicht zu verlieren."

Kopfnickend bejaht Chris mehr oder weniger damit die Aussage seines Freundes. Es folgen nur noch einige belanglose Sätze zwischen den Ärzten, bevor sie sich trennen und jeder seiner gewohnten Arbeit nachgeht.

Während sich der Herbst mit seiner bunten Blätterpracht verabschiedet, um einem für kanadische Verhältnisse recht nasskalten Winter seinen rechtmäßigen Platz zu überlassen, hat Chris es sich zu einer Gewohnheit gemacht, in meist nur kurzen Abständen seine Farmfreunde Amos und Sarah Brubacher auf deren Farm zu besuchen.

Für die beiden älteren Leutchen ist es immer wieder etwas Besonderes, wenn des Öfteren wie aus heiterem Himmel der grüne Sportwagen in die holprige Einfahrt zu ihrer Farm vorfährt. Meistens stehen sie schon in der geöffneten Haustüre, um ihren Gast, der ihnen eigentlich mehr zum Ziehkind als zum regelmäßigen Gast geworden ist, zu begrüßen. Gerade weil sie weit über siebzig Jahre sind, betrachten sie diese Besuche als ein Geschenk des Himmels, welches ihnen der liebe Gott in ihrem betagten Alter geschenkt hat.

Wie alles andere im Leben, geht auch der lange kanadische Winter irgendwann einmal vorüber. Aufgrund seines enormen Wissens und Könnens, sowie seiner legendären Hilfsbereitschaft und seines ärztlichen Geschickes, hat sich Christian einen Ruf erworben, der ihm nicht nur unter Kollegen und Patienten vorauseilt. Längst wird er von vielen der mit ihm zusammenarbeitenden Kollegen und Kolleginnen des Krankenhauspersonals als der „Arzt mit den goldenen Händen" bezeichnet.

Wie er es trotzdem immer wieder schafft, mindestens zweimal wöchentlich seine ihm so liebgewonnenen Zieheltern auf ihrer Farm in der Nähe des Dorfes ‚Heidelberg' aufzusuchen, bleibt selbst für seine Freunde und Kollegen ein Rätsel.

Aber der Zahn der Zeit nagt auch an Amos und Sarah mit zwar langsamer doch offensichtlich stetiger Verschlechterung ihres gesundheitlichen Zustandes. Außer den üblichen altersbedingten Problemen macht das Fortschreiten von Rheumatismus und Arthritis in ihren Gelenken den Beiden täglich mehr und mehr zu schaffen.

Wie so oft im Leben, entscheiden nicht nur Zufälle über das tägliche Geschehen, sondern Glück oder Unglück mischen manchmal auch kräftig mit. Chris, der nach seiner Approbation als Assistenzarzt in verschiedenen namhaften Krankenhäusern und danach als ‚Arzt in Residency' Training in einem großen deutschen Klinikum gearbeitet hat, macht sich große Sorgen um seine Schützlinge. Schließlich sind ihm die Symptome seiner beiden Patienten zur Genüge bekannt. Aber diesmal ist es das Glück, welches an seiner Seite steht, wenn auch nur für eine relativ kurze Zeit.

Nach seinen inzwischen fast regelmäßigen Sonntagsbesuchen auf der Farm und bereits auf seiner Rückfahrt nach Toronto möchte er zu einem mehr routinemäßigen Abstecher beim ‚Western General' Hospital kurz stoppen, um sich über die wichtigsten Geschehnisse und Veränderungen während seiner Wochenend-Abwesenheit zu orientieren.

Da nichts Besonderes vorgefallen ist und er der Rezeptionistin bereits einen ruhigen Abend gewünscht hat, wirft er im Vorbeigehen mehr zufällig als bewusst einen Blick auf das neben der Schreibtischablage liegende ‚Hospital Informationsblatt' mit den deutlich herausstechenden Stellenangeboten.

Mit einem schnellen Griff über den Counter nimmt er das doppelseitig bedruckte Stück Papier an sich und steckt es zusammengefaltet in die Innentasche seines Jacketts, bevor er schnellen Schrittes die Lobby des Hospitals verlässt, um sich endgültig nach Hause zu begeben.

Doch erst am Montagmorgen, nachdem er bereits seit sieben Uhr in seinem Büro die vor ihm liegenden Patientenakten durchgelesen hat, erinnert er sich des Info-Blattes in seiner Jackentasche.

Auf der Innenseite des mit Informationen und wissenswerten Neuigkeiten aus der Medizin gespickten Blattes sticht ihm eine relativ kleine aber fettgedruckte Anzeige sofort ins Auge…"St. Mary's Hospital in Kitchener-Ontario"… Chefarzt für Innere Medizin gesucht, chirurgische Fachkenntnisse erwünscht… usw."

Als hätte er sich versehentlich auf einen glühenden Stein gesetzt, springt er aus seinem Sessel. Von einer unerklärlichen Unruhe erfasst, greift er zum Telefon und in weniger als fünf Minuten sitzt ihm sein Freund Peter gegenüber. Ohne auch nur einen Ton von sich zu geben, hält Chris ihm das geöffnete Informationsblatt mit der Kleinanzeige entgegen.

„Mein lieber Christian, nun muss ich dich aber allen Ernstes was fragen: Du spielt doch nicht etwa wirklich mit dem Gedanken, deine fundierte Superstellung hier aufzugeben, um dich in einem kleinen Provinzkrankenhaus erneut profilieren zu müssen!"

„Doch Peter, und je länger ich darüber nachdenke, umso entschlossener werde ich, mich für diese Position zu bewerben. Du weißt, mit welcher Liebe und Energie ich an meinem Beruf hänge. Mein Leben besteht seit etlichen Jahren darin, anderen Menschen zu helfen und genau so wird es auch in Zukunft bleiben. Dabei ist es doch wurscht egal, ob es in einer hochtechnisierten Burg wie diesem Hospital geschieht oder in einem nicht so bemittelten Krankenhaus irgendwo anders. Die hilfesuchenden und kranken Menschen sind und bleiben immer und überall die gleichen. Du warst doch derjenige, der mir den Mennoniten-Virus eingeimpft hat, wenn ich es mal so nennen darf. Das Glück hat mir dann zur Seite gestanden und mir zwei wunderbare Freunde beschert, deren Charakter so unantastbar ist, wie ich es nur ganz selten bei anderen Menschen erlebt habe. Du bist der einzige, der weiß, wie viele Stunden ich unterwegs bin und wie viele Kilometer ich zurücklegen muss, um mit meinen hochgeschätzten Freunden oftmals nur für eine kurze Zeit zusammen zu sein. Das „St Mary's" Hospital in Kitchener ist nicht Mal eine halbe Stunde von der ‚Brubacher Farm' entfernt. Gerade jetzt, wo mir mehr und mehr klar wird, dass der Gesundheitszustand von Sarah und Amos sich langsam aber sicher verschlechtert, ist das die günstigste Gelegenheit nahe bei ihnen zu sein, wenn sie meine Hilfe benötigen. Übrigens, etwas was ich dir vorenthalten habe, weil ich mir wirklich noch nicht sicher bin, Amos's Verhalten bereitet mir große Sorgen.

Werde ihn in den nächsten Tagen einigen Tests unterziehen müssen, da ich mit ziemlicher Sicherheit darauf gestoßen bin, dass er das Anfangsstadium des ‚Alzheimer Syndroms' erreicht hat.

Ich denke, dass ich dir nun offen und ehrlich alle meine Beweggründe dargelegt habe. Außerdem kannst du mal anfangen darüber nachzudenken, meine Nachfolge hier anzutreten, denn du wirst definitiv derjenige sein, den ich dem ‚Hospital Gremium' als meinen Nachfolger vorschlagen werde.

So, das wäre für heute erst einmal alles, was ich dir zu sagen hätte. Überlege dir alles recht gut und falls du heute Nacht nicht schlafen kannst, ist es eine gute Gelegenheit, darüber zu sinnieren." Mit betroffenem Gesichtsausdruck verlässt Peter das Büro seines Kollegen und gleichzeitig besten Freundes. ‚Wie viele Operationen haben die beiden Ärzte in den letzten Monaten zusammen durchgeführt?

Wie vielen Menschen haben sie durch ihr Wissen, ihr Können und ihr Geschick das Leben gerettet?' Peter weiß es nicht einmal und es ist ihm auch in diesem Moment egal. Er weiß nur eines, er ist genau wie sein Freund Arzt geworden, um anderen Menschen zu helfen. Arzt ist für ihn wie eine Berufung und nicht ein Beruf. Aber er weiß auch, dass es für ihn nicht immer so war. Erst als er vor einiger Zeit einen neuen Kollegen, einen gewissen Dr. Christian

Moser, an seine Seite und nur kurze Zeit später als seinen Vorgesetzten bekam, begann für ihn ein neuer Lebensabschnitt, denn der ‚Neue' war viel mehr als je ein Kollege sein konnte. Er war in jeder Hinsicht ein Vorbild, welches zum Nacheifern geradezu aufforderte. Schon nach kurzer Zusammenarbeit verstanden sich die beiden Ärzte ohne große Worte, doch in Fachkreisen waren es ihre gemeinsamen Taten, die Bände sprachen und für den nötigen Gesprächsstoff sorgten. Und nun, in vielleicht nur Tagen, höchstens aber einigen Wochen, würde dieser Mann nicht mehr hilfsbereit an seiner Seite stehen, wenn er ihn brauchte.'

In den letzten fünf Minuten seit er das Büro seines Freundes verlassen hat, ist ihm schlagartig klar geworden, dass sich nicht nur die Welt um ihn herum, sondern auch das tägliche Leben hier im ‚Western General' nicht mehr das gleiche sein wird. Es wird ihn zwar mit einem gewissen Stolz erfüllen und er ist sich darüber im Klaren, dass der Einfluss eines Dr. Christian B. Moser so überwältigend sein wird, dass er die Stelle als neuer ‚Chefarzt für Innere Medizin' mit großen Chancen zugesprochen bekommt, dennoch lässt selbst diese Feststellung keine große Freude in ihm aufkommen.

Kapitel 7: ‚St. Mary's Hospital' - ein Neubeginn?

Nicht mal eine Woche seit seiner eingereichten Bewerbung erhält Christian ein Einschreiben der Krankenhausverwaltung des ‚St. Mary's' Hospitals in Kitchener. Höflich bittet man ihn, innerhalb von sieben Tagen zu einem Vorstellungsgespräch beim ‚Leitenden Direktor' des Krankenhauses vorstellig zu werden, da die ausgeschriebene Stelle schnellstmöglich besetzt werden soll.

Wie kaum anders zu erwarten, verläuft das Gespräch nicht nur positiv für den Bewerber sondern recht ungezwungen. Seiner gezielten Fragestellung nach zu beurteilen, hat sich der das Krankenhaus leitende Direktor Dr. Thomas Hoegler sorgfältig vorbereitet, denn immerhin war ihm im Vorhinein bereits bekannt, dass sich mit Dr. Christian Bernhard Moser kein ‚Leichtgewicht' für die Position des ‚Chefarztes der Inneren' beworben hat.

Alle geforderten Vorbedingungen und Qualifikationen werden mehr als zufriedenstellend vom vor ihm sitzenden Bewerber beantwortet, als Dr. Hoegler ohne Vorwarnung seine letzte gezielte Frage abschießt:

„Kollege, darf ich sie nur noch um die ehrliche Beantwortung einer mir am Herzen liegenden Frage bitten?"

„Dr. Hoegler, ich bin Arzt mit Leib und Seele. Dafür habe ich den hippokratischen Eid abgelegt und wenn ich etwas sage, entspricht es der Wahrheit und falls ich mir nicht sicher bin, behalte ich es für mich."

„Na, Herr Kollege, dann darf ich sie ja rückhaltlos mit meiner Frage um eine aufrichtige Antwort bitten!"

„Selbstverständlich und bitte legen sie sich in der Auswahl ihrer Worte keinen Zwang an!"

„Dr. Moser, wie sie sich ja vorstellen können, haben wir sofort nach dem Eingang ihrer Bewerbung alle uns zur Verfügung stehenden Möglichkeiten ausgeschöpft um alle Information über sie einzuholen, obwohl ihr guter Ruf ihnen ja weit vorauseilt. Weshalb möchten sie eine so begehrte Position wie ihre jetzige verlassen, um zu uns, nennen wir das Kind ruhig beim Namen, in die Provinz zu kommen und sich mit einer weitaus schlechter dotierten Stellung zufrieden zu geben?"

„Dr. Hoegler, ich hätte mich sehr gewundert, wenn Sie mir diese Frage nicht gestellt hätten. Deshalb möchte ich ihnen auch ohne große Umschweife Ihre Frage beantworten."

Nicht mal versuchend eine gewisse Rührung in seinem Verhalten zu verbergen, erzählt er seinem Arztkollegen und Direktor des ‚St. Mary's' Krankenhauses seine inzwischen unzertrennlich gewordene Freundschaft mit dem Mennoniten-Paar Amos und Sarah Brubacher. Ernst berichtet er über den sehr schnell fortschreitenden Verfall des Gesundheitszustandes der Beiden und seiner moralischen Verpflichtung seinen Zieheltern gegenüber, wie er es aus seiner Sicht betrachtet.

Abschließend erklärt er seinem Arztkollegen, dass er nach dem frühen Verlust seiner Eltern etwas wiedergefunden habe, wo er alles für geben würde, um es so lange wie möglich zu erhalten.

Schweigend und ohne die geringste Unterbrechung lauscht der in Arztkreisen als gerecht und gradlinig bekannte ärztliche Krankenhausleiter den Ausführungen seines Kollegen.

„Dr. Moser, darf ich sie bitten, einen Moment hier alleine zu verweilen. Ich werde in wenigen Minuten zurück sein". Ohne weitere Worte verlässt er den Raum. Es dauert tatsächlich weniger als zehn Minuten, als er mit vier weiteren Ärzten sein flächenmäßig äußerst großes, aber sehr gediegen ausgestattetes Büro betritt. Höflich hat sich Chris beim Eintritt der Eintretenden aus seinem Sessel erhoben. Eigentlich hatte er so etwas wie seine Vorstellung den anderen gegenüber erwartet.

Stattdessen postiert sich Dr. Hoegler zwischen ihn und den Rest der Gruppe. Mit nur wenigen Worten gelingt es ihm, zwanglos die Gruppe der vier Ärzte mit den dazugehörigen Namen mit Chris bekannt zu machen.

Was nun folgt, wird für eine lange Zeit in Chris's Gedächtnis wie hinein programmiert haften bleiben.

Direkt an die kurze Vorstellungsprozedur anschließend, ergreift Dr. Thomas Hoegler ohne jegliche Vorwarnung die rechte Hand seines neben ihm stehenden, völlig überrascht dreinschauenden Gastes, bevor er sich seinem, in Reihe und Glied aufgestellten Teams zuwendet:

„Meine sehr verehrten Herren Kollegen, darf ich ihnen unseren neuen Kollegen und ‚Chefarzt der Inneren Abteilung', den Internisten und Chirurgen, Herrn Dr. Christian Bernhard Moser, vorstellen. Ich nehme an Dr. Moser wird es sich nicht nehmen lassen, die nächsten Stunden mit uns gemeinsam zu verbringen und uns damit auch die Gelegenheit des Näherkennenlernens zu vermitteln. Persönlich wünsche ich ihm viel Glück in unseren bescheiden ausgestatteten Räumlichkeiten und eine erfolgreiche und zufriedene Zusammenarbeit mit jedem von uns. Das ist alles, was ich im Moment zu sagen habe. Da ich für besondere Fälle immer eine Flasche Champagner bereithalte, denke ich, dass es jetzt an der Zeit ist, darauf zusammen anzustoßen."

Nachdem alle sechs im Raum anwesenden Ärzte mehr symbolhaft als realistisch einen Schluck auf das Wohl ihres neuen Kollegen verkonsumiert haben, verlassen sie einer nach dem anderen das Büro des Hospital-Direktors um zu ihren Arbeitsplätzen zurückzukehren.

Nur zwei Wochen später tritt Chris seine neue Stellung im ‚St. Mary's' Krankenhaus in Kitchener an. Sicherlich werden in den nächsten Tagen, Wochen und Monaten allerhand neue Dinge auf ihn einströmen. Obwohl viel kleiner und auch nicht mit den modernsten medizinischen Gerätschaften ausgestattet, hat man doch auch hier im ‚St. Mary's' inzwischen einen Standard erreicht, den man ohne Zweifel als weit über dem Durchschnitt bezeichnen kann.

Mit seinem neuen Team hat Chris sehr schnell ein kollegiales, ja freundschaftliches Verhältnis entwickelt. Die Zusammenarbeit mit seinen Arztkollegen, Krankenschwestern und Helfern hat sich reibungslos eingespielt. Vieles mag auch daran liegen, dass nicht nur sein Können, sondern auch seine Ausstrahlung auf die Menschen um ihn herum zu dem positiven Bild beiträgt.

Zusätzlich ist es verbunden mit einem Prestigegewinn, welches der Atmosphäre im ‚St. Mary's ein weitaus besseres Ansehen in der Öffentlichkeit verschafft.

Doch wo Licht ist, da ist auch Schatten. Dr. Moser verlangt sehr viel von sich selbst, aber auch von seinen Mitarbeitern. Die Operationsquoten werden drastisch erhöht und Überstunden sind kein Ausnahmefall mehr, sondern haben sich mehr und mehr zur Gewohnheit entwickelt.

Die eigentliche Grundidee, für sich mehr Freizeit zu beanspruchen und um diese mit seinen Pflegeeltern gemeinsam auf deren Farm zu verbringen, musste gewaltige Abstriche hinnehmen. Damit sie jedoch nicht zu kurz kommen, verbringt er nicht nur fast seine gesamte Freizeit mit ihnen. Nein, auch viele Abende sitzt er mit Amos und Sarah auf der Veranda und sollte es mal zu spät werden, bleibt er der Einfachheit halber hier und übernachtet im Gästezimmer auf der Farm.

Manchmal, wenn es seine karge Freizeit erlaubt, begibt sich Chris mit Amos und Sarah zu einem der mennonitischen Gottesdienste in einer der von den Kirchenmitgliedern selbst errichteten, im einfachsten Stil erbauten Kirchen, von ihnen als ‚Meetinghouses' bezeichnet. Frauen und Kinder sitzen getrennt auf einfachen Holzbänken meistens in der linken Hälfte des Raumes, während die Männer und jungen Burschen die rechte Seite für sich beanspruchen. Ganz vorne, auf einer erhöhten Plattform, dem sogenannten ‚Pulpit', sitzen normalerweise fünf oder sechs der Kirchenoberen (Ministers oder Deacons), unter denen oft sogar ein Oberer als Bischof fungiert. Mit ernsten Gesichtern bezeugen sie, dass man sich in einem Hause Gottes befindet, in dem Lachen oder auch während der Predigten humorvolle Sprüche oder Aussagen absolut unerwünscht sind.

Die nächsten Monate vergehen für den ‚Neuen' eigentlich ohne besondere Vorkommnisse, aber trotzdem von einem Großteil der in der Waterloo-Region lebenden Bevölkerung nicht unbeachtet. Fast einer Legende gleich hat sich der Name eines einzigen Mannes nicht nur in Gesundheits- oder Behördenkreisen in die Köpfe der hier lebenden Menschen eingeprägt. Dabei ist es erstaunlich, dass es nicht zu viele Personen gibt, die jemals seine persönliche Bekanntschaft gemacht haben! Dabei handelt es sich um den Internisten und Chirurgen Dr. Christian Bernhard Moser.

Seine sprichwörtliche Bereitschaft, kranken und hilfsbedürftigen Menschen mit Rat und Tat zur Seite zu stehen, sein unantastbares ärztliches Können, das Geschick seiner ‚goldenen Hände', alle diese Tatsachen erwecken in den Köpfen der hiesigen Menschen ein Bild von ihm, welches ihn innerhalb eines einzigen Jahres weit über die Grenzen seines Wirkungskreises bekannt werden lässt.

Doch eine Person, eine alleinstehende Mutter mit dem schönen Namen Isabella, deren Sohn er unter Einsatz seine Lebens gerettet hat und die ihn seit der Rettungsaktion nach wie vor wie eine Stecknadel in einem Heuhaufen sucht, tappt immer noch vollkommen im Dunkeln. Nicht einen einzigen Schritt ist sie in der vergangenen Zeit mit ihren Ermittlungen vorwärts gekommen. Doch aufgeben wird sie nicht, nie und nimmer.

Zu allem Unglück klagt ihre Mutter Eva-Maria über Brustschmerzen und erkrankt innerhalb der letzten sechs Monate an Brustkrebs. Der sie behandelnde Arzt entdeckt während der jährlichen Routineuntersuchung einen Knoten in ihrer Brust, der sich nach einer Biopsie als krebsartig erweist und vorsichtshalber so schnell wie möglich heraus operiert werden sollte.

Äußerst besorgt um ihre Mutter, schafft es Isabella tatsächlich, vom behandelten Arzt, Dr. Ottwill, einen vorgezogenen Operationstermin zu erreichen. Der durch die Operation entfernte Tumor erweist sich glücklicherweise als gutartig, doch einige Tage wird die ältere Dame schon im Krankenhaus verbringen müssen.

Wie bereits in den vorhergehenden Tagen ist auch heute Isabella auf dem Weg zu ihrer Mutter ins Krankenhaus. Irgendwelchen Gedanken nachhängend, schreitet sie aus dem Aufzug kommend auf den Eingang zur Station Nr. 5 zu, auf der ihre Mutter untergebracht ist. Gerade als sie, eigentlich unachtsam, das muss sie sich wohl selber eingestehen, um die Ecke biegt, kommt ihr mit hastigen Schritten einer der Pfleger, ein Krankenbett vor sich herschiebend, entgegen. Die Möglichkeit des Ausweichens scheint für beide zu spät. Der kräftige, gutaussehende Krankenpfleger bekommt nicht Mal die Gelegenheit des rechtzeitigen Stoppens. Ohne jegliche Bremsaktion trifft das Bett Isabella frontal und lässt sie mit vollem Schwung und dabei mit dem Gesicht zuerst nach vorne auf das glücklicherweise leere Bett fallen.

Nicht auf einen solchen Vorfall vorbereitet, schaut der Pfleger mit erschrockenem Gesicht in die Augen seines weiblichen Gegenübers. Gerade als er mit seiner im Bruchteil von Sekunden erdachten Entschuldigung beginnen möchte, überfällt ihn Isabella mit ihren auffallend schönen Augen, wie er sie noch nie gesehen hat, mit einem Stakkato von Schimpfworten. ‚Trottel', Esel' und ‚Dummkopf' scheinen dabei die harmlosesten Wörter zu sein, die in seinem Gedächtnis haften bleiben.

Mit seiner ehrlich gemeinten Entschuldigung und einem schelmischen Grinsen im Gesicht, versucht er ihr nach der Schimpftirade zu entkommen, nicht jedoch um ihr im Vorbeifahren mit seiner angenehmen Stimme zu zuflüstern:" Bin ich froh, dass sie mich nicht auch noch geschlagen haben." Schon ist er um die nächste Ecke verschwunden.

Da im Zimmer Nr. 515 ein Bett wegen eines Schadens dringend ausgewechselt werden musste, aber gerade kein Helfer zur Verfügung stand, hatte er halt selbst versucht, den Austausch nach Möglichkeit ohne Komplikationen und recht schnell zu bewerkstelligen.

Es handelte sich um niemand anderen als den Chefarzt und Internisten Dr. Christian Bernhard Moser.

Seit diesem fast kurios anmutenden Zusammenstoß im fünften Stockwerkes des St. Mary's Krankenhauses sind einige Wochen ins Land gezogen. Es wird nicht mehr lange dauern bis sich der diesmal wetterweise als ‚unterdurchschnittlich' zu bezeichnende Sommer seinem Ende zuneigt.

Doch vielleicht wird der Spätsommer all denen sich nach Sonne sehnenden Menschen gnädiger sein und doch noch bescheren, wonach sie sich in den letzten Wochen vergeblich gesehnt haben: Wärme und Sonne.

Obwohl Chris sich anfangs riesig auf seine Position gefreut hatte, wird ihm inzwischen klar, dass er eigentlich ‚Potemkin'schen Dörfern' nachgejagt ist. Seine so sehnlichst gewünschte Freizeit ist bedingt durch sein enormes Arbeitsaufkommen eher geschrumpft und nicht wie eigentlich vorgesehen, gewachsen.

Eines aber lässt er sich trotz allem Arbeitseinsatz und Eifer nicht nehmen, nämlich die Fürsorge und Hilfsbereitschaft für seine Pflegeeltern, Amos und Sarah Brubacher. Besonders Sarah ist diejenige, deren Kräfte innerhalb der letzten Wochen mehr und mehr durch immer öfters wiederkehrende Schwächeanfälle immens nachgelassen haben. Mehr als einmal hat Chris sie unter Hinzuziehen seiner ärztlichen Kollegen aufs Gründlichste untersucht, aber alle Resultate ergeben keine Zeichen eines Krankheitsbildes, aus welchem man zumindest auf die Ursache einer bestimmtem Erkrankung schließen könnte. Nicht nur Chris, auch seine Kollegen bleibt nichts anderes übrig als ratlos den langsam fortschreitenden Verfall des Gesundheitszustandes seiner Pflegemutter mitzuerleben.

An einem mit viel Sonnenschein und außergewöhnlich milden Temperaturen bescherten Sonntagmorgen im Oktober, als die letzten Blätter von den fast kahlen Bäumen zur Erde fallen, scheint auch Sarah am Ende ihres Lebens angelangt zu sein. Wie in einen Trancezustand versetzt, sitzt Amos auf dem harten Stuhl neben ihrem Bett, wo er gemeinsam mit ihr die letzte Nacht in ihrem langen, gemeinsamen Leben verbracht hat.

Nur einmal als Chris von innerer Sorge geplagt schon kurz nach sieben Uhr leise und jedes unnötige Geräusch vermeidend, die steile Holztreppe hochgestiegen kommt, erhebt er sich von seiner unkomfortablen Sitzgelegenheit, um seinen Pflegesohn mit einer von Herzen kommenden Umarmung zu begrüßen. Die beiden Männer wechseln nur wenige Worte miteinander. Während Amos mit einer liebevollen Geste die recht Hand seiner geliebten Frau mit beiden Händen umschließt, kühlt Chris mit einem mit kaltem Wasser angefeuchteten Tuch immer wieder die heiße Stirn seiner Pflegemutter. Schweratmend versucht sie einige Male ihre Augen zu öffnen, wenn auch nur für kurze Augenblicke. Dann, für Amos vollkommen überraschend, entzieht sie ihm ihre Hand.

Mit der ihr verbliebenen Kraft ergreift sie die rechte Hand ihres ein Leben lang geliebten Mannes und legt sie in die Hand ihres Pflegesohnes, der ihr wenigstens für eine wenn auch kurze Zeit in ihrem Leben so unendlich viel Freude und Glück beschert hat. Ein letztes, dankbares Lächeln huscht über ihr von der langen Krankheit gezeichnetes Gesicht, ein letzter tiefer Atemzug aus ihrem halbgeöffneten Mund, doch dann schließt sie ihre Augen für immer. Mit einer unendlich langsamen Bewegung bückt sich Amos über sie und mit einem sanften Kuss auf ihre bleiche Stirne nimmt auch er Abschied von einem Teil seines eigenen Lebens, welches ihm der Tod heute auf seine grausame Art genommen hat. Sich aufrichtend geht er zum Fenster, fast ruckartig zieht er die Gardinen zurück, um danach bewegungslos und wie zu einem Stein erstarrt über das herbstlich kahle Farmland zu blicken.

Chris ist Arzt und als Arzt ist es seine oberste Pflicht Leben zu erhalten. Dennoch wird er mehr als ihm lieb ist, mit dem Tod konfrontiert. ‚Wie viele Menschen er sterben gesehen hat? Er weiß es nicht, er hat sie nicht gezählt. Wie oft er geweint hat? Er weiß es nicht, jedenfalls muss es sehr lange her sein, denn er kann sich nicht einmal daran erinnern.' Doch heute Morgen sitzt er still am Bett einer gerade verstorbenen Frau.

Nein, nicht einer gerade aus dem Leben geschiedenen Person, sondern seiner Pflegemutter, die ihn in der relativ kurzen Zeit wie ihren eigenen Sohn behandelt hat. Die es meisterhaft verstanden hat ihm, den, wie er glaubte, verlorengegangenen Teil von Mutterliebe wieder aufs Neue zu vermitteln.

Zuerst ist es nur eine einzige Träne, die sich über seine Wange ihren Weg bahnt, doch dann werden es mehr und mehr. In einen Anfall von Ohnmacht und Hilflosigkeit hält er beide Hände vor sein Gesicht bevor er seinen Kopf auf das Bett vor ihm legt und seinen Tränen einfach freien Lauf lässt.

In den nach der Beisetzung seiner geliebten Sarah folgenden Wochen auf dem kleinen, neben dem aus Holz gezimmerten ‚Meetinghouse' in Floradale liegenden Friedhofs, scheint sich auch der Gesundheitszustand von Amos zu verschlechtern. Mit großer Besorgnis beobachtet Chris bei seinen nun fast täglichen Besuchen auf der Farm, wie vor allem das Gedächtnis und besonders das Erinnerungsvermögen des oft sehr präzise und logisch denkenden Amos während der zurückliegenden Stressperiode gelitten haben.

Wenn die Beiden zusammensitzen, versucht Chris immer wieder und wieder das Gehirn seines Pflegevaters mit einfachen aber dennoch gezielten Fragen zu trainieren.

Nach langem und geduldigem Zureden gelingt es Chris schließlich, Amos, der sich doch etliche Zeit dagegen sträubt, zu einer ärztlichen Untersuchung bei einem Neurologen zu bewegen.

Die von Chris bereits seit einiger Zeit befürchteten Anzeichen von Dementi, beziehungsweise der Vorstufe der Alzheimerkrankheit sind wie der Arztreport deutlich darlegt, bereits eingetreten. Obwohl er den Report bereits zum dritten Mal durchliest, ist ihm seine Benommenheit deutlich im Gesicht abzulesen. Mit zittrigen Fingern wählt er die Nummer des Amos behandelnden Arztes, Dr. Michael

Thaler, als ob er sich eine günstigere Antwort erhoffen könnte. Leider fällt die ihm gegebene Antwort eher niederschmetternder als erwartet aus. Alle Anzeichen des Krankheitsverlaufes, so die Worte seines Kollegen Dr. Thaler, deuten auf ein schnelleres Fortschreiten als in ähnlichen Stufen beobachtete Krankheitsbilder bei gleichartigen Fällen hin.

„Warum? warum?", Chris sitzt zusammengesunken in dem mächtigen Ledersessel in seinem Büro, „warum muss es immer die Besten zuerst treffen?"

Als erhoffe er sich eine Antwort von seinem Schöpfer, starrt er zur Decke, doch auf die erwartete Antwort hofft er vergebens.

Auch Isabella hofft immer noch vergebens auf den geringsten Hinweis, den von ihr mit aller Macht gesuchten Lebensretter ihres Sohnes zu finden. Es muss ihn doch geben und irgendwo muss er sein.

Doch selbst die Mithilfe der Polizei und auch der anderen an der Suche beteiligten Behörden haben bisher nicht weitergeholfen. Ja, die Polizei hat sogar ihre Suchbemühungen eingestellt, da der Fall und seine Weiterverfolgung ihnen ja ohnehin weder von Nutzen aber andererseits auch keine nachteiligen Folgen ermittlungstechnisch in sich bergen.

Eine einzige winzige Hoffnung, wie sie zugeben muss, steht ihr noch offen. Etwa zwei Jahre nach dem grausamen Unfalltod ihres Manns wurde ihr nach dem sonntäglichen Kirchgang von ihrer Mutter Eva Maria ein rund zehn Jahre jüngerer Mann vorgestellt, der teilweise deutscher und arabischer Abstammung ist und ihnen vorgab zwar noch, aber total unglücklich verheiratet zu sein. Jussuf ist nicht gerade die Inkarnation eines Mannes, wie die naive Isabella es sich vorstellte, dennoch hinterließ er einen angenehmen Eindruck nach ihrer ersten Bekanntschaft. Seit dieser Zeit treffen sich die Beiden jeden Sonntagmorgen nach dem Kirchgang, um in einem naheliegenden Café' die meisten Dinge, die ihnen am Herzen liegen, gemeinsam zu besprechen. Und das alles, obwohl der Anfahrtsweg zur ‚St. Mary's' Kirche für ihren vermeintlichen Freund eine Fahrtzeit von mindestens eineinhalb Stunden in Anspruch nimmt.

Mit jedem Zusammentreffen der Beiden, einschließlich Isabellas Sohnes Alexander und ihrer Mutter, nimmt die Dreistigkeit der körperlichen Annäherungsversuche auf die sich zusätzlich einladend naiv benehmende Isabella ständig zu. Selbstverständlich ist er im Laufe der Zeit vollständig von allen anstehenden Familienproblemen unterrichtet. Als jedoch die Suche nach dem Retter ihres Sohnes anstatt eines endgültigen Vergessens, wie er es sich vorgestellt hat, mehr und mehr intensiviert und fast in eine Art von Hysterie auf Isabellas Seite ausartet, wird selbst die naive Frau aufgrund seiner gemeinen Dreistigkeiten plötzlich hellwach und ist bisher auch in der Lage, alle Anzüglichkeiten gegen sie erfolgreich abzuwehren. Hinzu kommt noch die Tatsache, dass der Mann vorgibt, über beste Beziehungen in Ermittlerkreisen zu verfügen und ihr mit allen Mitteln nach der Retter-Suche unterstützen will. Die raue Wirklichkeit sieht jedoch anders aus. Anstatt ihr zu helfen, legt der vor Eifersucht kaum zu bändigende Mann laufend ins Nichts führende Fährten aus, die die Suche immer wieder ins Leere laufen lassen.

Bedingt durch seine ohnehin eingeschränkte Freizeit hat Chris beschlossen, sich vorerst bis auf weiteres auf der ‚Brubacher Farm' eine Zweitwohnung einzurichten, da dies ohne Zweifel einige unübersehbare Vorteile mit sich bringt. Erstens, die Fahrtzeit von der Farm zum Krankenhaus beträgt nicht mehr als höchstens dreißig Minuten. Das sind etwa zehn Minuten weniger als er für seine jetzige Strecke benötigt, die ihn durch das oft verkehrsmäßig verstopfte Stadtzentrum führt. Zweitens, alle ihm verbleibende Freizeit kann er mit Amos zusammen verbringen, kann ihn dabei ständig beobachten und in jedem Fall alle ärztlichen Hilfestellungen geben. Auch das Glück steht ihm ein wenig zur Seite.

Eine Cousine Sarahs, eine äußerst liebenswerte und mit natürlicher Schönheit ausgestattete Mennonitin etwa in Chris's Alter, kommt täglich um ihn zu entlasten und für die nötige Sauberkeit im Haus zu sorgen. Vor allen Dingen entpuppt sie sich auch noch als eine gute Köchin, die praktisch aus dem Nichts die schmackhaftesten Gerichte zaubern kann.

Als die Nächte beginnen langsam aber sicher kälter und kälter zu werden und der erste Frost die Hausdächer in eine gräulich-weiße Farbe taucht, wartet der Winter nur darauf, seinen Einzug zu halten.

Im ‚St. Mary's Hospital in Kitchener herrscht an diesem Montagmorgen eine besondere Hektik. Bedingt durch einen vom Wetterdienst nicht vorhergesagten Frosteinbruch und daher vollkommen unvorhergesehenen Glätte konnten verschiedene Straßen, besonders die Landstraßen außerhalb der Stadtgrenzen, nicht mehr rechtzeitig mit Streusalz versorgt werden. Dieses hat naturgemäß zu einer übermäßig hohen Zahl an Verkehrsunfällen geführt, von denen die meisten glücklicherweise nur Blechschäden aufzuweisen haben. Aber trotzdem ist das Aufnahmevolumen der beiden Krankenhäuser in der Waterloo-Region an die Grenze der Belastbarkeit gestoßen. Selbst die ‚Onkologische Abteilung' hat im Auftrag ihres Chefarztes Dr. Christian Moser, einige Krankenschwestern, sowie einen männlichen Krankenpfleger zur Notfall-Station geschickt.

Trotz aller momentanen Behelfsaktionen ist Chris von einem fast überschwänglichen Gefühl erfasst. Vor nur wenigen Augenblicken erhielt er einen Anruf des Direktors und ärztlichen Leiters des Krankenhauses, Dr. Hoegler. Ein Anruf, der ihm auf Anhieb das Blut ins Gesicht schießen lässt.

Sein bisheriger Oberarzt, Dr. Matthias Ritter, seit vielen Jahren hier in diesem Krankenhaus tätig, hat seine vorzeitige Pensionierung beantragt und diese zum 31. Dezember bewilligt bekommen. Unter den eingegangenen Bewerbungsschreiben wurde inzwischen der beste Bewerber ausgewählt und bekam die Stellung zugesprochen. In einem vertraulichen Telefonat hatte dieser aber Dr. Hoegler um äußerste Diskretion gebeten und sich vor allen Dingen ausbedungen, dem Chefarzt unter keinen Umständen bekannt zu geben, wer der ‚Neue' sein würde.

Doch vor nur wenigen Minuten ließ Dr. Hoegler die Bombe platzen. Der Name des neuen Oberarztes, der vom ersten Januar an wieder an der Seite von Dr. Chris stehen würde, ist ‚Dr. Peter Reitzel'.

Obwohl die letzten Monate in Chris's Gesicht deutlich sichtbare Spuren von Überanstrengung, Arbeitsüberlastung und Sorgen hinterlassen haben, sprühen seine Augen heute Morgen mit einem selten gesehenen Glanz vor Freude und Genugtuung. Der sich immer höher aufstapelnde Papierberg auf seinem Schreibtisch stört ihn im Moment nicht im Geringsten. Nur noch einige Monate und sein Freund Peter und er werden wie in der Zeit zuvor gemeinsam am OP-Tisch stehen und wieder Operationen durchführen, die bei vielen anderen Ärzten bereits als aussichtslos abgeschrieben wurden. Als unheilbare Krebskranke eingestuft und praktisch nur noch auf ihren Tod wartend, werden etliche dieser Menschen nach geraumer Zeit bedingt durch das Können und den unermüdlichen Einsatz dieser beiden Männer mit neuer Lebenserwartung aus dem Krankenhaus entlassen werden können.

Oft genug werden die Geretteten nicht mal erfahren, wie nahe sie dem Tod waren, denn nur wenige der Personen um die beiden Ärzte herum sind sich des Könnens und der grandiosen Leistung dieser beiden Männer bewusst.

Mit letzter Kraft beugt sich Anfang November der Herbst noch einmal gegen den nun bereits vor der Tür wartenden Winter.

Wie von Dr. Thaler schon einige Male mit Chris besprochen, nimmt die aggressive Alzheimererkrankung von Christians Pflegevater mit ungemeiner Schnelligkeit zu.

Mit allen nur erdenklichen Mitteln versucht Chris die furchtbare Krankheit zumindest für eine Weile zum Stillstand zu bringen und somit wenigstens eine Zeit lang festzuhalten. Doch was immer er versucht, es bleibt erfolglos. Alle von ihm konsultierten Fachärzte können ihm nicht helfen, ja nicht mal einen Zeitraum einräumen, der ihm auch nur ungefähr die noch zu erwartende Lebensspanne seines von ihm verehrten und geliebten Ziehvaters geben kann.

Am Spätnachmittag des zehnten Novembers ziehen schwere Gewitterwolken über die Waterloo-Region und verdunkeln damit auch das unter ihnen liegende Mennonitenland. Manchmal aufreißende Wolkenberge werfen gespenstige Schatten auf die gerodeten Felder unter ihnen.

Während Chris sich seit dem frühen Morgen zu einer Ärztetagung in Toronto aufhält, ist es Amalie, Sarahs Nichte, die die Betreuerrolle für Amos übernommen hat. Liebevoll und mit schier endloser Geduld liest sie jeden Wunsch Amos's von seinen Augen ab.

Noch bevor die letzten heftigen Donnerschläge verstummt sind und der damit verbundene Platzregen in einen Regenschauer übergeht, bittet Amos seine Betreuerin, ihm beim Herrichten seines Bettes zu helfen. Er ist einfach nur müde und möchte schlafen.

Gerade in dem Moment, an dem die Frau Amos die Treppe zu seinem im Obergeschoss liegenden Raum begleitet, läutet Christians Mobiltelefon, welches er ihr am Morgen überlassen hatte, um ihn notfalls jederzeit erreichen zu können.

Kurz erkundigt er sich zuerst nach dem Tagesverlauf, bevor er die treue Haushälterin bittet, doch so lange im Haus zu bleiben, bis Amos auch wirklich tief und fest schläft. Für ihn selbst wird die Ankunft recht spät werden, da durch das vorbeigezogene Unwetter doch einige Unfälle mit entsprechender Verkehrsbehinderung aufgetreten seien.

Der große Zeiger der alten Standuhr im Wohnzimmer der ‚Brubacher Farm' bewegt sich mit Millimeter-Genauigkeit auf die neunuhrdreißig Marke zu, als ein erneut herannahendes Gewitter mit stärker aufleuchtenden Blitzen und kräftiger werdenden Donnerschlägen auf sich aufmerksam macht.

Obwohl gerade in einer Tiefschlafphase wird auch Amos vom lauten Krachen des vorbeiziehenden Gewitters unsanft geweckt. Die ersten Minuten benötigt er zur Orientierung. Doch erstaunlich schnell findet er sich trotz seines gestörten Erinnerungsvermögens in dem dunklen Raum zurecht. Nachdem er in seine neben dem Bett stehenden Hausschuhe geschlüpft ist, tastet er sich vorsichtig zur Tür und wagt Schritt um Schritt die vierzehn Holzstufen zum Erdgeschoss hinunterzusteigen.

Im Hausflur direkt vor dem Durchlass zu den angrenzenden Räumen, dreht er seinen Kopf in die Richtung der Küchentüre bevor er sie ruckartig öffnet.

"Sarah, wo bist du? Warum ist alles so dunkel? Sarah, warum kann ich dich nicht sehen?"

Keine Antwort, nur tiefe Dunkelheit, ab und zu durch einen leuchtenden Blitz in ein gespenstiges Licht getaucht, ist alles was ihm entgegen schlägt.

Panik steigt in ihm auf. Sich dennoch vorsichtig zum Küchentisch vortastend, gelingt es ihm ohne größere Schwierigkeiten die auf dem Tisch stehende mit Propangas gefüllte Lampe anzuzünden. Ruhelos aber dennoch systematisch, beginnt er die einzelnen Räume zu durchsuchen. Immer wieder kommt die gleiche Frage über seine Lippen:

„Sarah, wo bist du?"

Und immer wieder ist es nur der draußen prasselnde Regen, der heulende Wind oder ein lauter Donnerschlag, die ihm allein eine Antwort geben.

Einer totalen Verwirrung erlegen, beendet er seine fruchtlose Suche. Die Propangaslampe stellt er vor sich auf den Küchentisch, bevor er auf einem der schweren Holzstühle am Kopfende des Tisches seinen gewohnten Platz einnimmt. Bedächtig dreht er das kleine Metallrädchen an der Lampe in die ‚Aus'-Stellung. Als nach wenigen Augenblicken das Gaslicht vollkommen erloschen ist, scheint auch sein Drang nach der Suche seiner geliebten Frau wenigstens momentan eingeschlafen zu sein. Vollkommen in Dunkelheit eingehüllt, seinen Kopf in beide Hände gestützt, murmelt er nur noch wieder und immer wieder:

„ Sarah, bitte lass mich nicht allein hier, bitte, bitte, lass mich zu dir kommen!"

Die Zeit bleibt nicht stehen und als etwa eine Stunde später die traurigen Gedanken an seine Frau nachgelassen haben, scheint die vorhergehende Panik von einem unüberwindbaren Drang, seine Sarah zu finden, wenigstens teilweise verdrängt worden zu sein.

Doch plötzlich, ja fast ruckartig und seinem derzeitigen Gesundheitszustand niemals zutrauend, erhebt er sich dann doch aus seinen Stuhl und läuft nur mit Hausschuhen und langem Nachthemd bekleidet, so schnell ihn seine müden Füße tragen können, aus dem Haus in den strömenden Regen.

Ziel- und orientierungslos bewegt er sich über das Farmgelände, rennt mal in diese, mal wieder in die vollkommen entgegengesetzte Richtung, lauter und lauter immer wieder nur den einen einzigen Satz schreiend:

„Sarah, Sarah, wo bist du?"

Schon nach wenigen Minuten laufen Wasserrinnen vom Kopf bis zu den Füßen von seinem Körper. Wie eine Geistererscheinung rennt er noch immer kreuz und quer durch den strömenden Regen über das Farmgelände. Seine Gestalt wird bei jedem niederzuckenden Blitz durch das Aufleuchten gespenstig und zugleich in einer dramatische Weise auf eine fantasievoll anmutende Art erhellt.

„Sarah, Sarah, wo bist du?"

Einige Male stürzt er auf den glücklicherweise vom Regen aufgeweichten nicht zu harten Boden, erhebt sich, rennt schonungslos weiter.

„Sarah, Sarah, wo bist du?"

Doch selbst der lauteste Schrei verhallt ungehört und erbarmungslos im prasselnden Regen und heulenden Wind.

Endlich, am Ende seiner körperlichen Kräfte angelangt, verringert er sein Tempo. Mit langsamen Schritten, jedoch ohne nur die geringste Atempause einzulegen, marschiert er zielstrebig durch die stockdunkle Nacht in eine ihm wohlbekannte Richtung

Kapitel 8: Bitte, lieber Gott, hilf mir!

Chris hat nach Konferenzschluss im Mount Sinai Hospital in Toronto nur einen kleinen Happen gegessen, um sich danach auf schnellstmöglichem Wege nach Hause zu begeben. Aber alles scheint heute wie verhext zu sein. Kaum ist er mit seinem Wagen in die University Avenue eingebogen, steckt er im ersten Stau. Das sich auch über der Millionenstadt Toronto befindliche Gewitter hat das seine dazu getan. Die Gullys waren durch die enormen Wassermengen innerhalb kürzester Zeit in ihrer Aufnahmekapazität total überlastet, sodass der Wasserrückstau auf den Straßen zum Schreck aller Autofahrer immer höher wird. Als Folge bleiben Dutzende von Autos liegen.

Es ist bereits nach elf Uhr abends, als sich endlich der Stau aus der Stadt in Richtung Zufahrtsstraße zur Autobahn Nr. 401 aufgelöst hat und Chris eine unbehelligte zirka einstündige Heimfahrt ermöglicht.

Inzwischen ist es Mitternacht. Dennoch beschließt Chris, den kleinen Umweg in Kauf zu nehmen, um kurz bei der ‚Brubacher Farm' vorbeizuschauen. Auf Amalie ist Verlass und so ist er sich zwar sicher, nichts Besonderes vorzufinden, doch Kontrolle ist besser als Glaube. Eigentlich hatte er vorgesehen, auf der Farm zu übernachten, aber da er verschiedene Sachen aus seiner Kitchener Wohnung am nächsten Morgen in seiner Praxis im Krankenhaus benötigt, wird er jetzt die Farm nur kurz umkreisen, sehen, ob alles seine Ordnung hat, um danach heimzufahren.

Gesagt, getan. Verschlafen liegt das Farmgebäude im Dunkeln und vom immer noch niederprasselnden Regen etwas verschwommen vor den Augen seines Betrachters. Da Amos beim Verlassen des Hauses vor wenigen Stunden die Haustüre zwar nicht verschlossen, doch zugezogen hatte, sieht Chris nur die geschlossene Türe und vermeidet daher die direkte, bedingt durch den vielen Regen recht schlammige Einfahrt bis zum Hauseingang. Denn wie er im Licht der Autoscheinwerfer sehen kann, scheint alles in bester Ordnung zu sein. Lange bevor Amos sein Bett verlassen hat, wird er, Chris bereits wieder hier sein, das Frühstück zubereiten und Amos mit den notwendigen und erforderlichen Handgriffen behilflich sein.

Innerlich beruhigt begibt sich Chris auf den nur noch Minuten dauernden Heimweg zu seiner Stadtwohnung, stellt seine Weckuhr auf sechs Uhr und ist bedingt durch den anstrengenden Tagesverlauf innerhalb von Minuten fest eingeschlafen.

Pünktlich um die vorgegebene Zeit springt er aus seinem mollig warmen Bett. Nach rund dreißig Minuten verlässt er seine Wohnung, um noch vor sieben Uhr die Farm zu erreichen.

Auch Amalie ist heute Morgen sehr früh auf den Beinen und nur noch eine kurze Wegstrecke von dem Zufahrtsweg zur Farm entfernt, als sie den grünen Sportwagen mit Chris am Steuer auf die Farmeinfahrt zukommen sieht. Die dicke Regenfront der vergangenen Nacht hat herrlichem Sonnenschein Platz gemacht und die wenigen noch am Firmament hängenden Wolken ziehen langsam aber mit stetiger Geschwindigkeit in Richtung Osten.

Am Einfahrtsweg zur Farm stoppt Chris kurz und bittet die gerade im gleichen Moment angekommene Amalie einzusteigen, um ihr den nach den starken Regenfällen doch noch recht feuchten und schlammigen Weg bis zum Haus zu ersparen. Mit einem kurzen Blick zu ihr analysiert er ihr freundliches Gesicht, soweit es ihm von seiner Seite aus möglich ist. Die Grübchen in ihren Wangen, ihre blitzblauen Augen mit der in einen schmalen, metallfarbenen Rahmen eingefassten Brille als auch die leicht geschwungenen Lippen ihres wohlgeformten Mundes lassen ihn erst jetzt nach wochenlanger Zusammenarbeit erkennen, welche natürlich schöne Frau er neben sich sitzen hat. Als hätte ein verspäteter Blitz vom Donnerwetter der vergangenen Nacht bei ihm eingeschlagen, bemächtigt ihn eine bisher nie gekannte Unsicherheit, die er beim besten Willen nicht zu deuten weiß. ‚Liebe auf den ersten Blick', nein daran glaubt er nicht, hat er nie geglaubt, dennoch ist plötzlich in ihm etwas für das hübsche Ding neben ihm erwacht, was er bisher nicht gekannt hat und auch jetzt nicht zu deuten weiß.

Während er seinen ‚Jaguar' unter der Überdachung auf der rechten Scheunenseite parkt, bemüht sich Amalie, die Haustüre aufzuschließen.

„Mein Gott, oh mein Gott", der laute Schrei dieser Worte dringt in seine Ohren.

„Dr. Chris, komm schnell, es ist scheint etwas Furchtbares passiert zu sein. Ich bin mir 100% sicher, dass ich beim Verlassen des Hauses die Türe abgeschlossen habe und nun ist sie offen. Bitte Doktor geh erst ins Haus, ich", stottert sie, „ich habe Angst."

„Keine Bange, ja bitte lasse mir den Vortritt und wir werden sehen, dass schon alles in Ordnung sein wird!"

Doch seine Worte klingen nicht gerade vertrauenerweckend und sein Gesichtsausdruck spricht Bände. Mit schnellen Schritten steigt er die Stufen zum Obergeschoß empor, immer zwei Stufen auf einmal nehmend. Ein Blick durch die offenstehende Schlafzimmertüre auf das Bett seines Pflegevaters genügt. Das Bett ist leer, die Bettdecke achtlos auf den Boden geworfen.

Beim Hinunterlaufen stürzt er fast die Treppenstufen hinunter, stoppt im Hausflur nur kurz, um Amalie zu bitten, das Haus und alle Anbauten bis in die letzten Winkel zu durchsuchen, während er das Farmgelände und auch die angrenzenden Waldstücke bis auf den letzten Strauch durchforsten wird. Ein ungeheures Schuldgefühl überfällt ihn. Warum ist er nicht sofort nach seiner Rückkehr aus Toronto hier geblieben? Warum musste er unbedingt in seine Stadtwohnung, wo doch eine einzige halbe Stunde heute Morgen bestimmt gereicht hätte, alles das zu erledigen, was er heute Nacht bewerkstelligt hat?

Hastig informiert er den diensthabenden Arzt auf Station 5 des Krankenhauses über sein heutiges nicht rechtzeitiges Erscheinen, bevor er mit einem kräftigen Stecken in der rechten Hand die dichtgewachsenen Sträucher am Waldrand durchsucht.

Obgleich als Arzt normalerweise jeder aufkommenden Situation gewachsen, fühlt er sich plötzlich so hilflos. Aus einer Art von Ohnmacht und zunehmender Panik drischt er auf die vor im wuchernden Sträucher ein, als wolle er ihnen die Schuld für sein Versagen zuschieben.

Klatschnass am gesamten Körper und vom von seiner Stirn herabrinnenden Schweiß überströmt, bleibt er vor dem Eindringen in das vor ihm liegende Waldstück plötzlich stehen.

‚Chris, denke nach, du bist doch oft genug mit ihm über das gesamte Farmgelände gewandert. Wohin könnte er gegangen sein? Gab es nicht einen besonderen Ort, den er des Öfteren erwähnt hat und der ihm viel bedeutete?

Als hätte er plötzlich eine weise Eingebung erhalten, erinnert er sich an die kleine Waldlichtung, von der Amos immer mit einem unverkennbaren Stolz in der Stimme erzählt hatte. Dort wo er, Amos, zum ersten Mal seine Hände um Sarah's Schultern gelegt hatte. Dort, wo er ihr den ersten Kuss gegeben hatte, von dem sie Chris einige Male mit freudiger Stimme erzählt hat, ‚weil sie sich damals gewünscht hatte, dass dieser Kuss nie enden würde.'

Mit dem Stecken wie wild um sich schlagend, um den überwucherten Pfad begehbar zu machen, dringt Chris in das Waldstück ein.

Obwohl alles nur Minuten gedauert hat, kommt es ihm wie eine Ewigkeit vor, bis er endlich die Lichtung vor sich sieht.

Drüben, auf der gegenüberliegenden Seite steht der mächtige Ahornbaum mit den tief in die Rinde hinein geschnitzten ineinander verschlungenen Herzen und dem dazugehörenden Datum. Am Boden zwischen zwei aus der Erde herausragenden Wurzeln sitzt Amos, die Beine geradewegs nach vorne von sich gestreckt, die Hände in seinem Schoss wie zum Gebet gefaltet, sein Haupt mit den schlohweißen Haaren auf seiner Brust ruhend, als wäre es ihm viel zu schwer.

Vorsichtig hebt Chris den Kopf seines Pflegevaters und Freundes in die Höhe. Seine Augen hat Amos fest geschlossen, doch Chris, dem der Tod in seinem Beruf als Arzt nie fremd oder unnatürlich vorgekommen ist, schaut in das friedvollste Gesicht, welches er je gesehen hat. Seine Gesichtszüge total entspannt, muss Amos von einer himmlischen Freude erfasst worden sein, zu wissen und zu glauben, dass er in kürzester Zeit bei seiner geliebten Sarah an einem Platz sein wird, wo es für sie beide keine Schmerzen und keine Sorgen mehr geben wird.

Doch für ihn bricht mit dem plötzlichen und unerwarteten Tod eine Stück ‚Heile Welt' zusammen. Selbst während der Trauerfeierlichkeiten und der anschließenden Bestattung, erweckt er den Eindruck als fungierten Geist und Körper vollkommen voneinander getrennt in ihm. Lange Zeit nachdem die letzten Trauergäste die Grabstätte verlassen haben, steht er stumm und mit versteinertem Blick am offenen Grab der Menschen, die er nur so kurz gekannt, doch denen er es zuschreiben kann, ihm so unglaublich viele menschlichen Werte in dieser limitierten Zeitspanne vermittelt zu haben.

Der Alltag mit seinen Sorgen und Nöten ist für Chris schneller zurückgekehrt, als er es sich erhofft hat. Bei den nun mal notwendig gewordenen Aufräumungsarbeiten, findet die ihm immer noch zur Seite stehende Amalie in einer mit Papieren vollgestopften kleinen Holzkiste ein handgeschriebenes Blatt mit der nur aus einem Wort bestehenden Überschrift: „Testament".

Ohne lange zu überlegen, verständigt er telefonisch einen ihm bekannten Rechtsanwalt und Notar in der Stadt Waterloo und vereinbart zum schnellstmöglichen Zeitpunkt einen Termin.

Nach der notariellen Beglaubigung durch diesen werden der oder die Erben unverzüglich von ihrem Erbteil verständigt. Hier wartet allerdings für alle Beteiligten eine kleine, aber dennoch freudige Überraschung. Viele der in der Waterloo Region angesiedelten Mennoniten sind nicht nur miteinander bekannt oder befreundet, sondern oftmals auch durch Verheiratung mit- und untereinander verwandt. So ist es auch nicht verwunderlich, dass viele gleichlautende Nachnamen keine Seltenheit sind, wie zum Beispiel Martin, Baumann oder auch Brubacher.

Als Amalie nach dem Fund des Testamentes Chris das Stück Papier in die Hand drückte, hatte er es zwar flüchtig durchgelesen. Der dort als Alleinerbe eingetragene Name

Benjamin Martin sagte ihm eigentlich sehr wenig, weshalb er ihm auch keine besondere Bedeutung beimaß. Jetzt, als bei der Namensangabe Benjamin Martin genannt wird und der Rechtsanwalt eigentlich mehr beiläufig erwähnt, dass es der Vater eines der beiden Kinder sei, die bei dem großen Brand des ‚St. Jacobs' Farmers- Market im letzten Jahr von einem immer noch nicht identifizierten Mann gerettet wurden, läuft ein eiskalter Schauer über Chris's Rücken. Seine Gedanken inszenieren einen Amoklauf in seinem Gehirn: ‚Lieber Gott, bitte lass es doch endlich vergessen sein, eigentlich habe ich doch nur das getan, was viele andere Menschen genau so getan hätten. Alles was ich gerade jetzt brauche, ist in meiner immer noch so neuen Position im ‚St. Mary's nochmals weiter in den Vordergrund geschoben zu werden.'

Mit der gleichen Schnelligkeit, mit der ihn diese Überraschung ereilt hat, verfliegt sie auch wieder. Schließlich kennen nur ganz wenige Personen, sowie eine alte Frau und der Notarzt sein Gesicht und die wahre Geschichte.

Da die Kinder zum Zeitpunkt ihrer Rettung ja bewusstlos waren und die alte Dame sowie der Notarzt sein Gesicht bestimmt längst aus ihrem Gedächtnis gestrichen haben, besteht kaum eine Gefahr für ihn, doch noch erkannt zu werden.

Obwohl immer noch von tiefer Trauer beseelt, die der Tod seiner geliebten Pflegeeltern hinterlassen hat, ist es die durch das Fehlen der Beiden für ihn entstandene Lücke in seinem Leben, die ihm zu schaffen macht. Doch die Zeit heilt auch diese Wunde und nach und nach vergrößert sich seine Freude, in einigen Wochen seinen alten Freund Peter wieder um sich herum zu haben.

Fast täglich telefonieren die beiden Ärzte miteinander, tauschen auch immer öfters Erfahrungen aus, so wie sie es in der Zeit ihrer Zusammenarbeit im ‚Western General' in Toronto getan hatten.

Da Chris ohne ein zweites Mal hingesehen zu haben, der besser aussehende der beiden ist, wurde er nach Peters Meinung von den Krankenschwestern im ‚Western General' Hospital geradezu angehimmelt. Peter freut sich daher diebisch darauf, seinen Freund damit zu ärgern, dass im ‚St. Mary's Krankenhaus viele Schwestern an Übergewicht leiden würden und auch ihre Schönheit in keiner Weise an das herankäme, was er jetzt in Toronto hinter sich lassen würde.

Zum wievielten Male Chris versucht hat, ihn davon zu überzeugen, das die Kitchener-Waterloo Region eine ‚Hi-Tech-Area' mit inzwischen weit über einer halben Million Einwohnern bevölkert ist, gelingt es ihm nicht, die ‚Bauern-Trampel' Vorstellung aus dem Gehirn seines Freundes vollkommen zu entfernen.

Nach der Weihnachtszeit, die mehr oder weniger, ja diesmal fast bedeutungslos vorübergezogen ist, hat Chris es geschafft, für seinen Freund Peter in unmittelbarer Nähe des ‚St Mary's' Hospitals eine nicht nur zweckmäßige und schön gelegene, sondern auch preiswerte Drei-Zimmer Wohnung ausfindig zu machen.

Nur noch einen Tag vom Neujahrsabend entfernt, bemühen sich die beiden Freunde mit den letzten Dekorationen die neue Wohnung zu verschönern. Da Dr. Reitzel's Krankenhausstart glücklicherweise erst am zweiten Januar beginnt, haben die beiden Ärzte für den Silvesterabend eine ‚Party mit Style', wie sich Peter auszudrücken pflegt, vorgesehen.

Chris, der gute Freund, der er nun einmal ist, hat es sich nicht nehmen lassen, Peter für seine ewigen Frozeleien bezüglich seiner ‚Bauerntrampel'-Bemerkungen, wirklich einige ‚Krankenhaus-Schwergewichte' aufzutreiben. Die gerade an diesem Tag dienstfreien Krankenschwestern, mit Humor reichlich gesegnet, möchten es sich unter keinen Umständen entgehen lassen, ihrem künftigen Vorgesetzten und Kollegen bei dieser Gelegenheit gleichzeitig den nötigen Respekt einzuflößen. Hinzu gesellt sich noch der Fakt, dass die Stations-Oberschwester, in Fachkreisen als ‚Stadra' (Abkürzung für Stationsdrachen), bekannt, nicht gerade den ersten Platz als die humorvollste Person unter dem Krankenhauspersonal einnimmt.

Bereits um sechsuhrdreißig klingelt es an der Wohnungstüre zu Peters Appartement. Die ersten drei Krankenschwestern und ein Pfleger stehen draußen mit einem prall gefüllten Präsentkorb und bitten um Einlass. Die für den Abend extra angeheuerte junge Frau, die auf den schönen Namen Kristina getauft wurde, ist noch mit dem Einschenken der Drinks für die bereits eingetroffenen Gäste beschäftigt, als erneut die Türklingel läutet. Und dann geht es Schlag auf Schlag. Chris, der die meiste Zeit des Nachmittags damit verbracht hat, das Buffet aufzubauen, sorgt auch dafür, dass die Tischplatte bis auf den letzten Winkel mit den leckersten Delikatessen-Häppchen belegt ist. Außerdem betätigt er sich, soweit es ihm zeitlich möglich ist, als Host beim Gästeempfang.

Und was für eine Party es wird. Peters neue Wohnung ist bis auf den letzten Platz ausgelastet. Es wird erzählt, getanzt, gelacht, alte Geschichten werden aufgewärmt und neue erfunden. So bleibt es nicht aus, dass der Silvesterabend wie im Flug vergeht. Doch der absolute Höhepunkt des Abends wird erst kurz vor Mitternacht erreicht. Schließlich beginnt in wenigen Minuten ein neues Jahr und keiner der hier Anwesenden hat auch nur die geringste Idee, was es allen in diesen Räumen hier bringen wird. Aber eins steht dennoch fest: Ohne einen deftigen ‚Streich' das alte Jahr zu verabschieden, nein das geht einfach nicht. Ganz besonders auch deshalb nicht, weil man einen neuen Kollegen unter sich hat, der aus der Metropoliten Toronto kommt und eigentlich seinen neuen Arbeitsplatz und vor allen Dingen seine Mitstreiter und hier besonders seine Mitstreiterinnen als ein wenig zu provinzmäßig einstuft.

‚Das kann man nicht so einfach auf sich sitzen lassen. Aber warte Freundchen. Uns liebe, nette Krankenschwestern so mir nichts, dir nichts, als „Bauerntrampeln" zu klassifizieren, das geht uns doch ein bisschen über die Hutschnur. Dafür musst du jetzt büßen, ob es dir passt oder nicht. Und unser Vorgesetzter und Oberarzt bist du erst ab Übermorgen, doch die heutige Nacht ist unsere Nacht und zwar unsere Nacht der Rache.'

Recht wem Recht gebührt und wenn man einige der Partygäste, männlich oder weiblich, heimlich betrachtet, drängt sich einem ohne Überlegung der Verdacht auf, dass diese Gäste ihr Idealgewicht bei weitem nach oben überschritten haben. Besonders auffällig benehmen sich aber drei füllige Damen in langen und eleganten, bis zu den Knöcheln reichenden schwarzen Kleidern. Jede von ihnen würde aber ohne weiteres in der Lage sein, mindestens zwischen zweihundertzwanzig bis zweihundertfünfzig Pfund auf die Waage zu bringen. Hyänengleich und Peter dabei mit verführerischen Blicken anstrahlend, drehen sie, soweit es im Gedränge innerhalb des Wohnzimmers überhaupt möglich ist, fast wie abgesprochen, einige Ehrenrunden um ihn herum.

Mit viel Getöse, lautem Gerede und etlichen Trinksprüchen, natürlich stößt dabei jeder mit jedem auf ein gesundes und glückliches neues Jahr an, beginnt dieses seinen gloriosen Einzug zu halten.

Es ist fast auf die Minute genau zwölfuhrdreißig, die Partystimmung hat ohne Zweifel ihren Höhepunkt erreicht, als sich ohne jegliche Vorwarnung die gesamte Wohnung in völlige Dunkelheit hüllt. Doch höchstens für eine einzige Minute. Drei in die Wohnzimmerdecke eingelassene Spotlichter werfen plötzlich ihr grelles Licht in die Mitte des Wohnzimmers. Genau da, wo Chris seinen Freund Peter ohne auch nur den leisesten Verdacht seinerseits zu erwecken, vor dem Stromausfall hin bugsiert hatte. Um ihn herum tanzen die drei recht schwergewichtigen Krankenschwestern in ihren langen schwarzen Kleidern. Um sie total unkenntlich zu machen, haben alle drei neben schwarzen Gesichtsmasken auch rabenschwarze Halstücher um ihre Köpfe gewickelt.

Peter, plötzlich so ganz mutterseelenallein im Zentrum des Raumes stehend, dazu noch mehr oder weniger hilflos, ahnt nicht nur, ja er spürt es, dass sich da nichts Gutes für ihn zusammenbraut. Wie auf Kommando bleiben alle drei von ihm so deklarierten „Bauerntrampeln" stehen, aber nicht so wie er es sich gewünscht hätte. Nein, eine steht an seiner linken Seite, die andere zur rechten und die dritte nur etwa einen Meter entfernt direkt vor ihm.

Blitzschnell ergreifen die seitwärts von ihm stehenden „Big Ladies" je einen seiner Arme und halten diese wie in einem Schraubstock fest, während die dritte, keiner der Anwesenden hat die geringste Idee woher, plötzlich einen elektrischen Rasierapparat in der rechten Hand hält. Bevor er auch nur einen Ton von sich geben kann, hält sie ihm mit der linken Hand beide Nasenlöcher zu, während sie ihm mit dem Rasierapparat in der Rechten in Windeseile die linke Seite seines männlichen Stolzes, nämlich eine Schnurrbarthälfte abrasiert.

Wieder wird es stockdunkel in seiner Wohnung. Wieder nur für eine kurze Zeit, bevor alle Räume in hellem Licht erstrahlen. Von den drei fülligen Damen in ihrer schwarzen Verkleidung ist nicht mehr die geringste Spur zu entdecken. Nur in der Raummitte steht ein vollkommen hilflos wirkender Mann, Dr. Peter Reitzel, der unter dem Gelächter und Geklatsche aller anwesenden Gäste für die nächsten Minuten allerhand durchstehen muss.

Doch Peter ist ein wahrer Weltmeister im Einstecken und dass er auch einen derben Spaß vertragen kann, zeigt er jetzt.

Ein total deprimierendes Gesicht vortäuschend, dreht er mit zwei Fingern am Rand der übriggebliebenen Schnurrbarthälfte, als er unter dem nicht endend wollenden Gelächter seiner Gäste seine rechte Hand hochhält und mit dem Zeigefinger himmelwärts zeigt. Selbstverständlich hat er damit bezweckt was er erreichen wollte, weil alle Gäste wie magnetisiert nach oben schauen. Theatralisch senkt er seinen Arm um mit seinem Zeigefinger direkt auf Chris zu deuten:

„Mein ist die Rache, spricht der Herr."

Wieder schallendes Gelächter als er beide Hände in die Höhe streckt und für einen kurzen Moment um Aufmerksamkeit bittet:

„Liebe Freunde, liebe Gäste, wieder einmal hat er ins Schwarze getroffen. Ob als Arzt oder Privatmann, das Wort ‚Versagen' ist einfach in seinem Repertoire nicht zu finden. Was unsere gegenseitigen Streiche anbelangt, mögen wir uns nichts schuldig bleiben und nachdem es an der Zeit war, mir eins auszuwischen, ist es ihm auch voll gelungen. Aber das sind nun mal die Kleinigkeiten, die wir in unserem Beruf so dringend brauchen, um unser Leben oftmals erträgbar zu gestalten. In nur zwei Tagen werde ich hier im ‚St. Mary's' Hospital mit Chris, ich meine natürlich Dr. Moser, wieder zusammen am OP-Tisch stehen und gemeinsam werden wir versuchen, mit aller uns zur

Verfügung stehenden Kraft und all unserem bescheidenen Können, Menschenleben zu retten. Sicherlich freue ich mich nicht gerade, nur noch mit einem halben Oberlippenbart und eurem Spott ausgesetzt, den Abend mit euch zu verbringen. Ich schwöre allen, die hier und heute meine Gäste sind, dass er meine Rache zu gegebener Zeit dafür zu spüren bekommt.

Doch jetzt möchte ich euch alle bitten, mit mir euer Glas zu erheben, um mit meinem besten Freund und dem tüchtigsten Arzt, den ich persönlich je gekannt habe, anzustoßen. Möge für ihn und für uns alle das neue Jahr ein Jahr des Glücks werden. Prosit Neujahr."

Mit einem schelmischen Grinsen verschwindet er danach aus dem Raum, schleicht sich ungesehen ins Badezimmer, um sich nach wenigen Minuten total ohne Schnurrbart und um einige Jahre jünger aussehend wieder zu ihnen zu gesellen.

Es ist fast fünf Uhr morgens als sich die letzten Gäste endlich verabschieden. Nur Chris bleibt noch eine Weile, um seinem Freund beim Aufräumen der Wohnung behilflich zu sein. Das Tageslicht scheint schon durch die Gardinen als auch er sich endlich mit einem „Gute Nacht" und gleichzeitig danach mit einem „Guten Morgen" von seinem Freund verabschiedet.

Kapitel 9: Das „Dream Team"

Längst gehört die erinnerungswürdige Neujahrsparty der Vergangenheit an. Pünktlich, wie vorgesehen, beginnt am 02. Januar Dr. Peter Reitzel seinen Dienst als Oberarzt auf der ‚Onkologischen Station' in seinem neuen und von ihm selbst ausgesuchten Arbeitsplatz im ‚St. Mary's Hospital' in Kitchener/Ontario.

Mit einem Freund wie Peter an seiner Seite, erhöht Chris nicht nur die Operationsquote, sondern auch die Qualität der durchgeführten Operationen steigert sich zusehends, was naturgemäß zur Folge hat, dass selbst die Sterblichkeitsrate eine zunehmende Nummer nach unten aufzuweisen hat. Aber nicht nur Chris, auch Peter verschafft sich in relativ kurzer Zeit in Gesundheitskreisen einen Namen, der durch den von ihm erarbeiteten und verdienten Respekt bis ins Gesundheitsministerium der Provinzregierung von Ontario vorgedrungen ist.

Doch wo Licht ist, da ist auch Schatten. Von einem normalen acht Stunden Tag können die Beiden derzeit nur träumen. Die Arbeitsstunden werden fast täglich länger und länger. Selbst vierzehn Stunden Tage sind keine Seltenheit mehr.

Wie es Chris trotz des dramatisch angestiegenen Arbeitsvolumens schafft, mindestens zweimal wöchentlich die ‚Brubacher-Farm' aufzusuchen, um dort nach dem Rechten zu sehen, bleibt selbst für seinen Freund und Kollegen Peter ein Rätsel. Oder könnte da eventuell etwas anderes dahinter stecken?

Als Benjamin Martin nach der Testamentseröffnung die ‚Brubacher Farm' übernahm, hatte er einen seiner älteren Söhne mit der Bewirtschaftung derselben beauftragt. Doch Norman war erst kurz vor diesem Ereignis mit der Tochter eines Mennoniten-Farmers aus der St. Clements Gegend in den Ehestand getreten. Durch die ihm auferlegte Mithilfe auf der Farm seines Schwiegervaters ist er mehr als ihm lieb ist, mit diesem Job ausgelastet. Kurzerhand hat Benjamin daher der früheren Haushaltshilfe der Brubachers, also Amalie, die Verwaltung der ‚Brubacher Farm' vorübergehend übertragen.

Glücklicherweise ist auf der Farm nur einiges Kleinvieh wie Hühner, Gänse, einige Enten und ein paar junge Ferkel vorhanden, also alles Tiere, die Amalie mit der ihr nun einmal nicht von der Hand zu weisenden Sorgfalt und notwendigen Betreuung liebevoll versorgt. Die gröberen Arbeiten, wie die Landbestellung, das Säen, Pflügen sowie das Umackern der Felder wird von Benjamin und seinen Söhnen im abwechselnden Turnus erledigt.

Jedenfalls, als gehöre es zu seinen Pflichten, erscheint Chris in regelmäßigen Abständen und zur Freude von Amalie auf dem Farmgelände, um nach dem Rechten zu schauen und wenn notwendig, sogar mit Hand anzulegen.

Der Freitagnachmittag ist einer seiner bevorzugten Besuchstage. Für die inzwischen zweiundvierzigjährige, ungebundene und unverheiratete Amalie ist dieser Tag immer wieder etwas Besonderes. Morgens, lange bevor das Tageslicht anbricht, ist sie bereits auf den Beinen, um das

Kleinvieh zu versorgen und die notwendigen Hausarbeiten zu erledigen.

Doch Freitagsmorgens, egal zu welcher Jahreszeit, beginnt ihre Arbeitszeit lange bevor der auf sechs Uhr eingestellte Wecker sein lärmendes Läuten beginnt. Eines möchte Amalie auf keinen Fall, nämlich noch bei der Hausarbeit sein, wenn ihr Chris, wie sie ihn in ihren heimlichen Gedanken bereits nennt, plötzlich mit seinem lachenden Gesicht und den strahlend blauen Augen vor ihr steht.

Und heute wird er wieder kommen, sie fühlt es, nein sie weiß es und noch etwas mehr hat sich inzwischen heimlich in ihr Herz eingeschlichen. Sie ist zum ersten Mal in ihrem Leben verliebt, nein total verliebt, in einen Mann, nein einen Traum von einem Mann. Schon allein bei dem Gedanken daran steigt ihr das Blut zu Kopfe, sichtlich am Erröten ihres hübschen Gesichtes erkennbar. Aber es darf doch nicht sein, es kann einfach nicht wahr sein, schließlich ist es nicht nur ihre Erziehung, auch ihr Glaube, der ihr solche Gedanken schon im Kern erstickt und verbietet. Sicherlich ist sie intelligent genug zu wissen, dass zwischen ihr und diesem Mann Welten liegen, die schlicht und einfach unüberbrückbar sind und es ewig bleiben werden.

Als ob sie seine Ankunftszeit bereits im Vorhinein wüsste, stellt sie die Kaffeekanne bereits auf die heiße Herdplatte, um ja keine unnötige Minuten zu verlieren oder gar Dr. Chris warten zu lassen. Tatsächlich hat sie nicht mal die Zeit, ihre Gedanken zu Ende zu bringen, als das grüne

Sport-Coupé in die Farm einbiegt und vor der Hauseinfahrt zum Stoppen kommt.

Schüchtern, ja geradezu verlegen, steht sie auf der untersten Treppenstufe zum Hauseingang, als Chris mit einem sportlichen Schwung seinem Fahrzeug entsteigt und mit einem breiten Lachen im Gesicht auf sie zueilt. Doch dann als wäre es so vorbestimmt, anstatt des üblichen Händeschüttelns, stoppt er erst, als er fast in Tuchfühlung mit ihr ist und mit der Außenfläche seiner rechten Hand streichelt er ohne jegliche Vorwarnung liebevoll über ihre vor Aufregung rosa glühenden Wangen.

„Amalie, eigentlich hatte ich den heutigen Besuch nicht in meinem Plan, mein derzeitiges Arbeitsvolumen ist einfach zu hoch und kaum zu bewältigen. Doch mein Freund Peter, du kennst ihn ja, hat gelacht, mich am Kragen gepackt und vor meine eigene Praxistüre geschoben. Bevor er die Türe hinter mir zuknallte, rief er mir nach: 'Nur damit du es ein und für allemal weißt, eine so schöne und liebe Frau wie die Amalie, lässt man nicht warten.' Danach fiel die Tür ins Schloss und so bin ich jetzt hier. So einfach geht das."

Mit einem fassungslosen Gesichtsausdruck und ihn mit ihren ohnehin großen blauen Augen ungläubig anschauend, hält sie beide Hände wie zum Gebet gefaltet, vor sich. Sie möchte ihm gerne antworten, doch kein hörbarer Laut entweicht ihrem halbgeöffneten Mund.

Wieder ist es Chris, der erneut beginnt, auf sie einzureden:

„Amalie, irgendwie erscheint es mir, als wäre heute ein ganz besonderer Tag und ich habe eine große Bitte an dich. Wenn es dir recht ist, möchte ich dir etwas zeigen."

„Dr. Chris, was immer es ist, ich freue mich darauf, bitte glaube mir das."

„Es ist was ganz Besonderes, geh bitte und ziehe dir etwas Warmes, eine Jacke oder einen Pullover an, denn einen kurzen Wanderweg mit mir musst du schon in Kauf nehmen und gar so warm ist es hier draußen auch nicht mehr."

Ohne weitere Verzögerung rennt sie ins Haus, um mit einer Strickjacke über ihren Schultern hängend, zurückzukommen.

„Amalie, heute ist ein besonderer Erinnerungstag an meinen Pflegevater Amos. Es sind nun auf den Tag genau acht Monate vergangen, seit er diese Welt und uns verlassen hat. Als es geschah und als ich ihn fand, habe ich dir einiges verschwiegen. Es war zu diesem Zeitpunkt einfach zu viel, zu überwältigend für dich. Doch ich denke, heute ist der Zeitpunkt gekommen, dich in ein kleines Geheimnis einzuweihen, was ich dir bisher vorenthalten habe. Ich bin mir aber jetzt sicher, dass du stark genug bist, es zu verkraften. Außerdem glaube ich auch, dass es etwas in deinem Herzen bewegen wird, was dir nicht nur inneren Frieden, sondern auch ein wenig Freude bereiten wird. Okay, können wir gehen?" „Ja, Dr. Chris, aber mein Herz schlägt mir jetzt bis zum Halse hinauf. So aufgeregt war ich schon lange nicht mehr."

An seiner Seite, als müsste es so sein, wandern die Beiden auf das doch einige Minuten entfernte Waldstück zu. Am Waldrand angekommen, bricht Chris einen trockenen Stecken aus dem Unterholz. Mit diesem versucht er nun den Trampelpfad für seine Begleiterin so bequem wie nur eben möglich freizuhalten. In seiner selbst ihn erfassenden Aufregung kommt ihm die relativ kurze Entfernung bis zum Eintritt in die Lichtung wie eine kleine Ewigkeit vor.

Endlich, da ist sie und majestätisch begrüßt der mächtige Ahornbaum von der gegenüberliegenden Seite seine beiden Besucher. Mit mächtigen Schritten steuert Chris Amalie im Schlepptau, auf den Baumriesen zu. In etwa drei Meter Entfernung bleibt er fast ehrfürchtig vor dem Riesen stehen. Mit dem Zeigefinger seiner linken Hand deutet er auf die geschnitzten Herzen mit den zwei Pfeilen, bevor er damit beginnt, Amalie die gesamte Geschichte zu erzählen. Mit feuchten Augen beendet er die Story mit dem Auffinden seines so von ihm verehrten Pflegevaters.

Danach wendet er sich mit langsamen Bewegungen der ebenfalls zu Tränen gerührten Frau zu, nimmt ihre Hände in die seinen, ohne dabei Amalie auch nur für eine Sekunde aus seinem Blickfeld zu lassen. Mit zärtlicher Kraft zieht er sie so dicht an sich heran, dass es den Anschein erweckt, als würden sich ihre Lippen berühren.

Anstatt dessen, drückt er mit einer liebevollen Bewegung seiner linken Hand ihren Kopf an seine Brust, um sie mit langsamen, ja bedächtig anmutenden Schritten zurück zur Farm zu führen.

Nur drei Tage nach diesem für Amalie als auch Chris äußerst denkwürdigen und unvergesslichen Freitagnachmittag, also dem folgenden Montagmorgen, werden Dr. Chris Moser und sein Freund Dr. Peter Reitzel bereits kurz nach Dienstantritt in das Büro ihres Bosses, Dr. Thomas Hoegler, gebeten.

Beide Ärzte sind bereits seit sieben Uhr in ihren Praxisräumen und haben es sogar geschafft, zwischenzeitlich etliche Patienten in ihren Krankenzimmern zu besuchen, um sich über deren Wohlbefinden aus erster Hand zu informieren.

Jetzt, um 8.55 Uhr treffen sie fast gleichzeitig im Flur vor der Tür zum Vorzimmer des Krankenhaus-Direktors Dr. Hoegler ein. Peter, der direkt vor der Türe steht, klopft höflich an, was aber zum Erstaunen der Beiden mit einer nicht gerade entgegenkommender und vor allen Dingen barsch klingender Stimme beantwortet wird:

„Herein!"

Dr. Hoeglers Sekretärin, ein füllige Mitvierzigerin, die bestimmt nicht als die Erfinderin des Humors bezeichnet werden kann, schaut die Beiden auch dementsprechend an:

„Was sind ihre Namen und was kann ich für sie tun, meine Herren?"

Die beiden Ärzte sind beileibe keine Neulinge für die Frau und Chris hat auch in den vorhergehenden Monaten des Öfteren im Beisein von Dr. Hoegler mit ihr gesprochen. Doch dieses arrogante Wesen mit dem Namenschild ‚Theresa Fergusson' auf ihrem blütenweißen Kittel benimmt sich nun geradeso als wenn sie die beiden Männer zum ersten Mal in ihrem Leben zu Gesicht bekäme. Wenn Chris etwas nicht leiden kann, dann ist es Arroganz und sein Freund Peter weiß aus Erfahrung, dass wenn man seinen ansonsten so gutmütigen Partner auf eine solche demütigende Weise verärgert, der Spaß bei ihm vorbei ist. So auch jetzt.

„Sehr verehrte Frau Fergusson, sie wissen genau, wer vor ihnen steht, denn ich bin mir sicher, dass Dr. Hoegler sie gebeten hat, meinen Kollegen Dr. Reitzel und mich, übrigens damit sie ihn in Zukunft nicht mehr vergessen, mein Name ist <u>Doktor</u> Christian Bernhard Moser, um neun Uhr hierher zu bestellen. Und nun richten sie ihm bitte ganz schnell aus, dass wir hier sind, denn wir haben unsere kostbare Zeit nicht in der Lotterie gewonnen."

Eine solch harsche Abfuhr hat die vielleicht ein wenig zu dominante Dame keinesfalls erwartet. In ihrer Aufregung entschuldigt sie sich gleich mindestens dreimal hintereinander, bevor sie ohne anzuklopfen in das Büro ihres Chefs stürmt.

Tatsächlich erscheint Dr. Hoegler in weniger als einer Minute im Türrahmen, um seine beiden Arztkollegen in sein geräumiges Büro zu bitten. Nachdem alle drei ihre Plätze eingenommen haben, beginnt der Krankenhaus-Direktor zuerst einmal in kurzen Worten seinen Gästen das Zahlenspiel der Krankenhausbilanz der letzten sechs Monate vorzutragen.

„Liebe Kollegen, alles was ich euch in den letzten Minuten in Kurzform erzählt habe, ist natürlich wie immer, streng vertraulich. Wie uns allen ja inzwischen klar ist, tragt ihr Beiden einen großen Teil zu diesem enormen Aufwärtstrend bei, aber das brauche ich euch ja nicht zu erzählen. Inzwischen pfeifen das sogar die Spatzen vom Dach des Gesundheitsministeriums in Toronto. Dennoch ist etwas geschehen, was nicht nur mich, sondern uns alle betrifft. Die Kitchener-Waterloo Region hat seit geraumer Zeit die halbe Million Einwohnerzahl Grenze überschritten, doch gesundheitlich hat sich sehr wenig verändert. Unsere beiden hiesigen na ja, ich möchte sagen, mittelgroßen Krankenhäuser sind dem Bevölkerungswachstum in keiner Weise nachgekommen.

Ihr beide wisst ja selber, wie viele Stunden ihr jeden Tag hier verbringt. Ich persönlich weiß nur eins. Nicht jede Krankenhaus-Institution kann sich mit zwei Ärzten wie ihr es nun mal seid, so glücklich schätzen und doch wird auch hier bei uns jeder Tag schlimmer und schlimmer was das Arbeitsvolumen angeht."

Mit einem sorgenvollen Gesichtsausdruck lehnt er sich in seinem Sessel zurück, beide Hände hinter seinem Kopf wie zum Gebet ineinander gefaltet. „Doch bevor ich euch meine Pläne für die nächste Zeitspanne vorlege, möchte ich euch nicht nur nochmals danken sondern auch bitten, dass wir uns mit unseren Vornamen anreden, wie es unter Freunden üblich ist. Und Freunde sind wir doch, also ich bin der Thomas, eigentlich schlicht und einfach für meine Freunde der ‚Tom'."

Etwas verlegen schaut Peter auf die ihm von Tom ausgestreckte Hand, schaut zu seinem Freund Chris, der durch ein schwaches Kopfnicken seine Zustimmung bekundet, bevor er Toms Hand kräftig schüttelt.

„Tom", Chris beugt sich soweit es ihm möglich ist, nach vorne, „Tom, ich bin nun schon einige Zeit länger hier, als mein Freund Peter und glaube, dass ich daher auch deine Verhaltensweise und auch deinen Führungsstil ein wenig besser beurteilen kann, als manch anderer. Glaube mir, auf meiner Liste der korrekten und anständigen Personen nimmst du einen der obersten Plätze ein. Doch eines ist mir bei unserem momentanen Gespräch noch nicht klar geworden. Alles was du uns in der letzten halben Stunde erzählt hast, wissen und wussten wir schon vorher. Glaube mir eins, ich bin lange genug in diesem Geschäft und lange genug Arzt, um nicht zu spüren, wenn ich etwas vorenthalten bekomme und genau das ist jetzt der Eindruck, den du auf mich machst. Wir sind ein gutes Team, wir haben etliche erstklassige Leute um uns herum und Peter und ich geben unser Bestes, was wir den Umständen entsprechend tun können. Also, rück schon raus mit deinem Plan, damit wir uns wenigstens verteidigen können."

„Lieber Chris, was ich euch nun sagen muss, fällt mir unsagbar schwer. Peter und du seid als ein Team unschlagbar. Ihr habt mit eurer Teamarbeit und eurem ärztlichen Können, ich kann es nicht sagen, ja ich weiß es nicht einmal, unzähligen Menschen nicht nur die Lebensqualität verbessert, sondern auch oft genug das Leben gerettet.

Doch nun muss ich euch als Team auseinander reißen. Auf Anordnung von oben ist mir angetragen worden, euer Team in zwei aufzuteilen, um die Produktivität und die damit auch verbundenen Quoten hochzuschrauben. Wie ihr selber wisst, stehen uns einfach nicht genug Ärzte zur Verfügung. In unseren Universitäten hier in Ontario werden die besten Mediziner herangebildet, die dann nach dem Studium ins Ausland abwandern, um mit besseren Arbeitsbedingungen und höherer Bezahlung entlohnt zu werden. Doch das Schlimmste ist, dass wir nichts dagegen tun können. Mit Mühe und Not habe ich es gerade übers Wochenende geschafft, für euch wenigstens einige gutausgebildete junge Ärzte mit einigermaßen attraktiven Bedingungen aus Toronto und sogar einigen anderen Provinzen anzulocken. So, das ist alles, was ich zu sagen habe und glaubt mir, es kommt aus meinem Herzen. Wie ich mich innerlich fühle, brauche ich euch wohl nicht zu erzählen."

Es ist Chris, der sich als erster fängt und dem Hospital-Direktor mit einem fast stechenden Blick in die Augen schaut:

„Tom, mein komisches Magengefühl von heute Morgen hat mich also nicht getäuscht, jedoch bin ich weit mehr als vorstellbar überrascht. Mir und ich bin mir sicher, mein Freund hier neben mir hegt die gleichen Gedanken, kommt es so vor, als ob die kranken Menschen und ganz besonders die älter werdenden von Tag zu Tag für den Rest der Gesellschaft wertloser und wertloser werden. Jeder hier in diesem Krankenhaus weiß, das Peter und auch meine ärztlichen Leistungen und Bemühungen nur dann erfolgreich sein können, wenn uns die Gelegenheit gegeben wird, sie gemeinsam auszuführen und zu bewältigen. Aber wenn es halt so sein muss, werden wir es versuchen, doch irgendwann in der Zukunft wird vielleicht auch mal einer von denen, die heute diese widersinnigen Anordnungen treffen, auf meinem OP- Tisch liegen. Eines kann ich dir aber versprechen, ich werde ihn oder sie genau so behandeln wie jeden anderen Patienten, nur Mitleid soll keiner dieser Menschen von mir erwarten."

In der nächsten Stunde besprechen die drei Ärzte die nun Mal unumgänglichen technischen Besonderheiten, die sich aus dieser neuen Situation ergeben haben. Nachdem man hier und dort einige Grundregeln ausarbeiten musste, sind sich alle drei darüber im Klaren, dass es zwar nicht der Weltuntergang sein wird, doch egal wie man es anstellt, Verbesserungen kann man sich von diesem neuen System zumindest vorerst nicht erhoffen.

Als wenn der Morgen Chris noch nicht mit mehr als genug Sorgen beschert hätte, bringt auch der Frühnachmittag einige recht traurige Ereignisse mit sich. In den Zimmern Nummer 512 und Nummer 514 im fünften Stock befinden sich zwei ältere Frauen, mit deren Ableben stündlich gerechnet werden kann. Gegen zwei Uhr beschließen die herbeigerufenen Familienangehörigen der alten Dame in Zimmer 512 nach kurzer Beratung mit dem Stationspersonal, einen katholischen Priester herbeizurufen. Es ist nämlich seine Pflicht und Aufgabe der sterbenden Frau, die Sterbesakramente wie die letzte Ölung und einige andere Ritualien und Gebete zu erteilen bzw. zu verabreichen.

Chris, selbst ein praktizierender und gottesfürchtiger Katholik, steht im Flur und schaut dem Geschehen durch die offenstehende Tür mit stiller Andacht aufmerksam zu.

Kaum scheint die Prozedur beendet zu sein, als sich die Türe zum Zimmer 514 öffnet und die diensttuende Krankenschwester aufgeregt und hastig in den Raum 512 überwechselt. Der verhältnismäßig junge Priester ist gerade dabei, den Raum zu verlassen, als die Krankenschwester ihm mit einer gewissen Aufregung in ihrer Stimme erklärt, dass auch die Sterbestunde der Dame in Zimmer 514 nahe sei und er ihr bitte auch die letzten Sakramente erteilen möchte. Wie die Frau in Zimmer 512 gehöre sie auch dem katholischen Glauben an, allerdings ist ihr nicht bekannt, zu welcher Pfarrei die Dame gehört. Sie nicht beachtend und ihr kaum zuhörend, fällt auch seine Antwort dementsprechend recht schroff aus:

‚Geht ihn nichts an, macht er nicht. Auf Wiedersehen.'

Wie in einen Stein verwandelt, steht Chris regungslos im Flur. ‚Er, der Arzt, hat vor vielen Jahren den hippokratischen Eid geschworen, kranken Menschen zu helfen, ihr Leben zu erhalten und zu retten, wenn immer auch nur die geringste Chance und Hoffnung dafür besteht und gegeben ist.

Dieser Mann hier, ein katholischer Priester, hat vor Gott den heiligen Eid geschworen, in Not geratenen Seelen zu helfen, sie zu trösten und was immer in seiner Macht steht, sie Gott an ihrem Lebensende zuzuführen.'

Chris's Kehle ist wie zugeschnürt. Es ist ihm, als wenn ihm jemand die Luft zum Atmen genommen hätte. Als dann der katholische Priester, ihn nicht mal beachtend, an ihm vorbei geht, drängt sich ihm das Bedürfnis auf, diesem ‚Vertreter Gottes' ins Gesicht zu spucken. Aber er ist nicht mal *das* wert.

Doch jetzt muss er erst einmal hier raus, die Luft reicht nicht mehr für ihn zum Atmen. Mit wenigen, kargen Worten entschuldigt er sein Verlassen bei der Stationsschwester, hinterlässt wo man ihn im Notfall erreichen kann und verlässt mit eiligen Schritten das Krankenhaus, um sich auf schnellstem Weg dahin zu begeben, wo Moral und Ehrlichkeit noch groß geschrieben werden, nämlich zur Brubacher Farm im Mennoniten-Land.

Kapitel 10: Mennoniten Hochzeit

Von dem vor weniger als einer Stunde Erlebten ist Chris immer noch von einem regelrechten Schock erfasst, der sich während der rund halbstündigen Fahrt mehr und mehr in eine hilflose Wut verwandelt. Immer wieder sieht er das arrogante Gesicht des Geistlichen vor sich, als dieser im Flur des Krankenhauses an ihm vorbeiging ohne ihn überhaupt zu beachten. Mein Gott, zum ersten Mal in seinem Leben, erwachte in ihm eine Art von Schamgefühl für eine Kirche, die bereits mit Skandalen in vielen Bereichen des täglichen Lebens mit sich zu kämpfen hatte und hat. Dann wieder, so sagt er sich, darf man nicht vergessen, dass diese Kirche wie allen anderen, egal von oder zu welcher Religionsgruppe diese gehören, von Menschenhand geleitete und geführte Institutionen sind. Und als Arzt weiß man vielleicht mehr als in vielen anderen Berufsgruppen, dass da, wo Menschen ihre Hände im Spiel haben, Fehler gemacht und wenn eben möglich, auch gerne vertuscht werden.

Als er nach einer scharfen Rechtskurve den ‚Jaguar XJ' in die Einfahrt zum Farm-Haus steuert, bemerkt er zu seinem Erstaunen, dass er heute nicht Amalie's einziger Gast sein wird. Fast bis zum Hauseingang stehen, er zählt sie im Vorbeifahren, sechs ‚Buggies' in Reih und Glied. Um ein Haar hätte er fast die letzte Kutsche mit seinem Wagen gestreift, denn zwischen seinem Außenspiegel und dem Kutschenrad waren bestimmt nicht mehr als fünf Zentimeter Spielraum vorhanden. Na ja, nochmal gut gegangen.

Noch bevor es ihm gelingt, die erste Treppenstufe zu erreichen, öffnet sich bereits die Haustüre und mit einem fröhlichen und unbeschwerten Lachen im Gesicht kommt Amalie ihm entgegen. Seit seinem letzten Besuch und nachdem er sie zu dem Ahornbaum am Ende der Lichtung geführt hat, scheint in ihr etwas vorgegangen zu sein, was er sich beim besten Willen nicht erklären kann. Nicht mit der ihr üblichen eigenen Scheu, nein strahlend schreitet sie auf ihn zu, um ihm dabei gleichzeitig beide Hände entgegenzustrecken. Mit einer gewissen Dankbarkeit ergreift er die ihm dargebotenen Hände. Wie gerne hätte er sie einfach nur ein einziges Mal an sich gezogen, sie nur einmal an sein Herz gedrückt und nun weiß er nicht einmal einen triftigen Grund, der ihn davor zurückhält. Nur sein Herzklopfen könnte in diesem Moment verraten, was in ihm vor sich geht.

Sechs junge Mennoniten Frauen und -mädchen sitzen in einem anregenden Gespräch vertieft, in der Wohnstube um den großen runden Tisch, doch als Amalie mit Chris an der Hand den Raum betritt, verstummt jeder Laut. Sicherlich hätte man eine auf den Boden fallende Stecknadel gehört. In seiner Studienzeit sagte man Chris ein fotografisches Gedächtnis nach, welches er bis auf den heutigen Tag nicht verloren hat. Da er hier in der Mennoniten-Gegend so etwas wie eine zweite Heimat gesucht und gefunden hat, kennt er alle im Raum anwesenden Personen mit den dazugehörigen Namen und weiß auch, welcher Farm sie angehören.

Mit einem aufrichtigem Lachen im Gesicht, fragt er erst einmal gänzlich unbefangen, was der Anlass ihrer Zusammenkunft an einem Montagnachmittag wohl auf sich hätte. Als hätte er dabei gleichzeitig in ein Hornissennest gestochen, beginnt in Sekundenschnelle ein Geschnatter und Gesumme, von dem selbst der hellhörigste Zuhörer absolut nicht ein einziges Wort verstanden hätte.

Erst als er, einer hilflos erscheinenden Abwehrbewegung gleich, beide Hände in die Höhe streckt, kehrt wieder wie vorhin eine wohltuende Stille ein. Doch auf Kommando zeigen plötzlich sechs vorgestreckte Hände auf Amalie und fast wie ein Choral klingen die Worte aller sechs gleichzeitig: „sag's du ihm, sag's du ihm!"

Mit ernstem Gesichtsausdruck hat Amalie sich an Edna Martins Seite postiert.

„Dr. Chris, da gibt es eigentlich nicht viel zu sagen. Du möchtest wissen, warum wir heute hier zusammensitzen und das an einem Montagnachmittag, als wenn wir absolut nichts anderes zu tun hätten. Aber wir haben einen triftigen Grund für unser Zusammensein und der Grund sitzt hier an meiner Seite. Edna und Eduard werden in sechs Wochen heiraten."

„Hui, das kann man wohl als eine Überraschung bezeichnen."

Chris schaut zu Edna, Benjamins Martins ältester Tochter, die ihm einen vor Glück strahlenden Blick zuwirft.

„Dr. Chris, gestern Abend haben auch Eduards Eltern der Heirat ihres Sohnes zugestimmt und nun weißt du endlich auch, wer der Glückliche ist. Ein paar Mal hast du mich ja mit einem scheinheiligen Gesichtsausdruck in den letzten Wochen gefragt, warum ich so zufrieden und glücklich aussähe. Nun weißt du es endlich. Jetzt müssen wir nur noch alle Freunde und Bekannten fragen, ob auch wirklich keiner etwas gegen unsere Vermählung einzuwenden hat und dann können wir das Aufgebot bestellen. Dr. Chris, du wirst es kaum glauben können, aber so glücklich wie jetzt war ich noch nie zuvor in meinem Leben. Du kennst ja Eduard auch und hast bestimmt auch festgestellt, welch lieber Kerl er ist."

„Ja, Edna, da bin ich mir sicher und wie ich deine Eltern einschätze, werden sie deinen Verlobten schon gehörig auf Herz und Nieren überprüft haben. Auf jeden Fall habt ihr auch meinen Segen und wenn ihr irgendwelche Hilfe benötigt, wisst ihr beide, wo ihr mich finden könnt. Wenn ich euch jetzt so alle um den Tisch herumsitzen sehe, kann ich mir sehr gut ausmalen, dass ihr gerade dabei seid, die Hochzeitspläne bis ins kleinste Detail zu schmieden. Bevor ihr damit fertig seid, habe ich auch eine große Bitte an euch. Ich bin zwar keiner von euch, aber werdet ihr mir die Ehre antun, meinen Freund Dr. Peter Reitzel, ich glaube ihr kennt ihn alle und er hat über acht Jahre unter euch gelebt, und mich zur Hochzeit einzuladen?"

„Dr. Chris, nur damit du es weißt, dich können und werden wir nicht einladen." Dabei schaut sie ihn mit strahlenden Augen an, „denn mein Papa hat schon vor einiger Zeit gesagt, dass du ja sowieso einer von uns bist, also bist du automatisch mit dabei.

Was deinen Freund angeht, kann ich nur sagen, wer dein Freund ist, ist auch unser Freund und wir würden weder dich noch ihn im Stich lassen, solltet ihr jemals im Leben in Not geraten."

„Edna, ich danke dir für diese ehrenwerten Worte. Seit ich hier in Kanada lebe, habe ich viel über eure Sitten und Gebräuche gelesen. Doch den Höhepunkt durfte ich erst erleben, als ich von Amos und Sarah wie ein Sohn aufgenommen wurde. Glaubt mir alle, die ihr hier um diesen Tisch herumsitzt, es vergeht kein einziger Tag, an dem ich nicht dem lieben Gott danke, für Alles, was die Beiden mir im Leben geschenkt und mitgegeben haben. Vater- und Mutterliebe waren zwei der Dinge, die ich in meinem Alter und auch meinem stressigen Beruf längst als verloren aufgegeben hatte. So, nun habe ich euch lange genug belästigt und sicherlich sitzt ihr nicht hier zum Vergnügen zusammen. Außerdem gelte ich als ein nicht gerade mit Einfallsreichtum gesegneter Mann. Ich kann mir aber jedenfalls lebhaft vorstellen, dass es für euch allerhand Dinge zum Überlegen und Überdenken gibt. Es tut mir zwar außerordentlich leid, hier bei euch so einfach hineingeplatzt zu sein, aber trotzdem hat es mir große Freude bereitet, so ohne besonderen Grund unter euch zu verweilen. Nun zu dir Amalie, wenn irgendetwas ist oder du etwas benötigst, was auch immer, ich werde mich ganz bestimmt in den nächsten Tagen wieder melden. Edna, dir und Eduard nochmals meine herzlichsten Glückwünsche und euch allen noch einen na, ja, aufregenden Nachmittag."

Indem er beide Hände in die Höhe hebt, winkt er mit den Handflächen den sechs jungen Damen ein freundliches ‚Auf Wiedersehen' zu, bevor er sich umdreht und schnellen Schrittes das Farmhaus verlässt.

Auf dem Weg zurück in die Stadt stoppt er für eine kurze Unterbrechung, um im fünften Stock des ‚St. Mary's Hospitals' zu überprüfen, ob sich alle Dinge im Lot befinden. Inzwischen hat seine sprichwörtliche Gelassenheit auch wieder die Oberhand über die vorhergehende Unruhe übernommen.

Schon zwei Wochen nach dem Gespräch der beiden Ärzte mit dem Krankenhausleiter Dr. Hoegler, stellt dieser die beiden neuen Teams auf die Beine. Überraschend schnell und sogar erfolgversprechend stellen sich die beiden von Chris und Peter geleiteten Arbeitsgruppen auf die ihnen übertragenen Aufgaben ein und anstatt der mit Bangen erwarteten Verschlechterung der Arbeitsbedingungen tritt auch hier eine spürbare Verbesserung ein.

Wenn immer sich den beiden Internisten die Gelegenheit bietet, arbeiten sie wie früher so eng wie nur möglich zusammen, tauschen gegenseitige für beide Seiten nutzbringende Erfahrungen aus und im Gegensatz zu den erwarteten schlechter werdenden Bedingungen, verbessern sich diese auf fast wöchentlicher Basis.

Auch im Mennoniten-Land in und um die Kleinstadt Elmira ist es nach der Frühjahrsbestellung der Felder wieder etwas ruhiger geworden, zweifelsohne jedoch nur momentan und arbeitsmäßig.

Denn sonst herrscht eine rege Hektik und fast regelmäßig einmal in der Woche treffen sich die Freundinnen und Freunde von Braut und Bräutigam, um den Ablauf der Hochzeits-Zeremonie bis ins kleinste Detail zu planen.

Auf den vorgefertigten Einladungslisten stehen bereits die Namen von rund zweihundertfünfzig Personen und nach Berücksichtigung aller Verwandtschafts- und Bekanntschaftsgrade haben Edna und Eduard beschlossen, hier nun den Schlussstrich zu ziehen.

Den Hochzeitstag haben die Brautleute mit der Übereinstimmung von Eltern, Verwandten und Freunden auf den zweiten Juni, einen Samstag, festgelegt. Selbstverständlich wird auf der ‚Benjamin Martin Farm' gefeiert.

Obwohl der Tag der Eheschließung noch einige Wochen entfernt ist, werden bereits jetzt schon täglich von den anliegenden Farmen Gartenstühle, Tische und dergleichen in Benjamins Scheune gelagert, denn 250 Personen wollen an diesem Tag mit dem Brautpaar für etliche Stunden zusammensitzen, um mit ihnen gemeinsam einige schöne, unvergessliche Stunden zu erleben.

Amalie und ihre Cousine Rachel, eine äußerst talentierte und tüchtige Schneiderin, sind seit Tagen damit beschäftigt, ein Schmuckstück von einem weißen Hochzeitskleid für Edna zu entwerfen, zu nähen und in die richtige Passform zu bringen. Nach alter Mennoniten-Tradition wird das Brautkleid so gestaltet und verarbeitet, dass es auch in den Jahren nach der Trauung noch öfters zu anderen feierlichen Anlässen von seiner Besitzerin getragen werden kann.

Für Edna und ihren zukünftigen Ehemann sind die Wochen und ganz besonders die letzte Woche vor der Trauung mit recht viel Arbeit verbunden. Traditionsgemäß sind sie gehalten, die Zustimmung aller ihnen bekannten und hier lebenden Mennoniten einzuholen, welches sich naturgemäß als sehr zeitraubend herausstellt. Außerdem müssen sie für genügend Helfer sorgen, die die älteren und gebrechlichen Leute für die Trauungszeremonie zur Farm bringen. Es muss dafür gesorgt werden, dass die Beköstigung aller Gäste sichergestellt ist und noch viele andere Dinge, an die man im Normalfall nicht mal denken würde, tauchen plötzlich wie aus dem Nichts auf.

Es ist kaum zu glauben, auch Chris und Peter reden fast täglich von dem auf sie zukommenden Ereignis. Irgendwie hat auch Peter seine längst vergessen geglaubte Zeit, die er im Mennonitenland verbracht hat, wieder entdeckt. Aber das ist eigentlich nur eine Nebensächlichkeit für ihn. Viel wichtiger ist die Tatsache, entdeckt zu haben, dass sich zwischen seinem Freund Chris und der hübschen Mennoniten-Frau Amalie eine Verbindung entwickelt hat, die selbst für den normalerweise hartgesottenen Chris etwas Außergewöhnliches zu sein scheint. Oftmals, ja eigentlich zu oft, an terminschwachen Nachmittagen im Krankenhaus, ist er nach Abgaben von fadenscheinigen

Gründen manchmal schon zwischen drei und fünf Uhr verschwunden, meistens die zuständigen Stationsschwestern mit erstaunt dreinschauenden Gesichtern zurücklassend.

Von seinem Freund bereits öfters mit anzüglichen Bemerkungen gehänselt aber auch schon einige Male direkt darauf angesprochen worden, hält er selbst für diesen nur vage, meistens nichtssagende Antworten bereit.

Auch heute, an einem mit vollem Sonnenschein ausgestatteten Tag im Wonnemonat Mai, hat sich Chris vorgenommen, den Nachmittag auf der ‚Brubacher Farm' zu verbringen.

Sicherlich wird er dort in den letzten Tagen vor dem großen Ereignis, nämlich der Hochzeit von Edna und Eduard, auf der Farm wieder einige der Mennoniten-Frauen antreffen, denen es offensichtlich große Freude bereitet, ihn über alle vorgefallenen Neuigkeiten aufzuklären.

Für einige unvorhergesehene und nicht eingeplante Kurzvisiten im fünften Stock, man könnte sie eigentlich auch als Notfallbesuche bezeichnen, verliert er jedoch mehr Zeit, als er dafür vorgesehen hat. Erst kurz nach vier gelingt es ihm, das ‚St. Mary's' zu verlassen. Durch einen Verkehrsunfall auf der Stadtautobahn mit glücklicherweise nur entstandenem Blechschaden, dafür aber zeitraubend, dehnt sich diesmal seine Fahrzeit auf mehr als eine volle Stunde aus.

Kaum ist er in die Einfahrt zur Farm eingebogen, strömt ihm bereits durch das halbgeöffnete Autofenster frischer

Backduft entgegen. Oh mei, diesmal stehen außerdem noch einige Kutschen mehr als beim letzten Mal vor dem Farm-Haus. Ja, er bekommt nicht mal die Gelegenheit, seinen Unterstand zu erreichen, da eine Kutsche mit vorgespanntem Pferd ihm den Weg dahin versperrt. Da ihm nichts anderes übrig bleibt, als das letzte Wegstück bis zum Hauseingang zu Fuß zurückzulegen, hat man sein Kommen bereits registriert. Doch diesmal ist es Edna, die ihn anstatt Amalie in der offengehaltenen Haustüre mit strahlendem Gesicht begrüßt.

„Willkommen, Dr. Chris, heute musst du mal mit mir vorlieb nehmen, denn Amalie steckt mit beiden Unterarmen bis zu den Ellbogen im Kuchenteig. Kannst du dir vorstellen, nur noch zwei Tage und der große Tag ist endlich da."

„Ja, ja Edna, aber könntest du dir vorstellen, wie sich deine Tante Sarah und dein Onkel Amos erst freuen würden, diesen Tag mit euch erleben zu dürfen. Aber ich bin mir ganz sicher, dass sie übermorgen von da oben", dabei deutet er mit dem Zeigefinger seiner rechten Hand himmelwärts, „zuschauen werden."

Gemeinsam betreten beide die geräumige Küche und irgendwie kann sich Chris glücklich schätzen, im Durchlass zum Wohnzimmer einen Stuhl zu ergattern, auf dem er sich niederlassen kann.

Es wird gekocht, gebacken, verschiedene Salate werden hergerichtet und der Duft von frischgebackenem Kuchen strömt bis in die äußerste Ecke des Hauses. Heute haben selbst die sonst so gesprächigen Farmersfrauen nicht einmal Zeit, ihm die Neuigkeiten der letzten Tage zu berichten. Auch Amalie, deren Gesicht sich normalerweise bei seiner Ankunft sichtlich erhellt, schaut ihn heute mit melancholischen Augen an, als wolle sie sagen, 'das ist alles, was ich dir heute bieten kann'.

Nach einiger Zeit kommt er sich total überflüssig vor, irgendwie fühlt er sich fehl am Platze. Obwohl alles sogar auf seine Art für ihn aufregend erscheint, möchte er sich gerne heimlich davonschleichen. Aber da hat er die ‚Rechnung ohne den Wirt gemacht.'

Eine der älteren Farmersfrauen hat ihn anscheinend doch besser im Visier gehalten, als er geglaubt hat und als er gerade versucht, sich zu erheben und heimlich davon zu schleichen, drückt sie ihn mit sanfter Gewalt zurück auf seinen Stuhl.

„Ah, ah, Dr. Chris, sich so heimlich zu verdrücken, funktioniert heute leider nicht. Du bist nämlich nun gerade die richtige Person, die wir brauchen, um die meisten der von uns gebackenen und gekochten Sachen abzuschmecken. Hoffentlich hast du auch den dazugehörigen Hunger mitgebracht?"

Was nun folgt, ist selbst für ihn etwas, was er so einfach nicht mehr aus seinem Gedächtnis streichen kann. Als wären auf einen Schlag alle Speisen und Backwaren gleichzeitig zum Verzehr fertig geworden, wird er mit Häppchen aller Art regelrecht vollgestopft. ‚Wenn ihn nun sein

Freund Peter so sehen könnte, würde er sich,' dessen ist sich Chris bewusst, ‚vor Lachen biegen.'

Endlich, draußen hat sich bereits die Dunkelheit breit gemacht, ist das Ende der Prozedur erreicht. Während sich die Frauen und Mädchen anschicken, die Küche aufzuräumen und zu säubern, findet sogar Amalie die Zeit, schnappt sich einen Stuhl, um sich wenigstens für einige Minuten neben den Mann zu setzen, den sie vor nicht allzu langer Zeit nicht Mal gekannt hat und der nun ihr Herz voll in seinen Besitz genommen hat.

„Dr. Chris", dabei schaut sie ihm mit ihren blitzblauen Augen direkt in seine, „kannst du dir vorstellen, dass wir heute nicht die einzigen sind, die so beschäftigt sind. In mehr als einem halben Dutzend Küchen um uns herum geschieht heute Nachmittag dasselbe, was du hier in den letzten Stunden erlebt hast. Zweihundertfünfzig Personen müssen übermorgen während der Hochzeitsfeierlichkeiten versorgt werden und glaube mir, das ist eine große Menge. Aber wir werden es schon hinkriegen. Schließlich ist es für mich schon das dritte Mal, dass ich dabei bin, aber immer nur für meine Freundinnen, leider war ich noch nie die Glückliche."

Als wäre es so vorbestimmt, entdeckt Chris in ihren Augen einen Hauch von Traurigkeit. Wie gerne hätte er sie in diesem Moment in seine Arme genommen, ihren Kopf an seine Brust gedrückt oder einfach nur zärtlich über ihre blonden Haare gestreichelt. Ja, warum eigentlich nicht. Er, der doch früher immer so stolz war, von vielen seiner

Freunde als Frauenheld bezeichnet zu werden, ist seit seines Kennenlernens von Amalie wie umgewandelt. Etwas für ihn bisher total Unbekanntes hat von ihm Besitz ergriffen.

Heute hier in diesen Raum sitzt er neben einer Frau, deren Liebe ihm so unendlich viel bedeutet, ihm aber gleichzeitig auch Angstgefühle vermittelt. Nämlich die Angst, sie bei der geringsten ungewollten Berührung, weder körperlicher Art oder irgendwelchen falschen Gesten oder mit unglücklich gewählten Worten abzuschrecken und sie dadurch vielleicht für immer zu verlieren. Gleichzeitig ist ihm jedoch klar geworden, dass es einfach zu viele unüberwindliche Hindernisse gibt, die zwischen ihnen liegen. Ja, er gesteht sich ein, dass er sie verehrt, ja sogar liebt, aber dennoch ist diese Liebe anders als alles andere, was er bisher mit dem Wort ‚Liebe ' in Verbindung gebracht hat. Vielleicht verwechselt er eine tiefe Zuneigung zu Amalie mit dem Begriff ‚Liebe'. Es gelingt ihm einfach nicht, die richtige Zuordnung zu finden. Selbst wenn die Beiden allein sind, verbietet ihm der Respekt ihr gegenüber, sie in seine Arme zu nehmen, sie zu küssen oder sie einfach nur körperlich zu berühren. Irgendwie ist er sich sicher, dass auch Amalie von der gleichen Unsicherheit erfasst ist. Bei aller Liebe der Beiden zueinander kann und wird es aufgrund ihrer unterschiedlichen Lebensauffassungen nicht genügen, um damit das noch vor ihnen liegende Leben glücklich zu gestalten. Eine gewisse Rat- und Mutlosigkeit hat von ihm Besitz ergriffen.

Die Zeiger der Wanduhr in der Küche bewegen sich langsam aber stetig vorwärts und befinden sich nur noch wenige Minuten von der neun Uhr Grenze entfernt. Die ersten Frauen verlassen das Haus. Die Küche blinkt und glänzt. Nichts lässt darauf schließen und es ist keine Spur davon zu finden, dass hier noch vor einigen Stunden eine Heerschar von fleißigen Mennoniten-Frauen regelrechte Meisterwerke nicht nur in der Kochkunst, sondern auch in der Herstellung der Backwaren hingezaubert haben.

Auch für Chris ist die Zeit des Aufbruchs gekommen. Doch ehe er sich von den noch im Haus aufhaltenden Frauen endgültig verabschiedet, lässt er sich nochmals den gesamten Tagesverlauf während der Trauungszeremonie erklären. Schließlich möchten er und sein Freund Peter sich den Sitten und Gebräuchen während der Verheiratung von Edna und Eduard anschließen und nicht wie er, Chris, bei der ersten Bekanntschaft mit Amos und Sarah Brubacher, gleich unangenehm oder gar lächerlich die Aufmerksamkeit der vielen Gäste auf sich lenken.

Die nächsten vierundzwanzig Stunden vergehen so rasend schnell, als wären sie nur ein Hauch im Frühlingswind. Am letzten Abend vor der Trauung, gerade frühzeitig genug, um mit der Martin-Familie das Abendessen einzunehmen, steht Eduard vor dem Hauseingang der ‚Martin-Farm'. Einer alten Tradition gemäß wird er die letzte Nacht vor der Hochzeit im Hause der Braut verbringen, selbstverständlich getrennt von ihrem Schlafzimmer. Außerdem werden die übrigen Martin-Kinder schon mit Argusaugen darüber wachen, dass der Bräutigam sein Ruhelager weit genug entfernt von ihrer Schwester Edna aufgeschlagen hat.

Während Peter die Nacht vor der Hochzeit in seiner Wohnung mit einigen Freunden bei einem kühlen ‚Blonden', wie er sein Bier zu bezeichnen pflegt, und einer Runde ‚Skat' verbringt, hat sich Chris frühzeitig zur Ruhe begeben. Aber sich zu früh nach einem anstrengenden Arbeitstag ins Bett zu legen, um danach sofort vom dringend benötigten Schlaf befallen zu werden, sind zwei getrennte Dinge. Besonders dann, wenn die Aufregung über die bevorstehenden Ereignisse von seinem Opfer total Besitz ergriffen hat. Schließlich hat Edna ihn, Dr. Christian Bernhard Moser, zu ihrem Trauzeugen auserkoren und auf der gegenüberliegenden Seite wird es nicht Eduards Bruder Nelson sein, sondern Amalie, seine liebe Freundin Amalie, der dieses Ehrenamt übergetragen wurde.

So ist es natürlich auch nicht verwunderlich, wenn am nächsten Morgen, dem Hochzeitstag also, Chris bereits um 7 Uhr dreißig und nicht wie mit seinem Freund verabredet um 8 Uhr 15 vor der Wohnung Dr. Peter Reitzel's parkt und an der Haustüre die Türklingel stürmisch läutet.

Die Natur hat als ihr Geschenk zum Hochzeitstag auch dazu beigetragen und es ist nicht nur das frische Grün an Bäumen und Sträuchern, sondern die vom strahlend blauen Himmel herunterschauende Sonne verspricht das perfekte Rahmenbild für diese Trauung gleich mitzuliefern.

Obwohl die eigentliche Vermählungszeremonie erst in zwei Stunden, also um 9 Uhr 30, beginnen wird, lässt Chris seinem Freund nicht die Zeit, ein bereits vor seiner Ankunft begonnenes Frühstück in Ruhe einzunehmen.

„Mensch, Peter, nun mach schon, du weißt doch genau, dass ich als Trauzeuge fungiere und wir brauchen auf der Fahrt dorthin nur in einen Verkehrsstau zu geraten und schon ist der Teufel los."

„Ja, da magst du vielleicht Recht haben, aber male bitte den Teufel nicht an die Wand. Wenn alles normal verläuft, werden wir innerhalb der nächsten halben Stunde auf der Farm ankommen und natürlich die Ersten sein. Aber das ist ja wahrscheinlich nicht dein Problem. Mir drängt sich mehr und mehr der Verdacht auf, dass es meinem Freund eigentlich darum geht, eine gewisse hübsche Mennonitin, die auf den schönen Namen ‚Amalie' hört, schnellstens in seine Arme schließen zu dürfen oder liege ich da vielleicht falsch?"

„Erstens, du hast recht, Amalie ist außergewöhnlich hübsch, zweitens hat sie ein bezauberndes Wesen und sie und ich haben ein freundschaftliches Verhältnis, drittens habe ich sie noch nie in meinen Armen liegen gehabt und viertens geht das dich einen Dreck an. So, bist du nun zufrieden!"

Nur wenige Minuten nach diesem nicht gerade hochintelligenten Gesprächsstoff befinden sich die beiden unzertrennlichen Freunde in Chris's Sportwagen auf dem Weg zu einer für beide unvergesslichen Hochzeitsfeier.

Doch mit Peters Prognose, dass sie beide sicherlich die ersten Gäste auf der Festwiese sein würden, liegen sie total daneben. Als sie, immer noch mehr als eine ganze Stunde zu früh, die Nähe des Farmgeländes erreichen, stellen beide zu ihrem Erstaunen fest, dass auf den drei nichtgeteerten Feldwegen, die alle strahlenförmig zur Farm führen, bereits etliche ‚Buggies' an den Wegrändern geparkt haben. Es bleibt ihnen nichts anderes übrig, als einige hundert Meter Fußmarsch über den staubigen Feldweg in Kauf zu nehmen, hatten sie doch heute Morgen erst ihre besten schwarzen Schuhe auf Hochglanz poliert.

Die für die Hochzeitsfeier hergerichtete Wiese liegt auf einem flachen Terrain und als Chris und Peter die östliche Wiesengrenze erreichen, bietet sich ihnen ein imposantes Bild. In zehn Reihen sind je dreißig Stühle halbkreisförmig um einige mit weißen Decken versehenen Tische aufgestellt.

Mit viel Liebe zusammengestellte Feldblumensträuße verzieren den Platz, wo sich in weniger als einer Stunde zwei Menschen das ‚Ja-Wort' für den Rest ihres Lebens vor Gott und den Menschen versprechen werden.

Während Peter sich in einer der hinteren Reihen am Rand einen Platz ausgesucht hat, der ihm einen gut überschaubaren Blick auf das zu erwartende Geschehen vermittelt, hat sich Chris zum Farm-Haus begeben. Während der herzlichen Begrüßung wird er den Eltern des Bräutigams vorgestellt, die zwar schon so viel von ihm gehört haben, sie ihm aber bisher unbekannt waren. Ben ist mit drei seiner Söhne, Amos, Nelson und Benjamin Jr., bereits zur Festwiese geeilt, denn bevor die Trauungszeremonie beginnt, ist es Sitte, jedem anwesenden Gast, so wie es bereits in der Bibel offenbart ist, ein Glas Wein zu verabreichen. Atemlos kommt er nun zurück, denn die Zeit ist gekommen, seine Tochter zum festlich dafür vorbereiteten Platz auf der Wiese zu bringen, wo inzwischen bereits der Bräutigam, sowie der Kirchenälteste, der auch gleichzeitig das Amt des Pastors ausübt, auf sie warten.

Bevor sich jedoch der Rest der noch im Haus befindlichen Personen auf den kurzen Weg begibt, nimmt Benjamin seine Tochter noch einmal in seine Arme, um sie vor der Verheiratung ein letztes Mal fest an sein Herz zu drücken.

Als auch sie sich nun anschicken die Festwiese zu betreten, legt er einen wunderschön gebundenen Blumenstrauß in ihre Arme und drückt ihr gleichzeitig eine Bibel in die aufgehaltene Hand. Unter dem Begleitgesang einer in deutscher Sprache gesungenen Hymne, übergibt er dann seine Tochter dem bereits vor dem als eine Art ‚Altar' fungierendem Tisch wartenden Bräutigam.

Vor dem mit allerlei bunten Blumen verzierten Tisch stehen nun Braut und Bräutigam, flankiert von den beiden Trauzeugen, vor dem ‚Church-Elderen' und gleichzeitig auch Pastor, der nach einigen wohlgeformten Sätzen beide befragt, ob sie frei und ungebunden sind. Ob sie die Kinder, die Gott ihnen schenkt, in ihrem christlichen Glauben und nach den Lehren der Bibel aufziehen werden. Ob sie gemeinsam Freud und Leid miteinander teilen werden, bis dass der Tod sie scheidet.

Danach stehen sich Edna und ihr Eduard Auge in Auge gegenüber, um sich in ihren ‚Wedding Vows' (Gelöbnissen) feierlich zu versprechen, dass sie zueinander halten werden und gegenseitig die Treue geloben, bis dass der Tod sie scheidet.

In der mennonitischen Glaubenslehre gibt es kein Austauschen von Ringen, sondern als die letzten Worte der Gelöbnisse von Braut und Bräutigam abgegeben sind, bestätigt der Pastor ihnen, dass sie von nun an ein rechtmäßiges Ehepaar sind. Mit einer zärtlichen Gebärde nimmt Eduard Edna in seine ausgestreckten Arme, während sie liebevoll ihren Kopf an seine Brust drückt, denn nach der Tradition der Mennoniten ist das Küssen als Besiegelung der Eheschließung verpönt und nicht erlaubt. Während die beiden Trauzeugen, also Chris und ‚seine' Amalie ihre Unterschriften unter das ihnen vorgelegte Dokument setzen, ist die Trauungszeremonie rechtskräftig beendet.

Inzwischen haben sich einige größere Gruppen von Frauen und Männer von ihren Sitzplätzen erhoben und auf beiden Seiten der Wiese zusammengestellt. Nachdem zuerst der Männerchor mit einigen talentierten Stimmen verschiedene Lieder und Hymnen, meist in deutscher Sprache vorgetragen hat, kommen auch die Frauen mit ihren wohlklingenden Gesängen nicht zu kurz. Zwischen kurz eingelegten Pausen erzählen einige der Frauen und Männer von den umliegenden Farmen Kurzgeschichten, wie sie ihnen gerade einfallen und dabei meistens das jungvermählte Paar betreffen. Doch dann folgt das Hochzeitsessen und was für ein Essen es ist. Auf langen, zusammengestellten Tischen sind so viele verschiedene Sorten von Speisen aufgestellt, dass selbst für den verwöhntesten Gaumen kein Grund zur Beschwerde mehr gefunden werden könnte. Die Tischplatten sind bis auf den letzten Zentimeter mit allem was das Herz begehrt, gefüllt, sodass es den Anschein erweckt, als müssten sie jederzeit zusammenbrechen.

Nach diesem opulenten Mahl vergnügen sich die jungen Farmersburschen meist mit Ballspielen, die Mädchen lesen sich gegenseitig aus mitgebrachten Büchern oder der Bibel vor.

Die älteren Farmersleute, meist nach Geschlechtern getrennt, sitzen in Gruppen zusammen und wie es nun mal so üblich ist, besteht auch unter den Mennoniten kein Ausnahmefall. Während sich die Farmer meist über technische Dinge unterhalten, wird von ihrer weiblichen Gegenseite genau wie überall woanders in der Welt gequatscht und getratscht und sogar auch hier und da der Bogen mal etwas überspannt.

Wie der sich rötlich verfärbende Sonnenball anzeigt, neigt sich auch der heutige Tag langsam seinem Ende entgegen. Eine Farmersfamilie nach der anderen verabschiedet sich vom Brautpaar und den eigentlichen Gastgebern, Benjamin und Leah Martin. Nach diesem wunderschönen Tag beginnt für die zwei frisch Vermählten der Anfang eines hoffentlich zufriedenen und allzeit glücklichen neuen Lebensabschnittes.

Kapitel 11: Vom Pech verfolgt.

Nur einige Tage sind seit der für Chris und Peter in ihrer Erinnerung unvergesslichen Mennoniten-Hochzeit vergangen. Der Alltagsstress hat die beiden Ärzte wieder voll im Griff. Es ist schon fast eine Seltenheit geworden, wenn es ihnen nach einem harten Arbeitstag dennoch gelingt, sich in einem der naheliegenden ‚Pubs' wenigstens für eine, wenn auch nur kurze Zeit zusammenzusetzen. Selbst dann noch dreht sich der Hauptteil ihres Gesprächsstoffes um Themen, die sich aus ihrem Berufsbereich herausgeschält haben und für die man zweckmäßige und manchmal auch unkonventionelle Lösungen finden muss. Natürlich kommt aber dennoch eine für Peter lustige und für Chris ernstliche Seite nicht zu kurz. Wenn immer sich die Gelegenheit ergibt, seinen Freund bezüglich seiner klammheimlichen und bisher einseitigen Liebesaffäre mit Amalie zu hänseln, läuft Peters Fantasie auf Hochtouren. Etwas, was wiederum seinen Freund öfters so in Rage geraten lässt, dass er bei ihrem gemeinsamen Kneipenbesuch am gestrigen Abend gleich dreimal hintereinander sein fast noch vollgefülltes Bierglas umstieß. Der sich dabei über seine Hose verschüttete Gerstensaft verteilte sich dabei so unglücklich, dass es den Anschein erweckte, als habe er sich...!

Wieder einmal ist eine Woche wie im Flug vergangen und wieder steht ein Samstagmorgen vor der Tür. Während Dr. Peter Reitzel heute als diensttuender Arzt auf Station #5 seinen Arbeitstag routinemäßig mit Patientenbesuchen in den einzelnen Zimmern startet, hat Chris beschlossen, seinen heutigen freien Tag dazu zu nutzen, mehrere Bekleidungsgeschäfte aufzusuchen, um endlich für den anstehenden Sommer ausreichend gerüstet zu sein. Denn an eines kann er sich noch sehr gut vom letzten Sommer erinnern. Manche Tage hier im Südwesten der Provinz Ontario können verdammt heiß werden und zwar mit Temperaturen, die öfters die 30 Grad Grenze übersteigen. Und wenn man dazu noch einen Tag mit hoher Luftfeuchtigkeit erwischt, ist leichte Sommerbekleidung schon wichtig, um den Tag einigermaßen gut zu überstehen.

Mit einer Plastiktüte in der Hand, marschiert er zielstrebig durch einen der ‚Department-Stores' auf die nur wenige Meter entfernt liegende Rolltreppe zu, um in die Männerabteilung in das nächst höherliegenden Stockwerk zu gelangen. Die nur zwei Stufen höher stehende Dame, die ihm den Rücken zukehrt, hat anscheinend vor, ihren Frühjahrsputz zu halten, denn unter ihren linken Arm geklemmt, befördert sie einige Haushaltsgegenstände, von denen einer mit einem ziemlich langen Holzstiel versehen ist. Oben auf der letzten Stufe angekommen, vollzieht sie ohne sich umzusehen eine Linksdrehung, wobei sie, wie Chris später behauptet, ohne Rücksicht auf Verluste, ihm den ‚Besenstiel' regelrecht um die Ohren haut. Den Widerstand wahrnehmend, dreht sie sich mit erschrecktem Gesicht ihrem Opfer zu, doch nur um die Schreckenszüge in ihrem Gesicht noch zu vergrößern. Hinter ihr steht nämlich, sie erkennt ihn sofort, der ‚vermeintliche' Krankenpfleger, der sie mit seinem herum kutschierenden Bett im fünften Stockwerk des ‚St. Mary's' Hospital vor nicht allzu langer Zeit versehentlich fast überfahren hätte.

„Oh, mein Gott, ich habe sie doch hoffentlich nicht verletzt. Es tut mir furchtbar leid, aber dafür ist ja es jetzt zu spät. Sind sie nicht, sind sie nicht, ich meine, sind sie nicht der Mann aus dem Krankenhaus, der mich, "dabei stockt sie „mit einem Bett angefahren hat?"

Lachend und dabei mit dem Kopf nickend, schaut er in ihr Gesicht. Die Pupillen ihrer grünschillernden Augen wirken bedingt durch die vorhin entstandene Aufregung stark vergrößert, welches die natürliche Schönheit und Ausdruckskraft ihres hübschen Gesichts deutlich hervorhebt.

„Ja so ist das Leben. Wie sagt ein altes chinesisches Sprichwort: 'Man sieht sich immer zweimal im Leben'. In unserem Fall hat es sich gerade bestätigt. Übrigens, mein Name ist Chris und wenn sie mir die Ehre erweisen, würde ich sie gerne zu einer Tasse Kaffee einladen. Aber nicht, weil sie mir vorhin die Holzstange um die Ohren gehauen haben, sonders weil ich ihnen von unserem gemeinsamen ersten Unfall noch etwas schuldig bin. Geben sie ihrem Herzen einen Ruck und sagen sie einfach ‚Ja'. Die Zeit wird ihnen schon nicht davon rennen. Übrigens, wenn sie ihr Lächeln noch etwas verstärken könnten, wirkt ihr Gesicht noch tausend Mal hübscher als es ohnehin schon ist."

„Ist das also ihre Masche, Frauen zu umgarnen, aber es ist ja auch egal", dabei schaut sie auf ihre Armbanduhr, „ich habe noch ein wenig Zeit, ja ich nehme ihr Angebot an, denn die Tasse Kaffee schulden sie mir wirklich." Mit einem unschuldig wirkenden Grinsen im Gesicht bittet er sie, ihr beim Tragen helfen zu dürfen. Ohne ihre Zustimmung abzuwarten, entnimmt er einige der Gegenstände aus ihren Armen, um sie damit zu entlasten. Unter anderem auch den Stiel mit dem am Ende angeschraubten Besen, damit sie, wie er sich schlitzohrig ausdrückt, vorerst kein weiteres Unheil mehr anrichten kann.

Irgendwie findet sie ihn nicht nur lustig, sondern er strahlt so etwas wie eine Sympathie aus, die die meisten Menschen sofort in ihren Bann fesselt. Und auch Isabella macht darin keine Ausnahme.

Als wären Beide ein schon seit längerer Zeit verheiratetes, doch immer noch wie am ersten Tag total ineinander verliebtes Ehepaar, turteln sie auf das am Ende der Halle liegende kleine Café zu.

Nur einige Minuten sind inzwischen verflossen und die Kellnerin hat ihnen gerade den bestellten Kaffee serviert, als Isabella ihrem Gegenüber unverblümt eine fast von ihm erwartete Frage stellt, wobei sie sich aber gleichzeitig selbst die Antwort gibt:

„Wie war nochmals ihr Name, ah ja, Chris stimmt's und sie arbeiten im ‚St. Mary's' Krankenhaus, wie mir ja zwischenzeitlich zur Genüge bekannt ist."

Ein schelmisch ausschauendes Lächeln in ihrem Gesicht lässt sie in Chris's Augen nicht nur noch sympathischer und dabei gleichzeitig attraktiver erscheinen, als er sie ohnehin schon findet.

Gerade in dem Moment, als er sie nach ihrem Namen fragen möchte, öffnet sie ihren wohlgeformten Mund:

„Ich bin die Isabella Brandt und da meine Mutter heute Morgen mit meinem Sohn Alexander zu einem Gemüsemarkt in der Stadt unterwegs ist, habe ich die Gelegenheit wahrgenommen, um noch einige Gegenstände für meinen eigentlich schon recht verspäteten Frühjahrsputz zu besorgen. Ja und nun sitze ich hier und vertrödele meine Zeit mit ihnen."

„Einen wohlklingenderen Satz hätten sie schon formulieren können oder schaue ich so aus, als ob ich diese negative Feststellung meinerseits verdient hätte?"

Bei der Erwähnung ihres Namens, ist es für Chris, als hätte ihn der Schlag getroffen. Sein Gesicht hat innerhalb von Sekunden die Farbe gewechselt. Er ist plötzlich kreidebleich geworden, während seine Begleiterin fest der Ansicht ist, ihn mit der von ihr verwendeten Zeitverschwendungsphrase beleidigt zu haben. Vergeblich setzt sie mehrere Male an, um sich bei ihm zu entschuldigen. Doch immer wieder wehrt er, beide Hände in die Höhe hebend, entschieden ab.

„Nein Isabella, ich, ich glaube ich habe mich nur verschluckt. Es ist alles in bester Ordnung, glauben sie mir. Oh, ich rede sie so einfach mit ihrem Vornamen an. Darf ich das überhaupt."

„Ja sicher, denken sie mal an die Worte zurück, die ich ihnen an den Kopf geknallt habe, als sie mich im Krankenhaus fast mit einem Bett überrollt haben." Momentan hat Chris seine Fassung total verloren. ‚Warum gibt es so was. Warum verfolgt mich das Schicksal immer noch weiter und gibt keine Ruhe. Aber ihr jetzt zu erzählen, dass ich derjenige war, der ihren Sohn ‚gerettet' hat, wäre doch total falsch. Vielleicht würde sie mir nicht mal glauben, hält mich für einen Wichtigtuer und Angeber. Nein, mein Schweigen ist das Richtige und ich werde dabei bleiben und so Gott will wird es so für immer sein. Ich bin Arzt, ein verdammt guter Arzt und ich möchte unter keinen Umständen zu einer Gallionsfigur erhoben oder auserkoren werden.'

Aber auch Isabellas Gesichtsausdruck scheint sich verändert zu haben. Als wäre ihr bewusst geworden, vorhin irgendetwas Falsches gesagt zu haben, schaut sie plötzlich an Chris vorbei und beginnt, ihm die letzten Jahre ihres nicht gerade wünschenswerten Lebensweges zu erzählen. Ohne jegliche Verzögerung beginnt sie mit dem grausamen Tod ihres Mannes und endet mit der inzwischen fast sagenumwobenen Geschichte der Rettung vor dem fast unabwendbaren Feuertod ihres Sohnes Alexander und der Honigverkäuferin Anni. Mit äußerst gemischten Gefühlen lauscht Chris ihren Worten von der aussichtslosen Suche nach dem Retter der Kinder.

Als dann die ersten Tränen ihre Wangen herunterrollen, erliegt er fast der Versuchung ihr ins Gesicht zu sagen, ja zu schreien, wer vor ihr sitzt, nur um ihr klar zu machen, dass ihre Suche jetzt endgültig beendet ist, aber er schweigt. Kein Ton kommt über seine Lippen.

Sicherlich hat die ihm gegenübersitzende Frau in der kurzen Zeit mit ihrer Lebensgeschichte einen enormen, ja schmerzhaften Eindruck auf ihn hinterlassen, aber ist da nicht eine andere Person, die sich in seinem Herzen einen Platz gesucht hat und für zwei, nein sowas gibt es für ihn nicht und außerdem dafür reicht selbst sein großes Herz auch wirklich nicht.

Aus der vorgesehenen kurzen Kaffeepause entwickelt sich zwischen den beiden Gesprächspartnern eine fast zweistündige lebhafte Unterhaltung. Was Isabella aber dabei völlig zu entgehen scheint, ist die Tatsache, dass sie eigentlich die hauptsächliche Erzählerin ist, während ihr ‚Gesprächspartner' auf der gegenüberliegenden Tischseite sich mit dem Zuhören zufrieden zu geben scheint. Dabei bemerkt sie aber nicht, dass er sie mit vorsichtig formulierten Fragen regelrecht aus der Reserve lockt. Durch ihre Suchbemühungen auf allen ihr zugänglichen Mennoniten-Farmen hatte sie doch einige Erfahrungen gesammelt, die ihn seinerseits sehr interessieren. Doch eines kann er einfach nicht verstehen. Wenn sie so viele, ja eigentlich fast alle in der Region befindlichen Mennoniten-Farmen aufgesucht hat, um nach dem Retter ihres Kindes zu suchen, muss sie doch auch mit etlichen Mennoniten gesprochen haben. Dabei sind sicherlich viele von denen dabei, die ihn, Chris, inzwischen kennen. Sie werden sich sicherlich darüber unterhalten haben, ob er nicht doch mit dem damaligen Vorfall in Verbindung steht. Aber anscheinend sind sie doch eine so verschworene Gemeinschaft, die nichts aus ihrem privaten Leben in die Öffentlichkeit dringen lässt oder sie möchten einfach nicht mit Dingen belastet werden, die sie nichts angehen. Was auch immer die Gründe ihres Schweigens sein mögen, jedenfalls steht Isabella immer noch vor einem für sie nicht nachvollziehbarem Rätsel. Sie kann es einfach ihren eigenen Worten nach nicht begreifen, wie sich jemand sozusagen in Luft auflösen kann. Aber ihrem Schwur wird sie treu bleiben, aufgeben will und wird sie nicht, nie und niemals.

Die Mittagszeit ist längst verstrichen, als sich die Beiden voneinander trennen, fast wie zwei langjährige Freunde. Wie gerne hätte er beim ‚Auf Wiedersehen' sagen die Worte angehängt ‚bis zum nächsten Mal', aber es fehlt ihm die Courage. Schließlich gab es da ja doch noch jemand anderen, eine liebe Person in seinem Herzen, deren Gefühle er nie und niemals so einfach verletzen würde. Total in seinen Gedanken versunken, verlässt er das ‚Shopping Center' und bemerkt erst nach seiner Heimkehr in seiner Wohnung, dass er in seiner Aufregung die Plastiktasche mit seinen gerade erst erworbenen Gegenständen in dem kleinen Café vergessen hat.

Aber auch für Isabella bedeutet der Morgen soviel, wie sie es selten in der Vergangenheit erlebt hat. Seit dem Tod ihres Mannes hatte sie außer Jussuf keine weitere Männerbekanntschaft in den vergangenen drei Jahren. Doch wie sich jetzt mehr und mehr herauskristallisiert, ist Jussuf nicht der fromme Mann, der er vorgibt zu sein, sondern schlicht und einfach ein einfach nur perverses, primitives Schwein. So sieht es jedenfalls Isabella auf einmal, nachdem er zwischenzeitlich mehrfach versucht hat, alle seine Verführungskünste anzuwenden, angefangen vom schlichten und herzlich spielenden kleinen Unschuldslamm bis zum nichts scheuenden Draufgänger.

Da auch ihr bekannt ist, dass seine Ehe, wie er sich ausdrückte nicht die beste ist, lässt sie sich von ihm für den kommenden Samstag zum Abendessen in eine Sportsbar außerhalb von Kitchener einladen. Nach dem Genuss von einigen Gläsern Wein ist sie leicht benommen. Auf der Nachhause-Fahrt versucht er dann auch tatsächlich sein Glück auszunutzen. Hemmungslos öffnet er ihre Bluse und während er damit beginnt, mit einer Hand ihre Brüste zu knutschen, ist seine andere gerade dabei, unter ihren Rock zu wandern. Verzweifelt versucht sie sich zu wehren, doch sie ist ihm mehr oder weniger hilflos ausgesetzt.

Erst als er mit beiden Händen nach ihr greifen will und mit seinen Knien das Auto halbwegs zu steuern versucht, überfährt er eine Verkehrsampel bei rotem Licht und zwingt dabei ein entgegenkommendes Fahrzeug in den Straßengraben.

Während des nur Sekunden dauernden Manövers, gelingt es Isabella aus dem nur ganz langsam dahinrollenden Fahrzeug zu springen und davonzulaufen.

Noch am gleichen Abend verständigt sie die Polizei und erstattet Anzeige wegen sexueller Belästigung. Doch das ist es nicht, was sie ungeheuer belastet. Sie fühlt sich entehrt und besudelt von einem Menschen, dem sie anfänglich vertraut hat, weil er aus welchem Grund auch immer ihr Mitleid erweckt hatte und der sie nun auf solche unwürdige und schmutzige Weise behandelt. Erschreckt und tief beschämt über ihre falsche Verhaltensweise, wie sie glaubt, wird sie wohl über die vorgefallenen Geschehnisse so leicht nicht hinwegkommen. Und nun, was geschieht nun? Sie sucht immer noch nach dem Retter ihres Kindes und was das Allerschlimmste ist, ist doch die Tatsache, dass sie sich inzwischen hoffnungslos in jemanden verliebt hat, den sie nicht einmal kennt. Doch selbst dann, wenn sie sich besser kennen würden, wird er sie vielleicht wie einen heißen Stein fallen lassen, sollte sie ihm ehrlich erzählen, dass sie von einem in ihren Augen zwielichtigen Sexualtriebtäter mit roher Gewalt trotz ihrer zwar heftig ausschauenden, dennoch nur halbherzigen Gegenwehr fast vergewaltigt worden wäre.

Jedenfalls hat sie jetzt ein weiteres Ziel. Sie sucht nicht nur den Retter ihres Sohnes, sondern, dessen ist sie sich sicher, den netten und liebenswerten Krankenpfleger. Jedenfalls sagt ihr das ihr Gefühl und die Gefühle einer Frau trügen nur selten.

Kapitel 12: Auf Leben und Tod

Das diesjährige Juniwetter war genauso, wie es die Langzeitprognosen der Wetterpropheten bereits im vergangenen Winter der breiten Öffentlichkeit versprochen hatten. Manche Tage sind so heiß, dass die Klimaanlagen in den Gebäuden kaum in der Lage sind, die eingestellten Temperaturen zu bewältigen.

Während sich Isabella in ihrer verzweifelten Suche praktisch an Strohhalme klammert, um den Mennoniten ausfindig zu machen, der ihrem Sohn Alexander und dem Mennoniten-Mädchen Anni Martin das Leben gerettet hat, hat sie nach all den Monaten vergeblicher Suche von ihrer Mutter einen triftigen Hinweis erhalten. Immer wieder und wieder erinnert sich diese nämlich an einen Satz, den der ‚angebliche' Mennonite ihr gegenüber während ihres kurzen Gesprächs auf eine Frage ihrerseits erwähnt hatte. "Ich bin eigentlich doch nur auf der Durchreise". Was war, wenn das wirklich so gewesen wäre oder hatte er es nur als einen Vorwand benutzt, da er in Wirklichkeit gar kein Mennonite war, sondern es nur vortäuschen wollte, um seine wahre Identität zu vertuschen? Gerne hätte sie sich selber eine Antwort darauf gegeben, aber es gab keine, wenigstens nicht im Moment.

Doch als wäre sie vom Blitzschlag getroffen worden, erinnert sie sich an die seltsame Verhaltensweise des Krankenpflegers in dem Department-Store. Warum war dieser bei der Erzählung ihrer Geschichte auf einmal kreidebleich geworden und erklärte, sich verschluckt zu haben. Dabei kann sie sich jetzt im Nachhinein daran erinnern, dass er überhaupt nichts unmittelbar vorher getrunken hatte. Hatte nicht ihre Mutter ihr einige Male erwähnt, dass der bei ihr gesessene Mann äußerst schmale und gepflegte Hände hatte. Hatte sie nicht weiterhin des Öfteren erzählt, dass er so stahlblaue Augen hätte, dass sie ihn aus einer Million Menschen herauskennen würde.

Als sie jetzt zurückdenkt, waren das nicht alles auch die gleichen Merkmale, die ihr Kaffeespender in dem kleinen Café im Department-Store aufzuweisen hatte. Konnte er nicht auf dem Marktgelände gewesen sein, als der Markt abbrannte? Schließlich wäre er doch in seiner Eigenschaft als Krankenpfleger zumindest als Hilfskraft im Einsatz gewesen. Ja, nein, aber er war doch schon vor dem Ausbruch des Feuers da und nicht nachher, welches dann auch einen Sinn ergeben hätte. ‚Isabella klammere dich nicht an Hirngespenster, halte dich an die Realität!'

Irgendetwas beflügelt sie, gibt ihr das Gefühl, nahe des Rätsels Lösung zu sein, aber eine realistische Antwort hierauf kann sie sich beim besten Willen zumindest jetzt noch nicht zusammenreimen. Sie wird in ihrer Besessenheit in jedem Falle ihre Suche weiterführen und jeden geringsten Anhaltspunkt bis ins kleinste Detail überprüfen.

Während der nun schon seit Tagen anhaltenden Hitzewelle herrscht üblicherweise auch im ‚St. Mary's Hospital' absoluter Hochbetrieb. Etliche, besonders ältere Menschen werden mit Hitzeschlägen und anderen mit Hitze zusammenhängenden Symptomen in fast regelmäßigen Zeitabständen in die Notfallklinik eingeliefert. Wie immer, wenn sozusagen ‚Not am Mann' ist, und das in der

Notfall-Station arbeitende Personal zur Bewältigung des Arbeitsaufwandes nicht ausreicht, wird von anderen Abteilungen Personal zur Aushilfe nach ‚unten' in die Notaufnahme gesandt.

Im Mennoniten-Land läuft alles seinen gewohnten Gang. Die meisten Felder sind inzwischen bestellt. In den Gärten, die meist in unmittelbarer Nähe der Farmhäuser liegen, wachsen und gedeihen Salate und Gemüsearten der verschiedensten Sorten und der Stolz fast einer jeden Farm, nämlich die um sie herumliegenden Blumengärten, blühen in einer schier nicht enden-wollenden Pracht. Eduard und seine Frau Edna haben sich auf der ihnen von seinem Vater ererbten Farm inzwischen häuslich eingerichtet. Erst gestern Abend nach einem harten und arbeitsreichen Tag hat Edna ihrem Eduard voller Stolz mitgeteilt, dass sie schwanger ist und nun beratschlagen die Beiden gerade, welche Namen in Frage kommen würden, wenn es entweder ein Junge oder ein Mädel sein würde. Morgen ist Sonntag und nach dem Gottesdienst im ‚Meetinghause' in Floradale werden sie zuerst Eduards Eltern einen Kurzbesuch abstatten, bevor sie Ednas Eltern, Benjamin und Leah die freudige Nachricht bezüglich des zu erwartenden Nachwuchses kundtun.

Seit der Gründung des eigenen Hausstandes ihrer ältesten Tochter hat Leah eine wichtige Helferin für ihren ohnehin nicht gerade kleinen Haushalt verloren. Aber das ist es nicht, was ihr große Sorgen bereitet. Vielmehr ist es die Tatsache, dass sie in den letzten Tagen und Wochen von immer stärker werdenden Oberbauchschmerzen geplagt wird. Zusätzlich hat sie gerade heute Morgen bei einem

Blick in ihren kleinen Handspiegel auf der Kommode im Schlafzimmer zu ihrem Entsetzen festgestellt, dass ihre Augäpfel eine gelbliche Verfärbung aufweisen. Schlagartig wird sie von einer panischen Angst geplagt. ‚Hatte doch nicht ihre Cousine Deborah vor rund zwei Jahren fast die gleichen Anzeichen aufgewiesen? Obwohl sie nur einige Tage später ihren Hausarzt aufsuchte und dieser sie auf direktem Weg zu dem Krebsspezialisten Dr. Ottwill überwiesen hatte, blieben alle Bemühungen erfolglos, da das sogenannte ‚Pankreaskarzinom' schon zu weit fortgeschritten war und eine Operation erfolglos sein würde. Zum Zeitpunkt der ärztlichen Diagnose hatten sich nämlich schon Absiedlungen des Tumors, also Metastasen, in anderen Organen gebildet. Nur rund zwei Monate danach verstarb Deborah.'

Als heute Morgen die letzten Kinder das Haus verlassen haben und Benjamin sich gerade anschickt, sich auf den kurzen Weg zum nahen Waldrand zu begeben, um seine Bienenstöcke zu kontrollieren, bittet sie ihn, sich für einen Augenblick zu ihr in die Küche zu setzen.

„Ben, kannst du dich noch daran erinnern, als vor zwei Jahren meine Cousine Deborah plötzlich und praktisch ohne jegliche Vorwarnung an Bauchspeicheldrüsenkrebs erkrankte und nur kurz danach verstarb?

Denk mal scharf nach, ob du dich noch an irgendwelche Symptome erinnern kannst, die sich bei ihr bemerkbar machten."

Aufgeschreckt von einer solch heiklen Frage, springt der am Ende des Küchentisches sitzende Farmer so hastig auf, dass er den Stuhl hinter sich umstößt und mit lautem Krach gegen die Wand fallen lässt.

„Leah, was soll die Frage, ja ich kann mich noch genau daran erinnern, als sie über Schmerzen im Oberbauch klagte und dass sie manchmal von Übelkeit befallen würde. Ja, das war worüber sie sich beklagte. Kannst du dich noch daran erinnern, als sie unser Haus verließ und ich bei ihrem Weggehen dir zuflüsterte, dass sie anscheinend auch einige Pfunde an Gewicht verloren hätte. Oh ja, da war noch etwas, daran kann ich mich jetzt genau erinnern. Sie zeigte mir ihre Augen und bat mich sie genau anzuschauen. Zuerst bemerkte ich nichts, doch als sie mich näher zum Fenster führte, stellte ich zu meinem Erstaunen fest, dass das Weiße in ihren Augäpfeln eine gelbliche Färbung angenommen hatte. Leah, was soll die Fragerei?"

„Ben, ich glaube, wir müssen sofort Dr. Chris verständigen, ich habe seit einigen Tagen Oberbauchschmerzen, die zwar leicht auszuhalten sind, aber heute Morgen habe ich bei einem Blick in den kleinen Spiegel in unserem Schlafzimmer festgestellt, dass meine Augen sich mehr und mehr ins Gelbliche verfärben. Es mag zwar nur eine Gelbsucht sein und die Symptome werden sich hoffentlich als harmlos herausstellen. Aber ich habe Angst, Ben, zum ersten Mal in meinem Leben habe ich Angst."

Leah ist eine starke Frau, die nur selten ihren Gefühlen freien Lauf lässt, doch im Inneren beherbergt sie ein Herz aus purem Gold, wie jedes ihrer zehn Kinder und ihr Ben ihr immer wieder bestätigen können. Auch sie hat sich jetzt von ihrem Stuhl erhoben. Mit einer Zärtlichkeit, die man dem vom harten Arbeitsleben geprägten Farmer nie zugetraut hätte, nimmt Benjamin seine Frau in seine Arme. Liebevoll schmiegt er seinen Kopf an ihren und beide lassen ihren Tränen freien Lauf.

Nur wenige Minuten verharren beide wie zusammengeschmolzen in dieser Position, doch dann übernimmt die Realität wieder die Oberhand.

„So, Leah, du legst dich sofort auf das Sofa im Wohnzimmer. Ich werde mit dem ‚Buggy' nach Hawksville fahren und von dort Dr. Chris anrufen. Bitte bleib so lange auf dem Sofa liegen, bis ich zurück bin. Die Arbeit wird uns schon nicht weglaufen."

Als wäre der Teufel persönlich hinter ihm her, jagt nur wenige Minuten später Benjamin mit Pferd und Kutsche über die staubigen Feldwege in Richtung der kleinen Ortschaft Hawksville, um von dort Dr. Chris anzurufen und ihm die nicht gerade aufmunternde Botschaft zu übermitteln.

Vor dem kleinen Lebensmittelladen angekommen, eilt er schnellen Schrittes in das Geschäft und bittet den ihm natürlich gut bekannten Ladeninhaber um die Benutzung seines Telefons.

Als wäre die auf ihm lastende Bürde noch nicht schwer genug, ereilt ihn hier eine neue Hiobsbotschaft. Von Dr. Christian Mosers Sekretärin erfährt er, dass sich nicht nur Dr. Chris sondern auch dessen Freund Dr. Peter Reitzel für rund eine Woche außer Landes aufhalten und momentan in Genf einen Fachärztekurs absolvieren.

Was er gerade erfahren hat, ist als ob ihm jemand einen Dolch ins Herz gestoßen hätte. Von den Erzählungen ihres Chefs Dr. Moser her weiß die Sekretärin Marie Oberholtzer natürlich sofort, wer am anderen Ende der Leitung mit ihr verbunden ist. Immerhin hat sich seit dem Kennenlernen von Benjamin und Chris zwischen den Beiden eine unzertrennliche Freundschaft entwickelt. Daher ist ihr an Benjamins aufgeregter Stimme auch sofort klargeworden, dass da etwas Ärgeres vorliegen muss.

Bevor dieser in seiner schier puren Verzweiflung den Hörer auflegen kann, fragt sie ihn deshalb nach dem Grund seines Anrufes. In kurzen Worten erklärt er ihr die Sachlage.

„O.K. Mr. Martin, bringen sie ihre Gattin morgen früh um 8 Uhr in Dr. Mosers Praxis hier im Krankenhaus. Ich werde in der Zwischenzeit Dr. Ritter, einen früheren Mitarbeiter von Dr. Moser bitten, einen Tag seiner Pensionszeit zu opfern, um ihre Gattin zu untersuchen. Außerdem werde ich sofort nach diesem Gespräch hier versuchen, Dr. Moser in der Schweiz zu erreichen, um ihm die Sachlage zu erklären. Falls sie Gelegenheit haben, mich in zwei bis drei Stunden nochmals anzurufen, weiß ich bestimmt mehr. Bitte bleiben sie ganz ruhig, behalten sie einen klaren Kopf und ich drücke ihnen die Daumen. Es wird schon alles gut gehen."

Mit gemischten Gefühlen begibt sich Ben auf den kurzen Heimweg. Leah hat seinen Anweisungen Folge geleistet und als er die Wohnstube betritt, findet er sie tief und fest schlafend auf dem Sofa. Erst als ein Windstoß die einen Spalt offenstehende Haustüre hinter ihm zuschlägt, erwacht sie.

Mit kurzen Sätzen berichtet er ihr das Erreichte und dass er in zwei bis drei Stunden halt nochmals kurz telefonieren muss, da er erst dann erfahren wird, ob Marie Oberholtzer die beiden Ärzte oder zumindest einen von ihnen zwischenzeitlich erreicht hat. Doch jetzt wird er alle für heute vorgesehenen Arbeiten vor sich her schieben, um bei seiner geliebten Frau zu bleiben, die ihn im Moment mehr braucht als alles andere.

Die nächsten Stunden ziehen sich für Benjamin so langsam dahin, als wollten sie die Zeit einfach anhalten. Jede Minute kommt ihm wie eine Stunde vor und als endlich die beiden ersten Stunden vorbei sind, hält er es nicht mehr länger im Haus auf.

„Leah, ich fahr mal wieder los, vielleicht hat seine Sekretärin Dr. Chris schon erreicht und er wartet schon auf meinen Anruf."

„Viel Glück."

„Ja Leah, viel Glück aber für uns beide. Werde bald wieder zurück sein."

Als Benjamin die Kutsche vor dem kleinen Lebensmittelgeschäft parkt und gerade dabei ist, die Zügel um einen der dafür vorgesehenen Pfosten zu schlingen, winkt ihm bereits Joseph Baumann, der Ladeninhaber, von der Innenseite aufgeregt mit beiden Armen zu.

„Ben, komm schnell, die Frau mit der du vorhin telefoniert hast, hat schon zweimal angerufen und nach dir gefragt. Hier, nimm schnell den Hörer, bevor sie auflegt."

„Ja, Frau Oberholtzer, haben sie Dr. Chris erreicht, was hat er gesagt, was können wir tun?"

„Mr. Martin, es tut mir so leid, aber leider habe ich keine besonders erfreuliche Neuigkeit für sie. Es war mir nicht möglich, weder Dr. Moser noch Dr. Reitzel zu erreichen, da die beiden heute einen nur sechsstündigen Konferenztag hatten und den Rest des Tages zu einer Wanderung genutzt haben. Ich habe gerade vorhin mit dem zuständigen Hotelmanager gesprochen. Man erwartet sie zwar mit jeder Stunde zurück aber leider hat sich bis jetzt noch keiner der Beiden gemeldet. Man hat mir fest zugesagt, uns hier im Hospital sofort auf schnellstem Weg zu verständigen, sobald sich einer von ihnen zurückmeldet.

Ich habe mir erlaubt, den Hotelmanager bezüglich der Dringlichkeit ihres Anrufes zu unterrichten und man hat mir auch die sofortige Erledigung dieses Anliegens fest zugesagt. Inzwischen hatte ich Gelegenheit mit Dr. Ritter zu sprechen. Er und Dr. Ottwill erwarten ihre Gattin und sie morgen früh, wie bereits vereinbart, um acht Uhr. Dann bis Morgen und ich drücke ihnen beide Daumen."

Auf dem Nachhauseweg packt Benjamin die schiere Verzweiflung. Es ist nicht nur die Angst, die seine Sinne in Beschlag nimmt, er hat auch nicht die geringste Idee, wie er

Leah beibringen soll, dass es ihm nicht gelungen ist, den Arzt zu erreichen, dem sie alle ihr volles Vertrauen schenken.

Doch auf der Farm angekommen, erwartet ihn eine Überraschung. Leah, seine Leah, steht in der Küche als wenn nichts, absolut nichts anders wäre als an jedem normalen Tag. Auf der Anrichte neben dem Küchenschrank bereitet sie das Mittagessen für die gesamte Familie vor, schält die Kartoffeln, wäscht das Gemüse und würzt das Bratenfleisch wie an jedem anderen Tag zuvor.

Als er den Raum betritt und sie sein erstauntes Gesicht sieht, entweicht ihr sogar ein fast fröhlich aussehendes Lächeln.

„Ben, während du unterwegs warst, habe ich mir so meine Gedanken gemacht und bin zu dem Entschluss gekommen, dass es keinem hilft, wenn wir nun die Köpfe hängen lassen. Egal was passiert und egal wie und welch guter Arzt Dr. Chris ist, ‚Er da oben' wird die endgültige Entscheidung treffen, nicht die besten Ärzte und erst recht nicht wir. Das Einzige, was uns bleibt ist die Hoffnung, dass alles gut ausgeht und irgendwie habe ich das Gefühl, wir werden es auch diesmal wieder gemeinsam schaffen. Was sagt übrigens der gute Doktor?"

„Leah, sie haben ihn in der Schweiz noch nicht ausfindig machen können. Morgen früh sehen wir Dr. Ritter und Dr. Ottwill. Beides sind gute Ärzte und uns bleibt im Moment sowieso keine andere Wahl, als den Beiden zu vertrauen. Außerdem hast du vollkommen recht, ‚Der da oben' wird die endgültige Entscheidung treffen und nicht die Ärzte oder wir."

Während Benjamin Martin und seine Frau Leah von einer zermürbenden Ratlosigkeit der Verzweiflung nahe sind, wandert Dr. Chris Moser mit seinem Freund Dr. Peter Reitzel und einer dritten Person, nämlich dem bekannten Professor Dr. Herwig Traugott am Ufer des Genfer Sees entlang. Da ja zwischen dem Ostteil Kanadas und der Schweiz ein Zeitunterschied von sechs Stunden besteht, ist es hier in Genf inzwischen schon früher Abend.

Die am See herrschende Stimmung ist einfach unbeschreiblich schön und nach dem heute recht unkomplizierten Konferenztag im ‚Crown Plaza Hotel' haben Chris und sein Freund beschlossen, die bezaubernde Frühsommernachtsstimmung zu einen ausgiebigen Spaziergang entlang dem Ufer des Genfer Sees auszunutzen.

Professor Traugott, ein stämmiger Mann in den Mitt-Sechziger Jahren mit einem vollen weißen Haarschopf, war heute Nachmittag der letzte Lektor. Als er so quasi nicht vermeiden konnte, was während seines Vortrages Chris seinem Freund mit zwar leiser aber dennoch nicht zu überhörender Lautstärke ‚zuflüsterte', bat er die Beiden, sie auf ihrem Spaziergang begleiten zu dürfen. ‚Selbstverständlich' war die Antwort, denn schließlich kannte Chris den Professor noch aus der Zeit, als auch er an der Universität Marburg tätig war. Außerdem genießt Dr. Herwig Traugott als eine Kapazität inzwischen in Fachkreisen ein solch enormes Ansehen, dass es sich wirklich lohnt, wie sich Chris immer ausdrückt, von ihm mit Augen und Ohren zu stehlen, wenn immer sich die Gelegenheit dazu bietet.

Obwohl ihre Beherbergung im Hotel ‚Crown Plaza' alle Annehmlichkeiten, inklusive aller Mahlzeiten beinhaltet, beschließen sie in ein kleines Café auf der gegenüberliegenden Straßenseite einzukehren, um sich dort mit einer Kleinigkeit und natürlich für Peter einem Glas Bier, ein wenig zu stärken.

Bei angeregter Unterhaltung, wobei sich ihr Thema hauptsächlich um die ungemein nötigen Fortschritte in der Krebsforschung als auch um ihre Finanzierung dreht, vergessen alle Drei die Zeit. So ist es nicht verwunderlich, als Chris, einen Blick auf die Wanduhr werfend, feststellt, dass es inzwischen nach neun Uhr abends ist. Peter ist heute der großzügige Spender und nach Begleichung der Rechnung begeben sich der Professor und die beiden Ärzte gemütlich auf den Heimweg.

Als Chris an der Hotel-Rezeption nach seinem Zimmerschlüssel fragt, bittet die junge Dame ihn um eine Minute Wartezeit, da sie eine dringende Nachricht aus Kanada für ihn erhalten habe. Etwas erstaunt, schaut Peter, der zwar schon an der Aufzugstüre wartet, aber zugehört hat, zu Chris herüber.

„Chris, kaum sind wir noch nicht einmal drei Tage weg, sucht man uns schon. Und komischerweise bekomme ich gerade ein Gefühl in meinen Magen, dass es nichts Gutes ist, was jetzt auf dich, beziehungsweise uns, zukommt. Was steht auf dem Zettel?"

„Er kommt von meiner Sekretärin. Sie bittet mich um sofortigen Rückruf, egal wenn es auch mitten in der Nacht ist. Dann folgen ihre Büronummer, sowie ihre Privatnummer. Peter, ich glaube du hast recht, das bedeutet nichts Gutes!"

„O.K. Chris, gehen wir doch erst mal in unsere Zimmer. Soll ich mit in dein Zimmer kommen oder möchtest du dies lieber allein erledigen?"

„Peter, du weißt, dass ich vor dir keine Geheimnisse habe und jetzt wäre es mir schon lieber, wenn du mitkommst. Nicht nur du, auch ich bekomme mehr und mehr ein flaues Magengefühl.

In dem geschmackvoll eingerichteten Zimmer, welches Chris beherbergt, reißt er sich erstmal die Krawatte vom Hals, rennt auf die Toilette, um sein Gesicht mit kaltem Wasser abzukühlen. Danach wäscht er sich gründlich seine Hände, bevor er den Telefonhörer in die Hand nimmt um seine Sekretärin anzurufen. Immerhin ist es erst vier Uhr nachmittags in Kitchener aber trotzdem dauert es eine Weile, bis sie sich mit aufgeregter Stimme meldet. Nur vielleicht eine oder zwei Sekunden benötigt sie, doch dann hat sie die Stimme ihres Chefs erkannt. Mit nur wenigen Sätzen erzählt sie ihm das gestern Vorgefallene und entschuldigt sich für ihre bereits getroffenen Entscheidungen, Dr. Ritter einzuschalten, ohne ihn, Chris, davon vorher verständigt zu haben. Doch es ist Chris, der sich mit einem warmen Ton in seiner Stimme bei ihr bedankt und sie darum bittet, dass sich Dr. Ritter um acht Uhr am nächsten Morgen Uhr für ein Telefonat mit ihm bereithält. Noch bevor er irgendwelche Entscheidungen trifft, die danach nicht mehr rückgängig gemacht werden können.

Peter, der während des gesamten Gespräches auf der Bettkante gesessen hat, konnte zwar nicht viel von der Unterhaltung verstehen, kann sich aber leicht zusammenreimen, worum es geht.

Nachdem Chris den Hörer aufgelegt hat, bewegt er sich mit wenigen kurzen Schritten dem Fenster zu. Er möchte es öffnen, frische Nachtluft hereinlassen, doch das Fenster lässt sich wegen der eingebauten Klimaanlage nicht öffnen. Wie gebannt schaut er durch die Glasscheiben in die dunkle Nacht.

Es sind inzwischen etliche Minuten vergangen, als er sich unendlich langsam umdreht um Peter, der sich inzwischen von der Bettkante erhoben hat, ins Gesicht zu schauen. Noch immer scheint er nicht in der Lage zu sein, auch nur ein einziges Wort von sich zu geben. Doch sein Gesichtsausdruck spiegelt alles Innere aus ihm heraus. Es scheint sich seiner eine Traurigkeit bemächtigt zu haben, die man einfach nicht mit Worten ausdrücken kann.

„Chris, ich konnte zwar nur Bruchstücke eurer Unterhaltung auffangen, aber ich glaube ich habe alles sachgemäß richtig verstanden. Was ist mit Benjamins Frau?"

„Ich kann zwar keine Ferndiagnose stellen, aber allen Anzeichen nach handelt es sich um ein ‚Pankreaskarzinom' und wie es scheint ist es bereits aus dem Anfangsstadium heraus. Ob sich bereits Metastasen in anderen Organen befinden, kann natürlich im Moment kein Mensch beurteilen. Da jedoch bei Leah schon Oberbauchschmerzen eingetreten sind und wie Ben meiner Sekretärin erklärt hat, sich auch das Weiße in ihren Augen schon gelblich verfärbt hat, müssen wir uns auf das Schlimmste gefasst machen. Peter, ich muss zurück. Wenn auch nur die geringste Chance einer Rettung besteht, werde ich sie wahrnehmen. Denk an die Mennonitin, die wir gemeinsam im ‚Western General' operiert haben und die wir doch nicht retten konnten. Diesmal ist es die Frau eines meiner besten Freunde, eines der ehrlichsten Männer, die ich in meinem Leben kennengelernt habe und es geht um ihre zehn Kinder, die um das Leben ihrer Mutter bangen. Glaube mir, wenn auch nur die geringste Überlebenschance besteht, werde ich sie finden und wahrnehmen. Und nur damit du es weißt, diesmal werde ich dem Tod den Kampf ansagen."

„Mein lieber Chris, morgen ist sowieso unser letzter Seminartag hier und ob ich ihn versäume oder nicht, ist mir wurscht egal. Aber auf keinen Fall lasse ich dich allein zurückfliegen. Rufe bitte morgen früh direkt Matthias Ritter an und check die genaue Situation aus. Auf jeden Fall werden wir unseren Flug vom kommenden Sonntag einen Tag vorverlegen. Irgendwie muss es uns gelingen, wenn die schlechten Nachrichten stimmen, auch die geringste Chance wahrzunehmen und wenn uns nichts anderes übrig bleibt, notfalls am Samstag zu operieren. Und noch etwas, was ich dir schwören möchte, auch ich bin auf deiner Seite. Egal wie, diesmal lassen wir den Tod nicht gewinnen."

Bevor die Beiden sich trennen, vereinbaren sie noch, sich morgen früh kurz vor acht Uhr in der Hotellobby zu treffen, um gemeinsam das nächstbeste Reisebüro zwecks ihrer Umbuchung aufzusuchen.

Chris hat inzwischen die Dame an der Rezeption gebeten, ihn um vier Uhr in der Früh aufzuwecken, damit er genügend Vorbereitungszeit für ein ausführliches Gespräch mit seinem Kollegen und ehemaligem Oberarzt Dr. Matthias Ritter hat, bevor dieser mit Leahs Untersuchung beginnen kann.

Pünktlich um vier Uhr morgens in Genf während es erst zehn Uhr abends in Kitchener ist, spricht Chris mit seinem inzwischen pensionierten Oberarzt Dr. Ritter. Dieser hat nämlich Leah und Benjamin bereits für den frühen Morgen um sechs Uhr in seine Praxisräume bestellt, um ja keine unnötige Zeit zu verlieren.

Nach einem in den letzten Stunden von Chris bis ins kleinste Detail vorbereiteten Plan, besprechen die beiden Ärzte jeden auch noch so unwichtig erscheinenden Punkt. Dr. Ritter wird direkt nach diesem Gespräch Chris hier im Hotel zurückrufen und dieser wird dann entscheiden, ob noch ausreichend Zeit vorhanden ist, bis er und sein Freund Peter zurück in Kanada sein werden, um die äußerst delikate, schwierige und auch unbedingt lebensgefährdende Operation durchzuführen.

Es dauert nicht Mal eine Stunde, bis der von Chris erwartete Rückruf aus Kanada von der Rezeption auf sein Zimmer weitergeleitet wird. Er bestätigt nur die schlimmsten Vermutungen, wie Chris sie bereits vorausgesehen hat. Da die Zeit hierbei eine äußerst wichtige Rolle spielt, bittet er seinen Kollegen Dr. Ritter unter Zuhilfenahme von Dr. Ottwill die sofortige Operation am nächsten Tag, also am Samstag durchzuführen, während er und Peter sich auf der Rückreise befinden.

Inzwischen ist die Zeit auf sechs Uhr morgens fortgeschritten. Chris versucht zwar wenigstens noch etwas Schlaf zu ergattern, aber es ist in seinem innerlich erregten Zustand ein hoffnungsloses Unterfangen.

Kurz vor acht Uhr an diesem wunderschönen Morgen, betritt er den Frühstücksraum des Hotels, um zu seinem Erstaunen festzustellen, dass sein guter Freund Peter bereits auf ihn wartet.

Nachdem beide ihr Frühstück eingenommen haben und der starke Kaffee selbst auf Chris eine, man kann fast sagen, aufpeitschende Wirkung erzielt hat, begeben sie sich auf dem schnellsten Weg zum nächsten Reisebüro. Die nette Dame in dem nur rund hundert Meter vom Hotel entfernten Reisebüro versucht rasch die gewünschte Umbuchung vorzunehmen, besonders als Peter ihr den Grund erläutert hat. Doch noch während der erforderlichen Umbuchung ergibt sich ein neues Problem, als es sich herausstellt, dass in der von ihnen gebuchten ‚Business-Class' nur noch ein freier Platz zur Verfügung steht, die ‚Economy Class' bereits überbucht ist und in der ‚First Class' ab Frankfurt aber noch zwei freie Plätze verfügbar sind. Nun ist guter Rat teuer und zwar im wahrsten Sinne des Wortes. Noch während die freundliche und hilfsbereite Reisebüroangestellte mit dem Abteilungsleiter des in Zürich befindlichen Lufthansa Büros verhandelt, bittet Chris sie, mit dem Mann selbst einige Worte sprechen zu dürfen.

Kaum zu glauben, aber in weniger als fünf Minuten gelingt es ihm, den Lufthansa- Angestellten von der Wichtigkeit und ‚Leben und Tod Situation' zu überzeugen. Gegen einen annehmbaren Aufpreis von zwei Tausend ‚Swiss Franks' werden Chris als auch Peter von Frankfurt nach Toronto in der ‚First Class' sitzen und was für die Beiden äußerst wichtig ist, sie werden entspannt und ausgeruht nach dem langen Flug in Toronto landen. Den teilweise verlorenen Tag nutzen die Beiden, um sich bei der Konferenzleitung und von den übrigen Teilnehmern zu verabschieden.

Pünktlich um fünfzehn Minuten nach sieben Uhr am Samstagmorgen hebt die Boeing 737 vom ‚Geneva Coitrin Airport' ab, um nach einem anderthalbstündigen Flug in Frankfurt zu landen. Nach einer relativ langen Umsteigezeit geht es von hier mit dem Jumbo, einer Boeing 747 weiter nach Toronto, wo die Landung für 16.15 Uhr geplant ist und zur Freude der meisten Passagiere sogar um fast 15 Minuten unterschritten wird.

Obwohl keiner der beiden Ärzte während des Fluges auch nur eine Minute geschlafen hat, machen sie einen erstaunlicherweise recht ausgeruhten Eindruck. Noch in der Empfangshalle des ‚Lester Pearson International Airports' ruft Chris das ‚St. Mary's' Hospital in Kitchener an und lässt sich mit Dr. Ritter verbinden, um sich über den Verlauf der heute stattgefundenen Operation an Leah Martin bis ins kleinste Detail zu informieren. Dr. Ritter scheint mit dem Verlauf der Operation sehr zufrieden zu sein. Es sind keine Komplikationen während der vierstündigen Operation aufgetreten und die Patientin befindet sich im Moment noch in der Intensivstation. Während die von Peter in der Zwischenzeit bestellte Limousine bereits vor der Ausgangstüre des Empfangsgebäudes wartet, bombardiert Chris seinen Kollegen am anderen Ende der Leitung noch mit einigen Fragen, bevor auch er sich zu dem mit laufendem Motor stehenden Fahrzeug begibt, um auf schnellstem Weg das ‚St. Mary's' Krankenhaus in Kitchener anzusteuern. Hier an Ort und Stelle möchte er sich selbst ein Bild vom derzeitigen Zustand der Patientin verschaffen und sicherstellen, dass auch wirklich alles Menschenmögliche getan wurde, um das Leben der Patientin so schnell wie möglich außer Gefahr zu bringen.

Trotz des bereits recht starken Samstagnachmittagsverkehrs gelingt es dem Fahrer der Limousine seine beiden Fahrgäste nach rund einer einstündigen Fahrzeit vor dem Haupteingang des ‚St. Mary's' Krankenhauses in Kitchener abzusetzen.

Fast im gleichen Moment, in dem sie die Eingangshalle des Krankenhauses betreten, kommt ihnen bereits Dr. Ottwill entgegengelaufen.

„Mein Gott, euch sendet der Himmel im richtigen Moment. Wir haben die Operation an Leah Martin vor genau drei Stunden beendet. Matthias (Dr. Ritter) hat auf deinen Ratschlag, Chris, außer dem Tumor noch etliche Lymph-Knoten entfernt. Da wir die Patientin stabilisiert haben und an einen ‚Beatmungsapparat' angeschlossen haben, hat Matthias vor etwa einer halben Stunde das Hospital verlassen und uns gebeten, ihn notfalls zu Hause zu benachrichtigen, falls irgendetwas außer der Reihe passieren sollte.

Nur einen Augenblick bevor ich euch durch die Eingangstüre kommen sah, bin ich durch die Sprechanlage von der

Haupt-Operations-Schwester Paula Sullivan gebeten worden, sofort zur Intensivstation zu kommen, da die bei der Patientin im Raum befindliche Krankenschwester Adele festgestellt hat, dass durch die Operationsnaht bei der Patientin ungewöhnlich viel Bauchspeichelsekret hinter die Bauchhöhle fließt. Bin ich froh, dass ihr gerade in diesem Moment gekommen seid. Wie bereits erwähnt, als ich euch durch die Eingangstüre kommen sah, ist mir ein Felsbrocken von den Schultern gefallen."

Noch während dieser kurzen Information durch Dr. Ottwill, sind die drei Ärzte bereits im zweiten Stockwerk angelangt und rennen mit riesigen Schritten auf die vor ihnen liegende Intensivstation zu.

Bei ihrem unerwarteten Eintreten in den Raum treten die drei um das Bett von Leah Martin beschäftigten Krankenschwestern schnellstens und respektvoll zurück, um Dr. Moser und Dr. Reitzel den direkten Zugang zur Patientin zu ermöglichen. Leah ist aus der Narkose erwacht und atmet mit schweren und langen Zügen. Obwohl sie ihre Augen weit geöffnet hat, sieht und erkennt sie Chris nicht.

Dessen Gesicht scheint einem Eisblock gleich, kein Muskel bewegt sich in seinen Zügen als er hemdsärmelig, seiner Anzugsjacke hat er sich inzwischen entledigt und achtlos über einen Stuhl geworfen, die Bettdecke zur Seite zieht, um sich die Ursache der undichten Naht anzuschauen. Nur ein einziger Blick auf die Nahtstelle genügt dem routinierten Arzt um zu erkennen, was hier schiefgelaufen ist. Noch bevor er auch nur ein Wort des Tadels von sich gibt, trifft er messerscharfe präzise Anweisungen und zwar einer Checkliste gleich: A) Sofort Narkosearzt Dr. Stockmeyer herbeordern, B) sofort den nächstbesten Operationssaal, wenn möglich #3 herrichten, C) zwei Ärzteteams mit den dazugehörigen Helfern sofort zusammenstellen, D) alle Spezialinstrumente in Containern herrichten, sterilisieren und im Operationssaal bereithalten.

Man merkt ihm nun förmlich an, dass er mehr und mehr in Furore gerät. Als er sein Gesicht seinem Freund Peter zudreht, zuckt dieser leicht zusammen. So hat er seinen Chefarzt und besten Freund nie vorher gesehen.

Dann prasselt auch schon das Donnerwetter mit einer solchen Wut los, wie bisher keiner der hier im Raum Anwesenden es je zuvor von dem sonst so besonnenen und mit immer ausgeglichenem Temperament ausgestatteten Dr. Christian Bernhard Moser erlebt hat.

„Obwohl ich diesem verkalkten Vollidioten gestern noch aus der Schweiz präzise und genaue Anordnungen gegeben habe, hat das großkotzige pensionierte Arschloch Ritter die Schnittstelle so schlampig vernäht und die Stiche so weit auseinander gezogen, dass diese Naht nie halten konnte. Mein Gott, ich schwöre euch, ich will ihn nie wieder hier in diesem Krankenhaus sehen. Wenn ich ihn gerade hier hätte, würde ich ihm für diese womöglich tödlich endende Leichtfertigkeit, ob er nun pensioniert ist oder nicht, links und rechts einen verdonnern, dass ihm Hören und Sehen vergeht."

Keiner der im Raum befindlichen Personen hat die Courage auch nur ein einziges Wort von sich zu geben. Als wüssten sie, dass der Tod sich mit ihnen in diesem Raum versteckt aufhält, halten sie ihre Köpfe nach unten gesenkt und schweigen.

Nur Peter schaut seinem Freund gradlinig in die Augen:

„So, nachdem du nun Luft abgelassen hast, müssen wir ran, schließlich warst du es, der bereits in Genf die schicksalsschweren Worte von sich gab: ‚Diesmal werden wir kämpfen und den Tod nicht gewinnen lassen.' Deshalb werden wir nun gegen unseren größten Feind antreten. Auf geht's, komm runter von deinem aufgestauten Wutgebilde, jetzt geht's los."

Als hätten die Minuten der Rage vorher niemals von ihm Besitz ergriffen, so schnell kehrt Chris nach den realistischen Worten seines Freundes in die Wirklichkeit zurück. Wieder sind es seine klaren und präzisen Anweisungen, die für Bewegung im Raum sorgen.

„O.K., bringt die Patientin sofort in den OP. Jeder von euch weiß was er zu tun hat. Schwester Paula, bitte stellen sie sicher, dass wir mindestens zwei extra Helfer zur Verfügung haben. Rufen sie bitte auch Dr. Hoegler an und verständigen sie ihn von dem hier Vorgefallenen. Wenn es ihm eben möglich ist, soll er uns noch für jedes Team einen extra ‚Assistenzchirurgen' zur Verfügung stellen. Bitte sagen sie ihm auch, dass wir mit einer Operationsdauer von mindestens sieben bis acht Stunden rechnen müssen, da wir die gesamte Naht wieder auftrennen und neu setzen müssen. Das heißt, wir brauchen neben Dr. Stockmeyer noch einen zweiten Narkosearzt sowie mindestens einen, wenn nicht zwei Techniker. Wir alle wissen, dass nach der vorhergehenden bereits langen Narkose die nun folgende ohne jegliche Vorwarnung horrend und tödlich sein kann. So, das war's, in drei Stunden, also um Punkt neun beginnen wir und hoffen wir, dass wir ihn da oben", dabei zeigt er mit dem Zeigefinger seiner rechten Hand himmelwärts, „wenigstens für heute Nacht an unserer Seite haben."

In den nächsten zwei Stunden ist der zweite Stock im ‚St. Mary's Hospitals eher vergleichbar mit einem Irrenhaus als mit einem mittelgroßen Krankenhaus. Die Herrichtung des Operationssaales Nr. 3, die Bereitstellung und Sterilisierung der benötigten Instrumente, sowie alle sonstigen noch von Dr. Moser bestimmten und auszuführenden Anordnungen halten nicht nur die an der Operation mitwirkenden Ärzte, sondern auch den Rest des mitbeteiligten Personals, einschließlich der Krankenschwestern, unter Hochspannung. Doch einer Person muss hierbei ein besonderes ‚Danke' zugestanden werden, nämlich der zuständigen Managerin der OP Schwestern, Paula Sullivan. Obwohl bereits gestern, also am Freitagnachmittag für sie das hart verdiente Wochenende bevorstand, tauchte in ihrem Gehirn nicht mal der Gedanke auf, ihre Arbeit ruhen zu lassen oder ihrer Nachfolgerin zu übergeben. Vielmehr erweckte es den Anschein, als ob sie jetzt, wo die Zeit eine so wichtige Rolle spielte, gerade anfing, sich warmzulaufen. Mit ihrer über dreißigjährigen Berufserfahrung kommen ihre Anordnungen und Anweisungen so präzise, als würden sie von ihr von einer vorgedruckten Checkliste abgelesen.

Auch der Narkosearzt, Dr. Stockmeyer, war einer der ersten im Team, der damit begann, die heiklen und bis ins kleinste Detail benötigten Daten zu errechnen und genauestens auszuarbeiten. Er ist sich der auf ihm lastenden

Verantwortung voll bewusst, denn immerhin geht der jetzt noch vor ihm liegenden Narkose bereits die über vier Stunden dauernde von heute Morgen voraus. Es ist ihm klar, dass selbst der geringste Fehler in seiner Narkoseberechnung für die Patientin den sicheren Tod bedeuten kann.

Nach einer kurzen Besprechung mit Peter in seinem Büro einigen Chris und Peter sich kurz nach Hause zu begeben, um nach einer ausgiebigen Erfrischung nach dem langen Flug wieder voll gestärkt im Krankenhaus zu erscheinen und das auf sie zukommende Geschehen anzugehen. Nach kurzer Beratschlagung einigen sie sich, dass sie nicht als ein einzelnes Team zusammenarbeiten sollten, sondern Chris mit Team #1 die ersten vier Stunden operieren wird, während Peter als Leiter von Team #2 danach für die restliche Dauer der Operation seinen Vorgänger ablösen sollte. Doch die Realität sieht ganz anders aus, als die Lösung für die sie sich jetzt in diesem Moment entschieden haben.

Als Chris, schnell noch einige Sachen zusammenpackt, die er zu Hause brauchen wird und gerade im Begriff ist, sein Büro zu verlassen, steht Benjamin Martin im Türrahmen. Sein Gesicht ist von der Aufregung gerötet, er möchte gerne etwas sagen, doch kein Laut kommt über seine Lippen. Mit beiden Händen ergreift Chris seine ihm hingehaltene Hand und zieht ihn mit sich in sein Büro.

„Ben, versuche erst gar nicht mir etwas sagen zu wollen, ich weiß auch so was du meinst. Alles kommt so plötzlich und sicherlich hat dich schon jemand davon informiert, dass wir deine Leah nochmals nachoperieren müssen. Am besten wird es für dich sein, wenn du dich jetzt nach Hause fahren lässt und ich verspreche dir, morgen Früh sieht die Welt auch für dich wieder ganz anders aus. Es wird keine leichte Operation werden, aber Peter und ich werden es schon schaffen, denn ich bin mir ganz sicher, dass der liebe Gott uns heute Nacht nicht im Stich lassen wird. So, jetzt gebe ich dir ein Handy von mir, inzwischen habe ich drei von den Dingern, aber sprechen kann ich ja immer nur auf einem, und sobald alles vorüber ist, werde ich dich unverzüglich anrufen. Aber bereite dich darauf vor, dass es sehr wahrscheinlich nicht vor morgen Früh sein wird. Eins verspreche ich dir hoch und heilig, die ‚Schlacht' heute Morgen haben wir leider verloren, doch den ‚Krieg' werden wir gewinnen, wie ein altes Sprichwort sagt.

Hier hast du ein paar Beruhigungstabletten. Du kannst ruhig alle vier Stunden eine nehmen. Sie werden dir sicherlich helfen, die Nacht einigermaßen ruhig zu überstehen."

Ben schafft es nicht mal auch nur ein ‚Dankeschön' über seine Lippen zu bringen, ein Kopfnicken und ein paar dicke Tränen, die über seine pausbäckigen Wangen rinnen, sind seine einzige Antwort.

Die Zeit verrinnt so rasend schnell, dass selbst die Haupt-OP-Schwester Paula Sullivan erstaunt ihr Gesicht in die Richtung der gerade zehn Minuten vor neun Uhr anzeigenden Wanduhr zuwendet, bevor sie mit schnellen Schritten aus ihrem Büro in den gegenüberliegenden OP-Raum überwechselt. Dort ist alles bis ins kleinste Detail vorbereitet und während sich Chris zum letzten Mal vor Beginn der Operation Hände und Unterarme regelrecht schrubbt, gibt er Dr. Stockmeyer mit einem leichten Kopfnicken zu verstehen, mit seinem delikaten und äußerst gefahrvollen Job als Narkosearzt zu beginnen.

Chris beginnt nun die alte Naht von oben nach unten Stich für Stich aufzutrennen und als er damit fertig ist, stellt er fest, warum Dr. Ritter nicht so genau gearbeitet hat, wie es eigentlich hätte sein müssen. Als der Arzt den Tumor sah und feststellen musste, dass dieser bereits das umgebende Gewebe teilweise befallen hatte, war er höchstwahrscheinlich der Tatsache erlegen, dass eine egal wie gut durchgeführte Operation nicht mehr sinnvoll sein würde. Doch der Tumor hatte sich größtenteils im Pankreaskopf gebildet. Daher war ihm keine andere Möglichkeit geblieben als einen Teil des Zwölffingerdarms als auch des Magens zu entfernen. Chris musste sich nun eingestehen, dass er seinen Kollegen in seinem Wutausbruch zum Teil zu Unrecht beschuldigt hatte, denn normalerweise wären tatsächlich die Chancen auf Erfolg gleich ‚Null' gewesen.

Doch nicht für Dr. Christian Bernhard Moser. Obwohl die ersten drei Stunden bereits vergangen sind und das zweite Team unter der Leitung von Dr. Peter Reitzel erst in einer Stunde zum Einsatz kommen wird, ist Peter schon wieder in seinem Büro im Krankenhaus und innerhalb von nur wenigen Minuten steht er an der Seite seines Chefarztes.

Mit absolut roboterartiger Präzision operieren die beiden Ärzte nun Seite an Seite und selbst Peter muss sich nach einigen Seitenblicken zu seinem Freund eingestehen, warum man seinen Freund Chris als den ‚Mann mit den goldenen Händen' bezeichnet.

Nur zweimal während der gesamtem Operationsdauer von etwas über acht Stunden bestand die absolute Gefahr, die Patientin zu ‚verlieren', als der Blutdruck so weit nach unten rutschte und auch der Puls sein Versagen androhte. Zusätzlich zu den bereits von Dr. Ritter herausoperierten zwölf Lymphknoten haben Chris und Peter aus Sicherheitsgründen noch weitere vierundzwanzig Lymphknoten entfernt.

Obwohl Peter die Leitung des zweiten Teams nach den ersten vier Stunden Operationszeit offiziell übernommen hat, bleibt Chris zum Ende der Operation an der Seite seines Freundes. Mit unglaublichem Geschick ist er es, der mit Millimetergenauigkeit alle Organe wie Magen, Milz und Leber auf irgendwelchen Befall durch den Tumor mit hundertprozentiger Sicherheit durchgecheckt hat.

Mit der gleichen Millimeterarbeit überprüft er auch die in Betracht kommenden Lymphknoten und wenn immer er sich nicht ganz sicher ist, werden die betreffenden Knoten ebenfalls operativ entfernt.

Nach acht Stunden und zehn Minuten ist die gesamte Prozedur abgeschlossen und nach menschlichem Ermessen ist wirklich alles nur Mögliche getan worden, um das Leben der Patientin zu erhalten. Nach der Stabilisation befindet sie sich nun in relativer Sicherheit und nicht mehr in unmittelbarer Lebensgefahr. Dr. Stockmeyer und sein Kollege haben Leah nach der letzten Narkosephase und Beendigung der Operation inzwischen stabilisiert und sie wird künstlich beatmet. Im Moment wird sie unter Beachtung aller Vorsichtsregeln auf die Intensivstation transportiert und unter den Augen der für sie bereitgestellten Krankenschwester jede Sekunde genauestens beobachtet. Auch ist sie bereits an mehrere Monitore angeschlossen, die alle erforderlichen Daten und jede geringste Unregelmäßigkeit durch sofortige Alarmauslösung melden würden.

Während Dr. Peter Reitzel alles andere als einen übermüdeten Eindruck vermittelt, scheint Chris an einem Punkt der totalen Erschöpfung angelangt zu sein. Nachdem er sich bei jedem, der an dieser wie es am Anfang den Eindruck erweckte, hoffnungslosen Operation mitgewirkt hat, mit einem persönlichen Handschlag bedankt hat, begibt er sich in sein Büro. Obwohl todmüde, hat ihn eine solche Nervosität erfasst, dass er an eine kurze Schlafpause nicht mal zu denken wagt. Es ist inzwischen fast sechs Uhr geworden und wie in der Wettervorhersage angekündigt, scheint es ein herrlicher Sommertag zu werden.

Er wird nun noch eine Stunde warten. Erst dann, wenn er Leahs Kondition und ihren Zustand sicherheitshalber noch einige Male überprüft hat, wird er seinen Freund Benjamin anrufen. Aber nach menschlichem Ermessen haben beide Teams, sowie sein Freund Peter und er alles nur Mögliche getan, die Lebensqualität der Frau wieder in die Normalität zurückzuführen. So wie es momentan aussieht, besteht sogar durchaus die Möglichkeit, dass sie eventuell weder Chemotherapie noch Bestrahlung benötigt.

Nach Abschätzung der Gesamtsituation überkommt ihn ein unaussprechliches Gefühl von Dankbarkeit, heute Nacht etwas geleistet zu haben, was sich weit außerhalb der ärztlichen Grenzen bewegt. Schlagartig wird er sich auch bewusst, dass er niemals in der Lage gewesen wäre, das Getane allein ohne seinen Freund Peter und den beiden Teams zu schaffen. Tief bewegt schaut er zu dem an der gegenüberliegenden Wand hängendem Kreuz, einem Erbstück seiner Vorfahren aus dem Neunzehnten Jahrhundert, bevor er ein kurzes Dankgebet spricht.

Doch jetzt wird es auch Zeit, nochmal nach der Patientin zu schauen. Eigentlich müsste sie sogar ansprechbar sein. Mit Riesenschritten eilt er auf die Intensivstation (ICU) zu. Als er versucht, in den Raum einzutreten, ist gerade Haupt OP Schwester Paula Sullivan im Begriff herauszukommen.

Mit ihrer fast barsch klingenden Stimme schnauzt sie ihn regelrecht an:

„Dr. Chris, sie brauchen mich und meine Schwestern nicht zu kontrollieren. Die Patientin ist hellwach und den Umständen entsprechend in einem guten Zustand, allerdings sehen sie momentan aus, als wären sie von einem fahrenden Zug gesprungen. Denken sie nicht, dass es höchste Zeit für sie wird, sich irgendwo ein Bett zu suchen, um wenigstens etwas Schlaf zu ergattern."

„Schwester Paula, wie mir bekannt ist, sind sie schon einige Stunden länger hier als ich und ich denke, sie sind diejenige, die ins Bett gehört. Doch bevor ich mich nochmals bei ihnen respektvoll für die von ihnen heute Nacht geleistete Arbeit bedanke, werde ich mir jetzt Etwas erlauben und wenn sie mir dafür einen auf die Nase hauen."

Danach nimmt er sie ohne zu zögern in seine Arme, um sie mit aufrichtiger Herzlichkeit an sich zu drücken.

„Danke Doktor, es ist als wenn sie es geahnt hätten, war dies genau das, was ich gebraucht habe und falls sie tatsächlich noch nicht nach Hause wollen, werde ich sicher machen, dass ihnen Zimmer #554 zur Verfügung steht, damit sie sich wenigstens einige Stunden ausruhen können."

„Danke Schwester Paula, aber ‚St. Mary's' ist ein Krankenhaus und in Krankenhäusern kann ich nun mal nicht gut ausruhen. Aber nochmals herzlichen Dank, jetzt brauche ich eher einen ruhigen Platz, um zuerst einmal meine Gedanken wieder zu ordnen. Außerdem benötige ich einige Minuten, um jemand anderem zu danken, der mit uns allen die gesamte Nacht gemeinsam verbracht hat."

„Oh, Dr. Chris, jetzt geht mir ein Licht auf, aber auch dafür habe ich eine gute Lösung für sie bereit. Wir haben nämlich nicht nur ein ‚St. Mary's Hospital' hier in der Stadt, sondern auch die wunderschöne alte ‚St. Mary's' Kirche. Soweit ich mich entsinnen kann, findet da jeden Sonntag um Neunuhrfünfzehn eine heilige Messe in deutscher Sprache statt. Vielleicht werden sie dort die gesuchte Ruhe finden. Auf jeden Fall ist in der Kirche reichlich Platz vorhanden und ‚Er da Oben' wird sich bestimmt über ihr ‚Dankeschön' sehr freuen. So, nun habe ich sie lange genug von ihrer Patientin ferngehalten und werde mich jetzt auch auf den Weg nach Hause begeben. Und falls sie wirklich die Kirche besuchen, bestellen sie der ‚Mutter Mary' einen lieben Gruß von mir." Lachend entfernt sie sich, um Chris den Eingang zu seiner Patientin freizumachen.

Als hätte Leah ihn bereits erwartet, schaut sie ihn mit ernstem Gesicht an. Doch ein schelmisches Zwinkern mit seinem rechten Auge scheint eine beruhigende Wirkung auf sie auszustrahlen.

„Dr. Chris, es tut mir alles so leid, nicht einmal dein Urlaub war dir vergönnt."

„Ha, ha, Leah, das denkst auch nur du. Alles war schön und ich muss zugeben ein bisschen zu kurz, aber dafür werden Peter und ich dich jetzt auf schnellstem Weg wieder auf die Beine bringen. Du weißt, ich würde dich nie belügen, die Operation war nicht ganz einfach, aber ich bin mir sicher, dass wir alle Krebszellen aus deinem Körper entfernen konnten und wie es jetzt aussieht und mit ein wenig Glück besteht sogar die Möglichkeit, dass du eventuell ohne Chemotherapie oder eine Bestrahlung davonkommst. So, jetzt lasse ich dich schlafen, denn ich muss dringend eine ganz wichtige Person anrufen, du weißt schon wen, um ihm die gute Nachricht zu übermitteln. Bestimmt werde ich heute Nachmittag nochmal kurz bei dir vorbeischauen."

Wieder in seinem Büro angelangt, nimmt er sich nicht einmal die Zeit zum Hinsetzen sondern wählt im Stehen bereits die Telefonnummer, die er sogar mit verbundenen Augen in das Handy tippen könnte, da es ja schließlich seine eigene ist. Schon beim ersten Klingeln meldet sich der pausbäckige Farmer, seine Stimme überschlägt sich vor lauter Aufregung. Aber Chris lässt ihn gewähren. Dann, nach ein paar herausgesprudelten Sätzen, ist es auf der anderen Seite still geworden. Nur am Schluchzen seiner Stimme bemerkt Chris, dass Benjamin seinen Gefühlen freien Lauf lässt.

Mit einfachen und leicht verständlichen Sätzen erzählt er seinem Freund den Verlauf der Operation, wobei er weder die schlechten noch die guten Seiten auslässt, die auf ihn zukommen könnten. Auf Benjamins Frage, ob und wann er seine Leah besuchen kann, genehmigt ihm Chris für heute eine halbe Stunde, aber nur unter der Bedingung, dass er sich ruhig verhält und seiner lieben Frau keine Fragen stellt. Natürlich ist das alles große Ehrensache für Benjamin. Hoch und heilig verspricht er, nur bei ihr zu sitzen und ihre Hand zu halten.

Im Anschluss an dieses Gespräch verabschiedet sich Chris vom diensttuenden Krankenhauspersonal, um sich zu Fuß auf den nicht allzu langen Heimweg zu begeben. Die frische Luft wird ihm gut tun und nach einem langen Duschbad wird er es sich nicht nehmen lassen, die von Hauptschwester Paula angepriesene ‚St. Mary's' Kirche aufzusuchen, um der deutschsprachigen Messe beizuwohnen. Dabei möchte er dem lieben Gott danken, dass er ihm wieder einmal die Gelegenheit gegeben hat, dem Tod ein Menschenleben wegzuschnappen.

Während sich Dr. Peter Reitzel schon in den letzten zwei Stunden in einer Art von wohlverdientem Tiefschlaf befindet und sein Freund Chris sich für einen außergewöhnlichen Kirchgang vorbereitet, den ihm die Haupt-OP-Schwester Paula so warm empfohlen hat, ist etwas Eigenartiges im Mennoniten-Land geschehen. Obwohl sie über keine großen Annehmlichkeiten in ihrem harten und arbeitsreichen Leben verfügen und auch das Telefonieren noch fast wie etwas von Gott nicht gewollten Luxus für sie verkörpert, haben sie irgendwie ihr eigenes Verständigungssystem untereinander. So wie auch heute Morgen. Nicht Mal eine Stunde ist vergangen, seit Chris seinen Freund Benjamin über die geglückte Operation verständigt hat, als einem Betrachter aus der Luft ein seltsames, fast unglaubwürdiges Bild geboten wird.

Von fast allen Farmen aus der näheren Umgebung sieht man Pferdekutschen über die staubigen Feldwege in Richtung Süden, also auf die direkte nach Kitchener-Waterloo führende Straße zueilen. Der aufwirbelnde Staub ist kilometerweit zu sehen und das laute Peitschenknallen ist über weite Strecken des Weges nicht zu überhören. Kurz vor dem Ortseingang des kleinen Dorfes ‚St. Jacobs' stoppen sie für eine kurze Lagebesprechung. Doch dann geht's unverzüglich weiter, weiter in die Richtung des ‚St. Mary's Hospitals'. Am Stadteingang der Zwillingsstädte Kitchener-Waterloo stehen bereits vier mit flackenden Rotlichtern auf sich aufmerksam machende Polizeiautos.

Während sich zwei der ‚Police-Cruisers' nach kurzer Absprache mit den Mennoniten-Farmern mit blinkenden Rotlichtern und notfalls auch ihren eingeschalteten Sirenen Respekt verschaffen, bilden die restlichen Polizeifahrzeuge die Schlusslichter dieses wohl ungewöhnlichsten Wagenzuges der jemals durch die Zwillingsstadt gezogen ist.

Glücklicherweise ist der Sonntagmorgen eine verkehrsarme Zeit. So entstehen weder Verkehrsstockungen oder irgendwelche Stauungen. Nur den wenigen sich bereits auf den Straßen befindlichen Leuten bleibt im wahrsten Sinne des Wortes der Mund offenstehen.

Dann ist es endlich soweit. Der große Moment ist da. Mit meisterhafter Geschicklichkeit haben die örtlichen Polizisten die Pferdekutschen auf dem zum Glück noch fast leeren Parkplatz vor dem Krankenhaus untergebracht. Doch jetzt eilen sie alle, Männer, Frauen und Kinder, also ganze Mennoniten-Familien, auf den Eingang des Hospitals zu, um dem Mann zu danken der einer der ihrigen geworden ist und auf den sie so ungeheuer stolz sind, obwohl das Wort ‚Stolz' für sie in ihrem Sprachschatz eigentlich nicht mal existiert.

Allen voran betritt Benjamin mit seiner Kinderschar die Eingangshalle des Krankenhauses und wie er es vorher mit allen seinen Begleitern abgesprochen hat, marschieren ihm alle fast geräuschlos nach, um ja nicht die Ruhe der Patienten zu stören.

Während alle, einschließlich seiner Kinder, in dem großen Foyer verweilen, eilt Ben mit Riesenschritten zur Intensivstation um Leah, seine Leah, zu begrüßen. Als er sie vor sich auf dem Bett liegen sieht, ist es ihm, als ob ihre Augen genauso wie damals während des Scheunenaufbaues blitzten, als sie sich für immer ineinander verliebten und sich ewige Treue schworen.

Während er ruhig und mit zufriedener Miene neben seiner Leah sitzt, bringt die diensttuende Krankenschwester jeweils ein Familienmitglied in den Raum, um jedem Einzelnen die Gelegenheit zu geben, ihre Mutter zu sehen, ein paar Worte mit ihr zu wechseln und um zwar nur für einen kurzen Augenblick ihre Hand zu drücken.

Inzwischen ist rund eine halbe Stunde vergangen, als Benjamin zu seinen treuen Begleitern in die Eingangshalle zurückkehrt und ihnen mit Zuversicht erklären kann, dass Leah für eine hoffentlich noch recht lange Zeit mit ihnen allen auf dieser Erde verweilen wird.

Doch war nicht der eigentliche Grund des momentanen Geschehens ein ganz besonderer? Wo war Dr. Chris, ihr Dr. Chris, dem man hier und jetzt in diesem unvergesslichen Augenblick danken möchte, für das, was er einfach so bewerkstelligt hatte? Und zwar so wie es ihnen allen ihre Religion vorschrieb, anderen Menschen selbstlos zu helfen. Waren nicht heute Nacht er und sein Freund Peter über sich selbst hinausgewachsen und hatten ein scheinbar verlorenes Menschenleben, koste es was es wolle, in einer bisher als unmöglich erscheinenden Operation gerettet? Obwohl zumindest Dr. Chris wusste, dass der Farmer Ben Martin keine Krankenversicherung hatte und niemals in der finanziellen Lage sein würde, die kostspielige Operation zu bezahlen. Doch wo war Dr. Chris?

Während sich die meisten der hier im Krankenhaus Anwesenden die Köpfe zerbrechen, wo Dr. Chris sich wohl im Moment befinden könnte, betritt dieser gerade in diesem Augenblick die altehrwürdige ‚St. Mary's Kirche, die wohl schönste im gotischen Baustil errichtete Kirche nicht nur in Kitchener, sondern in der gesamten Region. Die 9.15 Uhr Messe hat soeben begonnen und so schleicht sich Chris durch den Seitengang auf die rechte Seite, um dann vorne in einer der leeren Bankreihen seinen Platz einzunehmen. Chris ist regelrecht beeindruckt von der Schönheit und der Architektur, die hier vor rund 150 Jahren entstanden ist. Obwohl die Kirche leicht Raum für etliche Hundert Kirchgänger bietet, erscheint sie mit jetzt etwa 70 bis höchstens 80 Besuchern fast leer.

Obgleich er am Ende einer von ihm ausgewählten vollkommen leeren Bank sitzt, kann er dennoch den neugierigen Blicken einiger, besonders älteren Kirchenbesucher nicht entgehen. Selbst der die Messe zelebrierende ältere Priester wirft ihm ab und zu einen neugierigen Blick zu, als ob er sagen wollte ‚na, dich habe ich bisher auch noch nie hier in diesem Gotteshaus gesehen!'

Noch während der ersten Evangeliums-Vorlesung durch ein Mitglied der Kirchengemeinde wird Chris von einer unabwendbaren Müdigkeit überfallen. Krampfhaft versucht er, seine Augen offenzuhalten. Doch es scheint ein vergebliches Bemühen zu sein. Der lange Flug von Genf nach Toronto, die Operation einschließlich der damit verbundenen Aufregung, die hohe Konzentration während der Operation durch die gesamten Nachtstunden, alles das fordert nun seinen Tribut.

Langsam fallen seine Augenlider herunter und fast zeitlupengleich, rutscht sein gesamter Oberkörper zur linken Seite der Sitzbank, bis er mit seinem Kopf auf dem harten, nur mit einem dünnen Sitzkissen überzogenen Platz eine Stelle zum Ausruhen gefunden hat. Rund zehn Minuten sind inzwischen vergangen. Langsam beginnen einige der Kirchgänger unruhig zu werden, da nun selbst für die in den hinteren Bänken verweilenden Besucher ein rhythmischer Schnarchton nicht mehr zu überhören ist. Eigentlich ist es nur noch der Priester, der vorne am Altar seine Ruhe bewahrt und dabei auch den Anschein erweckt, dass er sich in keiner Weise in der Ausübung seines Priesteramtes gestört fühlt.

Auf der gegenüberliegenden linken Seite des Mittelganges, etwa drei Reihen hinter der Bank, in der sich Chris befindet, scheint einer älteren Dame endlich die Geduld geplatzt zu sein. Ihr Enkelsohn und dessen auffallend hübsche Mutter versuchen die alte Dame mit Worten zu beschwichtigen, doch das scheint vergebliche Liebesmühe zu sein. Mit forschen Schritten marschiert sie durch den Mittelgang auf den Schläfer zu, um ihn recht unsanft an den Schultern zu packen und dabei aufzuwecken. Total erschreckt und im ersten Augenblick nicht wissend, wo er sich befindet, schaut Chris der alten Frau voll ins Gesicht. Mit der Handfläche ihrer linken Hand bedeckt sie ihren weitoffenstehenden Mund. Die Pupillen ihrer großen rehbraunen Augen haben sich fast unnatürlich geweitet. Sofort als Chris seine Augen aufgeschlagen hat, wurde ihr schlagartig klar, wer da vor ihr saß, nämlich jener Mennonite, der ihrem Enkelsohn Alexander das Leben gerettet und nach dem ihre Tochter Isabella für so eine unendlich lange Zeit bisher vergeblich gesucht hat.

Als hätte sie ein Gespenst gesehen, zwängt sie sich rückwärts aus der Bankreihe bis sie wieder neben ihrer Tochter und deren Sohn ihren Platz gefunden hat. Ohne auch den geringsten Laut von sich zu geben, setzt sie sich zwischen Tochter und Enkelsohn und verdeckt mit beiden Händen ihr Gesicht.

Nachdem die Mennoniten immer noch nicht ‚ihren' Dr. Chris gefunden haben und im Krankenhaus auch keiner die geringste Idee hat, wo er sich aufhalten könne, entschließt sich die diensttuende Oberschwester Mathilda die Haupt-Operationsschwester Paula anzurufen. Denn, so sagt sie sich zu Recht, ‚wenn die es nicht weiß, dann weiß es keiner!'

Gesagt, getan und Schwester Paula erklärt der Anrufenden, dass man mit großer Wahrscheinlichkeit Dr. Moser in der ‚St. Mary's' Kirche finden wird. Auf geht's. Den gesamten ‚Queens Boulevard' bis zum Parkplatz neben der Kirche zieht sich eine kaum endendwollende Prozession von Pferde-Kutschen, voran Benjamin Martin mit seiner Tochter Anni auf dem Kutschbock. In ihren Armen hält sie einen wunderschönen fast kunstvoll zusammengebundenen Strauß wilder Feldblumen. Auch sie hat nicht die geringste Ahnung, dass sie in kurzer Zeit diesen Strauß dem Mann überreichen wird, der ihr nur als Dr. Chris bekannt ist, dem sie aber in Wirklichkeit auch ihr junges Leben zu verdanken hat.

Als alle Kutschen auf dem Parkplatz der ‚St. Mary's Kirche' und einem Nachbargrundstück ordnungsgemäß geparkt haben, wandern die Mennoniten, teilweise mit Frauen und Kindern zum Vorplatz des Gotteshauses, um sich dort aufzustellen und beim Herauskommen ‚Dr. Chris', ihrem ‚Dr. Chris', die Hände zu schütteln. Er ist nicht nur seit einiger Zeit einer der ihren geworden, nein viel mehr, er hat mit Gottes Hilfe einem der ihren und zwar unter aussichtslosen Umständen das Leben gerettet und dafür ist man hier und möchte man ihm danken.

Normalen Umständen nach zu urteilen, sollte die Messe in etwa 15 bis 20 Minuten zu Ende sein. Man ist also noch etwas zu früh und muss sich halt gedulden, bis Dr. Chris das Gotteshaus verlassen hat. Benjamin bittet daher sein Töchterlein Anni mit dem wunderschönen Feldblumenstrauß in ihren Händen in die Kirche zu gehen, um Dr. Chris bereits in der Kirche eine kleine Freude zu bereiten.

Doch, oh je, Chris hat erneut der Schlaf übermannt und diesmal bemüht sich niemand, ihn aufzuwecken, denn immer wenn jemand zu tuscheln beginnt und seine oder ihre Augen in die Richtung des Schlafenden dreht, hält die vorher so ungehaltene alte Dame Eva-Maria Hofmann ihren Zeigefinger vor ihren Mund, um anzudeuten, dass unbedingte Ruhe für den Schlafenden erwünscht ist.

Auch Anni findet nur einen tief und fest schlafenden ‚Dr. Chris' in seiner Bank. Um ihn ja nicht aufzuwecken, legt sie den Blumenstrauß vorsichtig an seine Seite und verlässt mit schnellen Schritten das Gotteshaus.

Als dann endlich die Schlusshymne ertönt und der Organist mit kräftigen Orgelklängen die gläubigen Kirchgänger in ihrem letzten Lied begleitet und die ersten Leute zwar heute nur zögernd aber dennoch dem Ausgang zustreben, wird selbst Chris wach. Wieder im Moment nicht wissend, wo er sich befindet, erspäht er den wunderschönen Feldblumenstrauß an seiner Seite. Als wäre plötzlich die Sonne über ihm aufgegangen, so strahlt er nun schlagartig über sein gesamtes Gesicht.

Während sich die meisten Kirchgänger nach hinten in Richtung Ausgang begeben, manche aber auch stehen bleiben, um das zu verfolgen, was sich hier anzubahnen scheint, nimmt er den Feldblumenstrauß und marschiert damit in die entgegengesetzte Richtung, nämlich nach vorne.

Dort steht neben einem Seitenaltar die lebensgroße Statue der ‚Mother Mary,' vor der er respektvoll stehen bleibt.

Als wolle er ihr ein besonderes „Dankeschön" sagen, schaut er zum Antlitz der ‚Muttergottes' auf. Fast erweckt es den Eindruck, als ob er in ein lebendes Gesicht blickte, bevor er ihr den Blumenstrauß zu ihren Füssen legt. Mit langsamen Schritten schreitet auch er jetzt dem Ausgang zu. Doch nach etwa fünf Metern dreht er sich noch einmal um. Mit einem verschmitzt dreinschauenden Lächeln im Gesicht, schaut er der ‚Muttergottes' Figur ins Gesicht. Dabei zwinkert er ihr mit einem Auge zu, als wolle er ihr sagen:

‚Danke, dass auch du heute Nacht an unserer Seite warst. Bitte lass uns auch in Zukunft nicht im Stich.'

Obwohl es unglaublich klingt, gerade in diesem Augenblick dringt ein Sonnenstrahl durch eines der buntverglasten Kirchenfenster auf das in ihrer Hand gehaltene Herz mit einer solchen Intensität, dass die zurückgeworfenen Strahlen wie pures Gold die Kirche erhellen. Sichtlich gerührt und mit Ehrfurcht im Gesicht verlässt Chris das inzwischen leere gewordene Gotteshaus.

Als sich die mächtige Portaltüre öffnet und er ahnungslos heraustritt, ist es ein fast unglaublicher Anblick, der sich seiner bemächtigt. Vor ihm auf dem Vorplatz der Kirche stehen sie alle dicht gedrängt, seine Freunde, die Mennoniten, auf die er so stolz ist. Im ersten Moment wird die Szenerie von einer totalen Stille beherrscht, doch dann beginnt ein nicht endend-wollendes Händeklatschen und als er die wenigen Stufen zum Vorplatz hinunterzusteigen beginnt, drängen sich die im normalen Alltag eher scheuen Menschen um ihn herum. Jeder möchte ihm die Hände schütteln, jeder einzelne möchte ihm danken für etwas, was er als Arzt für selbstverständlich ansieht.

Doch dann wie plötzlich hingezaubert, steht sein Freund Benjamin vor ihm, streckt ihm seine von der harten Farmarbeit aufgeraute Hand entgegen:

„Dr. Chris, danke aus dem tiefsten Grunde meines Herzens. Das ist alles was ich dir geben kann."

„Ben, nun lass es mal gut sein, auch ich bin froh, dass alles so gut und zufriedenstellend verlaufen ist. Doch bedanken musst du dich nicht bei mir, sondern bei ‚Ihm da oben', ich hatte halt nur die große Ehre, sein Handlanger zu sein."

Nach einen gewissen Zeit, während Chris, der wie eine Puppe unter den Menschen regelrecht herumgereicht wird, sich aus dem Gedränge herauszwängt, um die sieben Treppenstufen zum Eingangsportal hinaufzusteigen. Dort hat er nämlich drei Menschen entdeckt, die ihm viel bedeuten, Isabella, ihren Sohn Alexander und dessen Großmutter Eva-Maria. Die gesamte Zeit, während er von seinen Mennoniten-Freunden mit Ehrfurcht und ungewöhnlichem Respekt behandelt wird, hatten sie dort oben gestanden, stillschweigend und bewegungslos zugeschaut, was sich einige Treppenstufen unter ihnen auf dem Kirchplatz vor ihren Augen abspielte. Doch nun sieht es so aus, als ob für sie der Moment gekommen wäre, der ihnen die Gelegenheit ermöglicht, ihm mit einem schlichten Händedruck für das zu danken, was er ohne es selbst einschätzen zu können, für sie getan hat, nämlich Sohn und Enkelkind das Leben zu retten.

Mit einer herzlichen Umarmung begrüßt er zuerst den kleinen Alexander. Danach als er Eva-Maria umarmt, möchte diese ihn einfach nicht mehr aus ihren Armen lassen. Doch dann kommt ein Höhepunkt im Leben zweier Menschen, den keiner von ihnen je vergessen wird, will oder kann.

Chris steht breitbeinig vor Isabella, er möchte so gerne seine Hände nach ihr ausstrecken, aber irgendwie versagen ihm seine Arme ihren Dienst. Isabella steht vor ihm, sichtlich geschockt, den Mann vor sich stehen zu sehen, den sie so lange gesucht hat, in den sie sich inzwischen unsterblich verliebt hat und von dem sie bisher nicht die geringste Ahnung hatte, wer er eigentlich war oder ist. Ohne auch nur zu ahnen, wie schmerzvoll wahre Liebe sein kann, hatte er im Gegensatz zu ihr, die gesamte Zeit seit ihrem Kaufhaustreffen die Wahrheit gekannt und gewusst, wer sie war. Eine panische Angst steigt plötzlich in ihr auf, die ersten Tränen rennen hemmungslos über ihr apartes Gesicht. Unschlüssig auch nur den geringsten Gedanken zu fassen, steht sie da, als er ihre Hand ergreift und sie nicht mehr loslässt.

Beide stehen, ohne es zu wollen, so plötzlich voreinander, als wenn ein Bildhauer sie dort zum Porträtieren postiert hätte. Als Chris sie jetzt mit ernster Miene im Gesicht nach einem kleinen Café in der näheren Umgebung fragt, um mit einer frischgebrauten Tasse des koffeinhaltigen Getränkes seine Sinne wiederbeleben möchte, wehrt Isabellas ‚Mom' entschieden ab:

„Oh nein, wir gehen in kein Café, heute sind, nein, bist du unser Gast, darf ich überhaupt noch Chris und du zu dir sagen? Jetzt kommst du mit zu uns nach Hause und ich werde dir einen Kaffee brauen, dass selbst ein Mann wie du Nasenbluten bekommst."

„Na, jetzt bin ich aber wirklich neugierig, wie du das anstellen willst.

Während Isabella voraus fährt, hängt Chris sich an sie heran und in weniger als zehn Minuten stehen sie vor dem schmucken Haus Eva-Maria Hofmanns am Ostende der Stadt.

Mit einer ihr nie zugetrauten Geschwindigkeit braut die alte Dame einen Kaffee, der seiner Stärke nach zu urteilen, Chris beinahe umhaut.

Nach einem rund halbstündigen Gespräch beantwortet er trotzdem nur noch mit schwerfälliger Zunge die ihm gestellten Fragen. Sein Körper fordert seinen Tribut nach Schlaf und ohne jegliche Vorwarnung rutscht er auf der bequemen Couch seitwärts und schläft ein. Er merkt nicht einmal, als Isabella ihn seiner Schuhe entledigt, um seine Beine auf die Couch zu heben. Vorsorglich bedeckt sie ihn mit einem leichten Bettlaken, bevor sie in einem der Couch direkt gegenüberstehenden Sessel ihren Platz einnimmt, um ihn ja genau beobachten zu können.

Triumpf und Stolz spiegeln sich in ihren Augäpfeln, denn ihr gegenüber ist der Mann, in den sie sich schon, bevor sie ihn überhaupt gesehen hatte, aufgrund seines Charakters unsterblich verliebt hatte. Obgleich sie jede seiner geringsten Bewegungen beobachtet, sinniert sie vor sich hin. Ja, das muss sie sich ohne weiteres eingestehen, sie hat ihren Markus geliebt, aber an die ganz große Liebe hat sie in ihrem bisherigen Leben nie geglaubt. Das war etwas, was es leider nur in Romanheften zu lesen gab, doch für sie ist es nun Wirklichkeit geworden. Instinktiv spürt sie, dass der Mann, der nur einen einzigen Meter entfernt von ihr friedvoll einige Stunden seines verlorenen Schlafes der letzten Tage nachzuholen versucht, das gleiche Gefühl für sie empfindet wie sie für ihn. Alle Angst, alle Sorgen, alle Gefühle, ihn nie zu finden, sind verschwunden und haben einem unbeschreiblichen Glücksgefühl den Weg geebnet.

Als die große Standuhr im Wohnzimmer drei Mal ihren melodischen Gongschlag erklingen lässt, und Chris einige Male leicht erschreckt und ihr dabei unbewusst seinen Kopf zudreht, lehnt sie sich mit gebückter Haltung über ihn, gerade in jenem Moment, wo er die Augen aufschlägt und in die schönsten opalgrünen Augen schaut, die er je gesehen hat. Die Tränen, die sich dort gebildet haben, schimmern wie Diamanten, als er ihr mit unsagbar zärtlichen Bewegungen seiner beiden Zeigefinger über ihre Augenbrauen fährt, bevor er sie langsam zu sich herunterzieht, um ihren wohlgeformten Mund zu küssen. Und zwar so, wie ihm seine Pflegemutter Sarah vor ihrem Tod gestanden hatte, zu einem Kuss von dem sie gehofft hatte, dass er niemals enden würde.

E N D E

Fotogalerie

St. Jacobs Farmersmarkt

Überlandfahrt mit der Kutsche

Beim Pflügen der Felder

Endlos lange und weite Wege

Einfahrt zu einer Mennonitenfarm

Ein Mennoniten „Meetinghouse" (Kirche)

Wie vor hundert Jahren

Wer ist der Schnellere?

Vorwärts die Rosse traben

Wenn es sein muss, auch im Galopp

Drei Mennoniten Farmen nebeneinander

Pferdekutschen Parkplatz

Mennoniten Mädchen

Größere Mennoniten Farm

Mennoniten Mädchen passen auf ihre Geschwister auf

Schmuckes Mennoniten Farmhaus

Während des Mennoniten Gottesdienstes

Fahrt mit dem ‚Dachwägele‚

Tradition und Moderne

Verkaufsstand auf dem Markt

Markttag in St. Jacobs

Mennonitenfrau in ihrer Tracht

Ein Platz zum Ausruhen

Ahornsirup Verkäufer

Junge Mennonitin verkauft Ahornsirup

Reger Betrieb auf dem Markt

Ahornsirup in allen Größen

Junge Blumenverkäuferin

Das ist unser Verkaufsstand

Ein anderer Ahornsirup Verkaufsstand

Mennonitenmädchen beim Marktbummel

Teil des inzwischen abgebrannten Marktes

Junge Mennonitenverkäuferin

St. Jacobs Farmersmarkt, Nordseite

Alter Mennoniten Friedhof

Grabstein in deutscher Schrift

Mennonitenfriedhof in Waterloo

Typischer Mennoniten Grabstein

Gepflegtes Mennoniten Farmhaus

Pferde vor einer Mennonitenfarm

Touristenziel, der St. Jakobs Farmersmarket

Kleines Mennonitenmädchen

Drei Mennoniten Generationen

Er hat gut lachen

Zufriedenheit

Samstagmorgen Marktbesuch

Ob ich das Obst noch los werde?

Mennoniten-Produkte sind immer frisch

Mennonitenfarmer beim Geldzählen

Etwas skeptisch bin ich schon

Mennoniten Pferdekutschen Parkplatz

In Reih und Glied geparkte Dachwägele

Pferdekutschen vor dem Meetinghouse

Zwei Mennonitenverkäuferinnen

Ruhepause für die Kinder

Sirupverkäuferin in ihrer Tracht

Das ist keine Spazierfahrt!

Will einen Freund besuchen

Anglerglück

Mennonite bei der Feldbestellung

Vielleicht haben wir heute Glück

Kutschenfahrt zur Kirche am Sonntagmorgen

Mennonitenland in der Waterloo Region

Ein Dachwägele von hinten

Spazierfahrt mit dem ‚Buggy'

Sonntagnachmittag Ausflug

Nachbildung eines Conestogo Wagens

Mennonite beim Maisverkauf

Auch Blumenverkäuferinnen haben Hunger

Mennonitenmädchen beim Gemüseverkauf

Zwei Kutschen zwischen vielen Autos

Mennonitin auf Einkaufsfahrt

Mit dem Dachwägele im Galopp

Das Dachwägele, eine überdachte Kutsche

Na, ein Rennpferd bin ich nicht

Gemütlich geht's auch

Norm Martin beim Ackern

Vier Ackergäule ziehen den Pflug

Fast ist es geschafft

Mennonitenfarm bei Heidelberg-Ontario

Während alle in diesem Buch aufgeführten Orte der Begebenheiten tatsächlich existieren, sind die Geschichte sowie Charaktere und Personen der Handlung fiktiv, beziehungsweise frei erfunden.

Alle vorkommenden Ähnlichkeiten sind also rein zufällig.

WEITERE BÜCHER ERSCHIENEN VON HEINZ BRAST

Packender spannungsgeladener Thriller basierend auf einer wahren Geschichte

Als Pieter van Dohlen während eines Spaziergangs im südafrikanischen Dschungel wertvolle Diamanten findet, beginnt für ihn ein spektakuläres und gefährliches Abenteuer, das ihn um die ganze Welt führen wird. Für seinen Versuch, die heiße Ware sicher nach Kanada zu schmuggeln, beauftragt er den skrupellosen Diplomaten Ron Wellington mit dem Transport. Er ahnt nicht, dass Wellington längst einen perfiden Plan entwickelt hat, selbst in den Besitz der Diamanten zu gelangen und van Dohlen auszuschalten. Ein gnadenlos gieriger Zweikampf beginnt, für den van Dohlen auch den großen Traum riskiert, mit seiner geliebten Belinda in Kanada ein neues Leben anzufangen...

Gefühlvoll, dramatisch, mitreißend

Am Wörthersee lernt der weltberühmte Tenor Fabian Bauer die hübsche Gottscheerin Gabi Haas kennen. Als bei der Geburt ihrer Tochter Stefanie stirbt, verliert Fabian schockbedingt seine Stimme. In seiner Verbitterung entwickelt er sich zu einem knallharten Geschäftsmann. So führt er die von ihm erworbene marode Airline in nur wenigen Jahren zu einem unglaublichen Erfolg. Aber durch sein rücksichtsloses Verhalten steht am Ende nur noch der Dorfpfarrer Peter Weiler treu an seiner Seite. Da dieser nicht länger mit ansehen kann, wie Fabian leidet, schmiedet er einen genialen Plan. Er lädt die beiden ein mit der Gottscheer

Gruppe nach Kanada zu reisen. Trotz anfänglicher Schwierigkeiten kann er sein Glück kaum fassen, als Tatjana und deren Mutter seine Tochter liebevoll aufnehmen. Stefanie, endlich froh eine Mama gefunden zu haben, versucht mit immer neuen Tricks, ihren Papa und Tatjana zusammenzubringen. Am Weihnachtstag passiert dann das Unfassbare. Einer seiner Airliner stürzt im Landeanflug auf Lima ab. Nun beginnt für Fabian ein unglaubliches Abenteuer in Peru, ein Wettlauf um Leben und Tod, das ihn selbst in große Gefahr bringt. Wird er je seine Tochter und Tatjana, die längst das Feuer in ihm entflammt hat, wiedersehen?

Nervenaufreibender Psycho Thriller

Der erfolgreiche Unternehmer Markus Hofer hat nach vier Jahrzehnten die Konzernleitung des weltbekannten „Guggenhofer International" an seine Kinder übertragen. Seine Sekretärin hat er bereits in Pension geschickt als den beiden Nachfolgern bewusst wird, dass er als Seniorchef weiterhin im Unternehmen mitmischen wird. Ohne sein Wissen heuern seine Kinder die hochtalentierte und attraktive Krista Rosner als neue Sekretärin an.

Doch diese wird schon bald von einem mysteriösen Unbekannten mit romantischen Emails überhäuft. In seinen anonymen Anreden nennt er sie nur die „Prinzessin", während er sich selbst als „Froschkönig" bezeichnet. Ohne sich je gesehen zu haben, verlieben sich beide Hals über Kopf ineinander. Gleichzeitig entwickelt sie aus dem täglich wachsenden Vertrauensverhältnis starke Gefühle zu ihrem charismatischen Chef. Auf der politischen Weltbühne droht inzwischen ein Konflikt zwischen Albanien und Kanada zu eskalieren. Die Fronten haben sich mittlerweile so verhärtet, dass die UNO den bereits in diplomatischen Kreisen mehrfach in Erscheinung getretenen deutsch-kanadischen Geschäftsmogul Markus Hofer als Vermittler vorschlägt. Dieser nimmt die Herausforderung an. Als sich die Fronten bedrohlich verschärfen, zieht der albanische General und gefürchtete Diktator Sergio Tiarez plötzlich eine Waffe und schießt auf den Schlichter Markus Hofer.

Ohnmächtig vor Trauer wird Krista bewusst, wie sehr sie ihren Chef geliebt hat. Auch wenn zwischen ihnen unüberbrückbare Welten lagen, wird sie trotzdem nie wieder einen anderen Mann lieben können. Als sie dem unbekannten Email Verehrer ihr Herz ausschüttet, antwortet dieser verständnisvoll doch mit großer Trauer, dass er Krista nur ein einziges Mal treffen möchte, um in ihre Augen schauen zu dürfen. Sie stimmt zu, doch dann geschieht das Unfassbare.

Made in the USA
Columbia, SC
19 May 2017